講談社文庫

新装増補版

花咲舞が黙ってない

池井戸 潤

講談社

新装増補版

花咲舞が黙ってない

目次

主な登場人物

【東京第一銀行】

花咲《はなさき》舞《まい》——事務部臨店《りんてん》指導グループ
相馬《そうま》健《けん》——同調査役
芝崎《しばざき》太一《たいち》——事務部次長
辛島《からしま》伸二朗《しんじろう》——事務部長
昇仙峡《しょうせんきょう》玲子《れいこ》——企画部特命担当調査役
紀本《きもと》平八《へいはち》——企画部長
吉原《よしわら》俊二《しゅんじ》——営業第三部長
菊川《きくかわ》春夫《はるお》——専務取締役
羽田《はた》重康《しげやす》——副頭取《とうどり》
牧野《まきの》治《おさむ》——頭取

新装増補版

花咲舞が黙ってない

第一話

たそがれ研修

1

　ときは世紀末の頃である。

　花咲舞《はなさきまい》がいつも通り朝の八時過ぎに職場に到着すると、上司の相馬健《そうまけん》が先に来ていて渋い顔で新聞を読んでいた。窓の外に見える大手町界隈《おおてまちかいわい》のビル群には、一月の淡い光が注《そそ》いでいる。

　東京第一銀行本部ビル四階にある事務部フロアの一角、臨店《りんてん》指導グループに与えられた小部屋である。グループといってもメンバーは調査役の相馬と舞、それにふたりの上司である次長の芝崎太一《しばざきたいち》の三人だけであった。

「どうしたんです、相馬さん。眉間《みけん》にそんな皺《しわ》なんか寄せちゃって」

「どうしたもこうしたも、あるか。これに決まってるだろ」

相馬は左手で新聞を持ち上げると、大見出しの躍《おど》っている記事をトントンと叩《たた》いた。

活字が大き過ぎて、近寄らなくても読める。

〃東京第一銀行、空前の大幅赤字予想〃

経済新聞の金融面、そのトップを飾る記事である。

バブル崩壊の後、日本全体が不景気のどん底に突き落とされておよそ十年——。

いわゆる、失われた十年、というやつであるが、その十年が経《た》ったいまも、銀行業界は出口の見えないトンネルを徘徊《はいかい》しているような有り様であった。

「今期はハヤブサ建設が破綻《はたん》したからなあ。あれは痛かったよなあ」

相馬はそういうと、やれやれとばかりため息を洩《も》らした。

ゼネコンのハヤブサ建設が倒産したのは、昨年九月。東京第一銀行は主力銀行として業績不振に陥《おちい》った同社を支え続けてきたから、この一社だけで二千億円もの不良債権を抱え込んだことになる。

不良債権というのは、要するに、返してもらえそうにない貸し金のことだ。

「おかげで期待していた冬のボーナスもアレだったしなあ」

「どうせ相馬さん、大してもらうわけじゃないじゃないですか」

ツッコミを入れた舞を、相馬はじろりと睨《にら》み、

「大してもらってないのに減らされたから苦労してるんだ。いいよな、お前は気楽で。オレなんてな、バブル時代につい高値で買っちまったマンションのローンとか、いろいろあって大変なんだよ。しかもそのマンション、今なら半値で買えちまうんだ」

「そういうことをいうから、銀行員は嫌われるんですよ。ボーナスが減ったといったところで、一般企業の常識からすればもらってるほうなんですからね。このご時世、フツーに生活できるだけでも有り難いと思わなきゃ」

「まあそうかも知れないけどな。こういう記事が出るとガックリきちまうんだよなあ」

相馬はまたしてもため息を洩らす。

「なるようにしかなりませんよ。だいたい、私にいわせれば、何千億の赤字が出たなんていわれても、まったくピンと来ないんですよね」

「それは幸せなことだぞ、狂咲《くるいざき》。よかったな」

〝狂咲〟とは、ときとしてぶちキレる舞のあだ名である。

相馬の小馬鹿にしたひと言に反論しかけた舞であったがそのとき、背後から聞こえてきた、恐ろしいほどの吐息に思わず振り向いた。

いつの間にかそこに立っていたのは、次長の芝崎ではないか。そういえばここ二日ほど研修で部屋を留守にしていたが、どうやら今日から職場に復帰するらしい。

「ああ、芝崎次長。おはようございます。どうでした、研修は」

舞がきくと、

「どうもこうもないよ、花咲くん」

よろよろと自席に辿《たど》り着くや、芝崎は、どすんと小太りの体を椅子に投げて肩を落とした。「いったい、私の人生ってなんだったのかねえ」

「朝っぱらからどうしたんですか、藪《やぶ》から棒に」舞が目を丸くする。

「実は昨日まで、シニア管理職研修に出てたんだ」

「シニア管理職研修？　ああ、〝たそがれ研修〟ってやつですか」

そういって思わず舞が笑うと、

「なんかグサッとくるんだよなあ、その、たそがれ、ってコトバ」

芝崎は弱り切った顔になる。

東京第一銀行行内で〝たそがれ研修〟と呼ばれるこの研修で習得するのは、いわば第二の人生を歩むための心得のようなものである。

「あなたには、職場以外の友達はいますか？」

「あなたには、趣味といえるものはありますか？」

「銀行を辞めた後、部下が義理で食事に付き合ってくれるのはせいぜい二年ですよ……」

かくして参加したシニア行員たちは掻《か》き立てられた焦燥《しょうそう》感の中で気づくのだ。銀行に奉職して数十年。趣味もなく、家庭も振り返らず仕事一筋でがむしゃらに働いてきた人生がいかに不毛な結末を迎えようとしているのか、を。

「この二日間で私は、サラリーマン人生の儚《はかな》さを学んだよ。友達もいなければさしたる趣味もない。そんなぼくの前に道はない」

元来が大げさに捉《とら》えがちな男であるが、芝崎は相当のカルチャーショックを受けたらしかった。

「これからの人生は、自分で切り拓《ひら》かないといけないそうだ」

芝崎の目が不安に揺れている。「自分がどう生きたいのか、銀行頼みじゃなく自分の力で切り拓いていけっていわれたよ。昔は、銀行に入れば一生安泰といわれていたのに。これ以上のハシゴ外しがあるかい」

「明日は明日の風が吹く――ですよ、芝崎次長」

「いいねえ、花咲くんはいつもノーテンキでさあ」

悪気はないのだが芝崎はグサッとくることをいい、舞が何か反論を試みる前に、

「あ、そうそう。赤坂《あかさか》支店に行ってくれないか」

急に仕事の話を切り出した。

「赤坂支店？　何かあったんですか」

尋《たず》ねた相馬に、

「ちょっと問題が起きてるらしくてねえ」

芝崎は脂肪のついた首のあたりをさすりながら続ける。「取引先の内部情報が外に洩れているらしいんだ」

「情報の漏洩《ろうえい》、ですか」

舞は思わず、相馬と顔を見合わせた。

いまや情報管理は銀行経営のキモである。それが漏洩したとなれば新聞沙汰になりかねない一大事だ。

ところが、ここで芝崎は首を横に振った。

「いやいや、ウチから漏洩したと決まったわけじゃないらしいけどね。どこからか情

報が洩れているようだから調べてくれと、レッドデリさんが赤坂支店に申し入れた。そのやりとりの中で、相手の心証を害してしまったらしいんだな」

「レッドデリって、あの外食《がいしょく》チェーンのですか。大学時代に、キャンパスの近くにあって、よくお世話になっていました」

舞がいうと、

「そうそう、そのレッドデリさんだ」

芝崎はうなずいた。「支店がまともに取り合ってくれないというので、お客様相談室に駆け込んだらしくてね」

「それは、由々《ゆゆ》しき問題ですねえ」

相馬が眉を顰《ひそ》めるのも無理からぬことで、通常、こうした取引先とのトラブルは支店で解決するのがスジだ。頭越しにお客様相談室に持ち込まれるなど、支店の恥以外の何ものでもない。

「お客様相談室から赤坂支店に連絡して善処するように申し入れたんだが、その後もレッドデリからどうなっているんだと問い合わせがあったようでね」

要するに、未《いま》だ解決していないということらしい。「業《ごう》を煮やしたお客様相談室長からさっきウチの辛島《からしま》部長に話があって、どういう経緯なのか詳しく調べて報告してもらいたいということだ」

辛島伸二朗《しんじろう》は、執行役員入りが確実視されている事務部長である。

「ま、そういうわけなんで、忙しいところ申し訳ないが、頼むよ」

いうことだけいってしまうと、芝崎次長は研修中に未決裁箱に山積みされた書類を見上げ、再び大きなため息を洩らした。

2

「レッドデリさんの内部情報が漏洩したと聞いてきたんですが、どういうことなんでしょうか」

相馬がきくと、赤坂支店長の奥平光彦《おくだいらみつひこ》は苦虫を嚙《か》みつぶしたような顔になり、隣に座っている融資《ゆうし》課長、鳴沢宏樹《なるさわひろき》と目を合わせた。

「どうもこうもないよ、君。先月、レッドデリの総務部長が訪ねてきてね。出店計画が外部に洩れているようだから調べてもらえないかという話があったんだ」

「出店計画？」

お客様相談室の報告書には、漏洩したのは「内部情報」と大まかに記されていた。

てっきり財務情報や社員の口座情報のようなものが漏洩したのかと思っていたのだが、そうではないらしい。

「そうなんだ。——おい、例の地図、出してくれ」

隣の鳴沢課長に、ファイルに挟《はさ》まれていたものをテーブルの上に広げさせると、奥平は続けた。

「これは過去一年間にレッドデリが出店を計画していた場所を示した地図だ」

都内二十三区の地図に、赤と青に分けられた、全部で十個の丸いシールが貼られている。「レッドデリの話によると、青が計画通りに出店した店、赤が最終的に出店を取り止めた店らしい」

見たところ、青が三つで赤が七つ。取り止めた店の方が多い。

「つまり、半分以上は計画通りに出店できなかったと。取り止めにした理由はなんなんでしょうか」

相馬が尋ねると、

「喰《く》らうど亭《てい》って知ってるかね」

と奥平がきいた。

「たしかレッドデリと同業の外食チェーンですね」

「そうなんだ」奥平はうなずく。「主に東京近郊でのしてきた郊外型のファミレスなんだが、その喰らうど亭が最近、都内に進出しているんだよ」

奥平は再び地図に視線を戻すと、

「この赤いシールが貼られた場所のうち四店舗は、レッドデリが出店するより前に、喰らうど亭が店を出してしまった場所だ。あとの三店舗については地主との交渉不調によるものだが、偶然にしても、そんなに出店地域が重なるはずはないと、レッドデリは疑っているんだ」

そういった。

「要するに、レッドデリの計画が洩れているのではないかということですね」

奥平の説明をひきとった相馬だが、「それだけで情報が漏洩していると判断するのは早計なんじゃないでしょうか」、と首を傾《かし》げた。舞も同感である。

「我々もそう思う。だが、レッドデリはそんなことはないと言い張っていてね」

肘《ひじ》掛《か》け椅子にもたれかかり、物問いたげな顔で、奥平は相馬と舞を交互に見た。

「そもそも、レッドデリというのはマーケティングに特徴のある会社でしてね」

横から補足したのは、融資課長の鳴沢だ。「先方の言い方でいうと、〝意表をつく出店〟といいますか。そういうのが得意なんです。ライバルが目を付けていない地域の特性をよく調べて、駅からの動線、購買行動の傾向、ターゲットとなる顧客層《こきやく》の絞り込み――それらを入念に検討して成功してきたんですよ」

「つまり、そう簡単に他に真似をされたり、先を越されたりするはずはないと、そういうことですか」

相馬の反応に、

「先方はそう主張してるんだが、どこまで本当だか」

奥平は、否定的な意見を口にした。

頭越しに本部に駆け込まれたことがよほど気にくわないのだろう。出掛けに人事部で閲覧《えつらん》した支店情報によると、奥平は本部の融資関連セクションで長く鳴らし、久々に現場の最前線に立った男でプライドも高い。

「一方、無事、出店した店舗も、蓋《ふた》を開けてみると近隣に喰らうど亭がオープンしていて客を奪われているような状況でして」

鳴沢が続けた。「レッドデリによると、キャンペーンなどの情報も洩れているのではないかというんですよ。たとえば、春先に〝入学おめでとうハンバーグ〟を七百八十円で出すとします。すると、ほぼ同時期に喰らうど亭では同じようなものを多少安く、七百六十円とかで出す。子供用にウサギや熊の顔に似せた〝どうぶつピラフ〟を出すと、喰らうど亭でも〝アニマルランチ〟と称して似たようなものが時をおかず、しかも安く登場する。ここまで来ると、さすがに偶然の一致では済まされないだろうというのが、レッドデリの言い分でして。まあ、一理あるかとは思うんですが」

支店長の奥平に遠慮して、鳴沢は控え目にいった。

「仮にそれが事実だとすると、問題は誰がその情報を外部に——具体的にいうと、ライバルの喰らうど亭に洩らしたか、ということですか」

相馬の問いに、奥平はうなずいた。

「レッドデリは自分の会社の社員の口座を調べて、異変があったら教えろっていってきたんだ」

「それでお断りされたと」

「論外だよ。そんなことできるわけがない」

「ごもっともです」、と相馬は大きくうなずいてみせた。

いつものことだが、相手の身分が上だと、相馬はひたすら弱腰になるのである。

奥平が続けた。

「個人のプライバシーを暴《あば》くようなことを銀行が手伝えるわけがない——そういって断ると、じゃあ、銀行が洩らしたんじゃないかと、今度は言いがかりだ。そんなバカな話があるか。挙げ句、お客様相談室に駆け込み、ついに事務部臨店指導グループのお出ましだ。君たちもいい迷惑じゃないのかね」

「いえ、我々はこうしてお話を伺《うかが》うのが仕事ですから」

舞がこたえると、

「いいな、暇な仕事で。うらやましい限りだ」

奥平は嫌みを口にして、ぽんと膝《ひざ》を手で打った。「ま、そういうわけだから。我々は、支店としてとるべき対応をした。今回の一件は、レッドデリの不見識《ふけんしき》のなせる業《わざ》だ」

「ご事情はお察しいたします」

相馬が、眉をハの字にして追従《ついしょう》してみせる。「細かい点については担当の方に伺って報告書を書かせていただきますので。お忙しいところお騒がせをいたしました」

「たかが顧客のクレームだ。こんなことで、波風を立てないでくれよ。いいな」

そう言い置くなり奥平は腕時計を一瞥《いちべつ》し、「外出予定があるので」、とさっさと面談を切り上げた。

3

「奥平支店長、相当、頭に来てるって感じでしたね。ちょっと嫌みでしたけど」

面談を終え、あてがわれた小さな応接室に入ると、舞はそういって鼻に皺を寄せた。

「まあ、そういうなよ。奥平さんにしてみれば、赤坂支店長として実績を上げて次に繋《つな》がるかどうかの瀬戸際なんだから。神経質にもなるわな。支店長レベルの生き残り競争は厳しいからな」

「たそがれ世代ですからね」

今朝の芝崎のことを思い出しながら舞がいうと、「それより、花咲。見てみろよ、このレッドデリって会社、赤字だぜ」

相馬は意外なことを口にした。

預かってきたクレジットファイルをテーブルに広げ、財務資料に目を通し始めたところだ。クレジットファイルとは、その会社の概要をはじめ、融資や預金など様々な情報を集めている個社別のファイルだ。

「赤字額は、去年だけで五億円近い。その前はかろうじて黒字だが、さらにその前の年は赤字だ」

かつて融資畑で鳴らした相馬は、資料をぱらぱらとやりながらレッドデリの業績を素早く把握《はあく》していく。「株とかの余計な投資をした形跡はないから、いわば本業の赤字だな、こりゃ。あの出店計画からして資金需要は旺盛なんだろうが、業績優良な会社とは言い難い。融資は、結構揉《も》めてたんじゃないか」

「親密な取引をしてたら、いくらなんでもお客様相談室になんか飛び込みませんからね」、と舞もうなずく。

「あの奥平支店長がレッドデリに冷ややかなのは、この業績のこともあるからだろうな」

相馬は推測を口にした。「融資を審査する過程では、相当ハードネゴをしてきただろうし、レッドデリのほうでも、以前から、そうした支店長以下の対応に不満が募《つの》っていたとも考えられる」

不信が不信を呼ぶ負のスパイラルだ。そのとき、

「あ、相馬さん――」

ファイルに挟まっていた資料のひとつを舞がつまみあげた。個人名がずらりと二十

名ほど並んでいるリストだ。

「これってレッドデリが口座を調べてくれといってきた社員のリストじゃないですか」

「たぶん、そうだな」

そういって相馬もリストを覗《のぞ》き込むと、ふたりしてしばし無言になる。

やがて、

「気になるか」

相馬がきいた。

「気になりますね」

と舞。「リストのそれぞれの名前の前にチェックマークが入ってます。何らかの作業が行われたんじゃないでしょうか」

「どう思う、花咲」

リストから顔を上げた舞も、相馬がいわんとするところを察していった。

「支店長から聞いていた話とは、違うようですね」

個人口座を調べるなどとんでもないと奥平はけんもほろろに言い放っていたが、どうやら事情は異なっているようだ。

そのとき、ノックと共にひとりの男が顔を出した。

「あの、失礼します。レッドデリ担当の八代《やしろ》です」

事前に人事部で確認してきた資料によると、入社五年目の中堅行員だ。

「忙しいところ悪いね」

自己紹介を済ませ、テーブルを挟んだ向こう側の椅子を勧《すす》めた相馬は、先ほどの社員リストをさっとテーブル越しに滑らせた。

「これ、レッドデリから調べてくれといってきた社員のリストだよね」

「えっ。ええまあ、そうですけど」

どぎまぎしながらこたえた八代に、「で、どうだった?」、と相馬はきいた。

「ど、どうとおっしゃいますと」

「君、このリストの人たちの口座、調べたんじゃないの。チェックマークがついてるよな」

単刀直入な相馬の質問に、八代は焦りの表情を浮かべつつ押し黙った。

やがて、「すみません」、というひと言がこぼれ出る。

「やっぱりそうか」

ふっと短い息を吐いた相馬に、

「支店長や課長からは放っておけといわれたんですが、担当として放っておけなかったものですから。それで、リスト全員の個人口座に異常がないか調べてみたんです」

八代はいった。

「要するに、情報提供の謝礼が振り込まれていないか調べたってことだな」

相馬はいうと、小声できいた。「で、どうだった？」

「このリストは、出店情報にアクセスできる全員とのことでしたが、結局、なんの痕《こん》跡《せき》もありませんでした。過去二年分を調べてみたんですが、喰らうど亭から謝礼らしきものが振り込まれた形跡もありませんでしたし、クレジットカードなどの決済で、派手な使いっぷりをした人物もいません」

八代によると、レッドデリは、東京第一銀行がメーンバンクである関係で、便宜上、給料の払い込み口座として指定し、社員全員が預金口座を開設しているのだという。

「いわば生活口座ですから、個人の懐《ふところ》事情が変われば、なんらかの変化があるはずなんですけど」

それはある意味正しいと、舞も思う。

「君、それをレッドデリに伝えたのか」

じろりと八代を睨んで相馬はきいた。

「はい」

消え入るような声でいった八代は、「でも、結果だけです。具体的な個人情報を洩らすようなことはしていませんから」、とすがるような目を相馬に向けてきた。「ところが、その後になって、今度は、銀行から洩れたのかも知れないから、調べてくれという話になって」

「なんで銀行が疑われるんですか」

舞がきくと、「それは……」と八代は一旦《いったん》口ごもったものの、今さら隠しだてもできないと悟ったのだろう、

「それには理由がありまして」

重い口を開いた。

「実は——大変申し上げにくいんですが、レッドデリの業績予想を見栄《みば》え良くするために、ウチに提出された出店計画が水増しされていたらしくて」

「なんだって？」

相馬が素《す》っ頓狂《とんきょう》な声を上げた。

「本当の出店計画は七店舗だったんですが、三店舗水増しして、十店舗出すことにし

てあったんです。その水増しの三軒はダミーといいますか、出店は検討したものの社内会議で見送られたものでして。ところが最近、そのダミーのはずの三店舗の出店地域まで喰らうど亭が物色していることがわかったということで……」

「おいおい。要するに、銀行にしか提出されていない書類が流出したってことかよ」

呆《あき》れ返った相馬は椅子の背にもたれ、困ったものでも見るように八代を見た。「そのことを奥平さんは知っているのか」

「いえ――」

固く唇を結んだまま、八代は首を横に振った。「私しか知りません。さすがに支店長にはいえなくて――」

「なんてこった」

相馬は嘆息した。「それが疑われる根拠になるとはな」

「最初は社員を疑っていたんですが、最近になってそうした事実が判明したとのことでした」

だから、疑いの目を社員から銀行に向けたということだろう。

「しかし、そうなるとやっかいなことになるな」

相馬はいった。「情報を洩らした犯人が銀行にいることになっちまう。その〝銀行用〟の出店計画を提出した先は当行だけなんだな？」

「そうです。ちょうど追加融資の審査で揉めているときでしたので……」

八代はそういって唇を嚙んだ。


「いまの話、報告書に書くんですか、相馬さん」

赤坂支店を後にしてから舞がきいた。

「まあ、書かざるを得ないだろうなあ」

相馬は淡い午後の日差しを見上げ、渋い顔になる。

「でも、八代さん気の毒ですよ。取引先と支店長の間に挟まれて。それに、出店計画にしても、まったくのでっちあげというわけでもなかったわけだし」

「なあ、花咲よ。いいたいことはわかるんだが、やっぱり嘘《うそ》は嘘だ。そこはごまかせないんじゃないか」

「まあそうですけど……」

舞は眉根を寄せて頰《ほお》のあたりを硬くした。

「それにな、オレたちがやるべきことは、情報を漏洩させた犯人を特定することだ。結果どんな処分が下るかなんて話は、その後の話さ」

4

「おい、どうだ、そっちは」

その日の夕方、見ていたオンライン端末から疲れた顔を上げた相馬が、舞に尋ねた。

「特に不審な動きはありませんね」

人事部の許可を取り、赤坂支店の融資関係者の預金口座の動きを見ているのである。支店長の奥平はじめ、融資課員全員を過去一年に遡《さかのぼ》って調べているのだが、手がかりはない。

いま、最後のひとりの預金口座を調べ終えた舞は、天井を見上げて嘆息すると、じっと考え込んだ。

「仮に情報料としてカネが動いていたとしても、こんな簡単に足が付く口座に振り込ませるわけないよな」

相馬の意見に舞もうなずく。

「普通、この手の悪事を働くのなら、他行の口座を使いますよね」

「だな」

ふうっと大きな吐息を洩らしながら、相馬は立ち上がって自席に戻った。

「もう一度、振り出しに戻って考えてみるしかないか」

そんなことをいいながら、手元の資料をぱらぱらとめくっていた相馬に、

「喰らうど亭の側から探すというのも手じゃないですかね」

ふと思いついて舞がいった。「いままでレッドデリの社員と、赤坂支店の行員ばっかり目を付けてましたけど、喰らうど亭のほうを探れば、何か出てくる可能性、ありませんか」

喰らうど亭もまた東京第一銀行の取引先だということは聞いている。

「どこの支店の取引なんだ」

まだオンライン端末の前に座っている舞が、すぐに調べ上げた。

「新宿《しんじゅく》支店ですね」

「新宿か」

相馬は、午後五時を回っている時計を見上げた。「行ってみるか」

「こんな時間から、大丈夫ですか」

「心配すんな。あそこの副支店長は、オレの同期なんだ。ちょっと頼んでみるから」

そういうとデスクの電話を取り上げ、相馬にしては珍しく、簡単に話をまとめてみせたのであった。

「しかし、面倒なことが持ち上がったものだな」

新宿支店の副支店長、佐竹《さたけ》はそういうと渋面《じゅうめん》になった。小さな応接室では、テーブルを挟んで、相馬と舞が向かい合っている。

情報漏洩の件は、ここに来る前、相馬から電話で伝えてあった。

「喰らうど亭の出店計画がどのように決定されるのかとか、そういう話は聞いたことはないか」

「ないなあ」

佐竹は首を傾げてみせた。「ただ、あそこは業績を伸ばすためにはなりふり構わないダーティなところがあるからな。正直、お前の話を聞いてさもありなんと。創業者である社長も上昇志向が強い男でね、豪腕《ごうわん》で、向こう傷も多い。そういう会社さ」

とはいえ、東京第一銀行は、喰らうど亭の業績向上に歩調を合わせるように融資残高を積み増していた。

「資金需要旺盛な会社なんでね。経営のやり方にはどうかと思うところもあるが、銀行としては融資や資金運用を通じてそれなりに商売をさせてもらっている」

「なるほど。ちょっと見せてもらうぞ」

同社のクレジットファイルを引き寄せた相馬が、中味をぱらぱらと見始めた。「一億から二億円程度の融資が多いんだな」

「土地は借り物で、同社が作るのは建物だけだからな。土地まで買うと高くつくからだ。交渉によっては建物まで土地のオーナーさんに建ててもらって、毎月賃料を払う形にしている店もあるらしい」

取引開始は十五年前。ファイルには、どういう経緯で取引が始まったのか、という新規担当者のメモも廃棄《はいき》されずに残されていた。

外食を担当する商社マンだった創業者がいかにして創業し、いまに至っているか。ファイルを見ればその会社の歴史までわかる。

「お前の見立てでは、犯人は赤坂支店の行員で、喰らうど亭と関係のある人物ということか」

話を舞たちの目的に戻して、佐竹がきいた。

「まあ、その可能性はあるだろうな」

そういうと、相馬は一枚のリストを佐竹の前に滑らせた。「これは赤坂支店の行員名簿なんだが、心当たりはないか」

リストを一瞥した佐竹は、ないな、と小さく首を横に振った。

「そうか……、すまなかったな、突然お騒がせして」

腰を上げた相馬と舞に、

「いやいや、これは喰らうど亭にとっても重要な問題だと思う。もし何かわかったら教えてくれないか。オレのほうも、役に立ちそうな情報があれば知らせるよ」

「頼む」

そうして収穫のないまま、ふたりは支店を後にしたのであった。

5

ひと月以上があっという間に過ぎていった。

やがて三月の声を聞くと、あれだけ厳しく冷え込んでいた北風から、凍《い》てつく〝芯〟が抜け落ち、春めいた気配が入り混じってくる。

漏洩事件も、真相が究明されることなくこのまま風化してしまうのではないか。

そんな気配が濃厚になってきたある日、舞が、事件解決の手がかりといえるものを見つけたのは、ちょっとした偶然からだった。

その日——。

融資関係のミスが続出しているという押上《おしあげ》界隈にある支店への訪問を終え、外に出てきたのは午後三時過ぎのことであった。

「なんか腹、減ったなあ。考えてみれば、忙しすぎて昼飯食ってないしな。どうだ、花咲。そのヘンで、そばでも食っていかないか」

支店を出、最寄り駅まで続く商店街を歩きながらそんなことをいった相馬は、あっ、と声を上げて足を止めた舞に、

「おい、どうした。何か忘れもんでもしたのか」、そうきいた。

「違いますよ、相馬さん、あれ見てください」

舞の視線の先をたどった相馬も、ようやくそれに気づき、

「あっ。ありゃあ、喰らうど亭じゃねえか。こんなところにもできたのか」

新規オープンののぼりが立っている。

「相馬さん、そういえば今日、融資課で取引している駅前の不動産屋さんの伝票ありましたよね。金額を書き間違えたっていう。なんて名前だったか覚えてますか」

「たしか、室井《むろい》不動産、じゃなかったかな。それにしても、どうするつもりだ、花咲

よ」

意図を測りかねて相馬がきいたとき、すでに舞はその不動産屋を探して歩き出していた。

「その不動産屋さんにきけば、喰らうど亭の出店がらみのこと、何かわかるんじゃないんですか。いつ頃から出店を計画していたのかとか、他に競合があったのかとか。地元の不動産屋さんって、結構、そういう情報持ってるじゃないですか」

「なるほど。いいところに目を付けたな」

手を打った相馬だったが、ふいに冷めた顔になり、「だけどな、花咲。もう、いいんじゃねえか」

といった。「その後、特に新たな動きもないみたいだしさ。このまま、忘れ去られるのを待つっていうのも――」

だが、舞は相馬の話など無視し、近くの商店に入ると室井不動産の場所をさっさと聞き出してくる。

「あっ、相馬さん、あの不動産屋さんですよ。ちょっと寄ってみましょうよ」

事なかれ主義の相馬であるが、

「ったく、しょうがねえなあ」

舌打ちして後に続くしかない。

駅前の好立地にある老舗《しにせ》の地元不動産業者だ。出てきた主人らしき男に名刺を渡して自己紹介した舞は、

「実は、この商店街の先にある喰らうど亭の件でお伺いしたいんですが」

そう直截《ちょくせつ》に切り出した。「喰らうど亭さんから出店のお話があったのはいつ頃でしょうか。もしご存じでしたら教えていただけないかと思いまして」

「なんで、そんなこと調べてるの、あんたたち」

不審そうな目で見た主人に、

「融資がらみの不動産取得調査をしております」

咄嗟《とっさ》の機転で、テキトーな理由をでっちあげたのは相馬である。

「へえ。それはご苦労様だね」

あまり興味なさそうな主人だが、取引銀行の行員ということもあってか、

「話があったのは、せいぜい半年ぐらい前らしいよ」

と教えてくれた。「その前に、土地の借り上げ交渉をしていた相手があったんだけど、喰らうど亭がそれに割り込む形でいい条件を出してきたんで、そっちにしたんだっていってたな」

相馬が小さく唸《うな》った。聞き捨てならぬ話である。

「差《さ》し障《さわ》りのない程度で結構なんですが、最初に借り上げ交渉をしていた相手というのは、同じ外食産業でしょうか」

それとなく舞がきいた。

レッドデリ――。

その名前が出てくるだろうと身構えた舞たちに、しかし主人が出したのは意外な名前だった。

「王様キッチンだよ」

「王様キッチン？」

思わず、相馬が繰り返す。喰らうど亭やレッドデリと同じく外食産業の一角である。いまはまだ会社の規模も小さいが、着実に店舗数を増やしている会社だ。

「あの土地はね、最初は王様キッチンが出店しようとしていたのに横取りされたんだな。良い場所だからね。悔《くや》しがってたらしいよ、王様キッチンのひとは」

「そういうことって、多々あることなんでしょうか」

真剣な表情になって、不動産屋の主人に舞はきいた。「おんなじ土地を同時期に外食産業同士で取り合うなんて」

「そうそうある話じゃないだろうね。私も後で聞いてさ、そんなにこの商店街が注目されていたのかと思ってびっくりしたぐらいで」

「おい、花咲。王様キッチンも、ウチとの取引があるみたいだぞ。品川《しながわ》支店だ」

不動産屋から出るや、早速銀行本部に問い合わせた相馬がいう。

「ウチとの取引が？」

舞は立ち止まると、顎《あご》に指をあてて考えた。「もしそうなら、レッドデリ、喰らうど亭、王様キッチン――この三社とも、当行と取引があるということになりますよ」

舞は、駅前商店街の雑踏《ざっとう》へと一旦、視線を向けたかと思うと、すぐに相馬を振り返る。

「相馬さん、もしかすると、私たちは目の付けどころを間違えていたのかも知れません」

「目の付けどころだと？　どういうことだよ、花咲」

「赤坂支店の行員を疑っていましたが、当行には、三社の情報をすべて得られる立場の人間がいるんじゃないですか」

「なんだと？」

相馬が何かいう前に、「相馬さん、もう一軒、寄っていきませんか」、と舞がいった。

「寄ってくってどこへだよ」

「赤坂支店ですよ」

なにっ、と相馬はいったきりぽかんとした。

「赤坂支店？　あそこに何の用だ」

それにこたえるより先に、舞は、駅の改札に向かって駆け出していた。

6

「どうされたんですか、こんな時間に」

呼び出したのは、レッドデリの融資担当、八代だ。突然の訪問に、さすがに八代も驚いた顔になる。

「ひとつお伺いしたいことがありまして」

舞が切り出した。「八代さん、もう二年ほどこの支店に在籍して、ずっとレッドデリを担当していらっしゃいますよね。最新の出店計画が提出されてから、本部の臨店や検査で計画書を支店以外の人間に見せたことがあるか——それを伺いたいんです」

「臨店や検査、ですか」

意外な質問に面食らいながらも、八代は考え込んだ。舞の隣では、鬼が出るか蛇《じゃ》が出るかという顔で、相馬がそわそわしている。

「融資部の臨店検査はありましたが、そこでは見せていませんし……この前人事部の臨店もありましたけど面接だけでしたし……あ、そういえば業務統括《とうかつ》部の臨店ではレッドデリのファイルを見せてくれといわれて見せた覚えがあります」

「なにっ、業務統括部?」

相馬があんぐりと口を開けた。「業務統括部にも臨店って……そういえば、あったな!」

東京第一銀行で業務統括部といえば本来、支店の目標設定とか融資や預金の残高といった計数《けいすう》を管理している部署である。がたしかに、支店を訪ねて業務の遂行《すいこう》状況などをヒアリングすることもあったはずだ、と舞も思い出した。

「融資の審査状況などについても知りたいので、何社かクレジットファイルを見せてくれとおっしゃいまして。たしか、その中にレッドデリのも含まれていました」

「それはどのくらい前のことだい」相馬がきいた。

「一年ちょっと前だったと思います」

「じゃあ、そのときすでに出店計画は——」

舞の問いに、八代は大きくうなずいた。

「ええ、ファイルに挟んでありました」

「担当は業務統括部の誰だったか、覚えてませんか」

勢い込んで尋ねた舞に、ちょっとお待ちください、と中座した八代は、すぐに行内の名簿を持って戻ってきた。早速開いたのは、業務統括部の在籍者欄だ。

八代とともにそれを覗き込んだ舞が、その中のひとりを指し示した。

「もしかして、この人じゃありませんか」

畑仲康晴《はたなかやすはる》。副部長だ。

「畑仲さん……」

八代は記憶を辿り、「ああ、そうですそうです。この方です」、と膝を打つ。「どうしてわかったんですか」

不思議そうに尋ねた八代に、

「大したことじゃありませんよ」

舞はさらりといってのける。「新宿支店の喰らうど亭のクレジットファイルで取引開始時のメモを見たんです。そのメモ作成者の捺印《なついん》が、〝畑仲〟でした。おそらく、同一人物じゃないでしょうか」

「すげえ、記憶力だな」

感心するというより呆れた口調の相馬は、驚いている八代を振り返り、「忙しいところ悪かったな」、ひと言いって舞とともに支店を後にした。

いまや、相馬はいつになく表情を引き締めている。

「さて、この一件をどう料理するかだが――」

「そこから先は、最後のひとつのピースを塡《は》めてから考えませんか」

舞のいわんとするところを理解し、

「王様キッチンだな」

相馬もうなずいた。「その担当者に連絡して、この業務統括部の畑仲氏に経営情報を見せたかどうか、それを調べればいいというわけだ。王様キッチンの経営情報も洩れていたとなれば、これは一大事だぞ、花咲」

受話器を握りしめている相馬がかけている先は、品川支店の融資課であった。

外出していた王様キッチンの担当者をようやくつかまえて、ヒアリングしているところだ。

「お忙しいところ、ご協力ありがとうございました」

相馬が重々しい雰囲気で受話器を置いた。「ちょうど一年ほど前、やはり品川支店にも、業務統括部の畑仲副部長が臨店したそうだ。担当者はそのときクレジットファイルを見せたといってる。経営資料付きのな。これで王様キッチンの情報も漏洩していた可能性が濃厚になってきたぞ。次に新宿支店だが――」

その場で新宿支店の佐竹に電話した相馬は、喰らうど亭と畑仲との関係について、問い合わせた。

「さすがに話が古すぎて、佐竹もちょっとわからないといってる。お前が見たのは新規取引開始時のメモだよな。だとすればもう十五年近く前の話だ。オレの想像では当時畑仲氏は新宿支店の新規開拓の一行員にすぎなかったはずだ」

受話器を置き、腕組みした相馬に、

「ここであれこれ想像していても埒《らち》があきません。一度、畑仲副部長本人に、話を聞いてみましょう」

やおら立ち上がった舞を、

「おいちょっと待て、花咲」

警戒した目で相馬が制した。「オレたちは確証を握っているわけじゃない。いいか、くれぐれも穏やかに頼むぞ」

「わかってますって」

舞はいった。「私はいつだって冷静、穏やかじゃないですか」

「よくいうよ」

舞と相馬は連れだって業務統括部のフロアへと向かったのであった。

7

「事務部の臨店が何か用？」

デスクワークから顔を上げた畑仲は、椅子を回すと怪訝《けげん》な顔で舞と相馬を見上げた。

年齢は五十代半ば。仕立ての良さそうな紺のストライプスーツに派手めのネクタイ。白髪《しらが》混じりの髪に銀縁眼鏡をかけ、その奥から鋭い眼差《まなざ》しがこちらに向けられている。

「あの、ここではなんですから、ちょっとよろしいですか」

相馬がミーティングブースを指し示したが、「なんだよ。こっちは忙しいんだから、ここでいいだろうが」

横柄《おうへい》な態度である。

「では、単刀直入にお伺いしますが、畑仲副部長は外食産業の喰らうど亭をご存じですね」

舞が喰らうど亭の名前を出した途端、畑仲の目がすっと細められた。暗くなった目の奥でかすかな光が点灯し、表情が消えていく。そして、

「ああ、知っている。それがどうかしたか」

畑仲は平静を装った。舞は続ける。

「実は、喰らうど亭のライバル企業の経営情報が喰らうど亭に流出していることがわかりました。赤坂支店のレッドデリ、そして品川支店の王様キッチンです」

「それで？」

いかにも大儀《たいぎ》そうに椅子にもたれてみたものの、畑仲から隠しようのない警戒心が滲《にじ》み出ていた。

舞はこの日調べ上げた事実を話すと、

「畑仲さんは、一年ほど前に、それぞれに臨店されてますね。なにか思い当たること

はないでしょうか」

　そうあらためて問う。

「冗談じゃない」

　畑仲はギラついた目を舞に結びつけたまま、怒りを露《あら》わにした。「思い当たるフシなどあるわけないだろう。それともオレが臨店を利用して経営資料を持ち出したとでもいいたいのか。証拠でもあるのかよ」

「いえ、それは――」

　さすがに舞が言葉に詰まると、

「ほらみろ」

　勝ち誇ったように、畑仲は顎を突き出した。「証拠もないのに行員を盗人《ぬすっと》呼ばわりするのか。名誉毀損《きそん》で訴えるぞ、お前ら。それともまだ何かいうことがあるのか」

「いえ、お忙しいところ、すみませんでした」

　傍《かたわ》らから相馬がいうと、

「とっとと失《う》せろ！　目障りだ！」

　けんもほろろに畑仲は言い放ち、舞と相馬をもの凄《すご》い形相《ぎょうそう》で睨み付けた。

「ありゃあ、とてもじゃないが口を割るような御仁《ごじん》じゃねえな」

業務統括部を出ると、畑仲のあまりの剣幕に青ざめた顔で相馬がいった。

「だけど、限りなく怪しいですよ、畑仲副部長は」

「それはわかるけどな、手持ちの材料だけで畑仲さんを追い詰めるのは無理だ」

相馬はいうと、エレベーターに向かって歩き出した。

「一旦戻って対策を考えるぞ。今後のことは、それからだ」


とはいえ――。

情報漏洩の証拠がそう簡単に見つかるはずもない。

「こりゃあ、いよいよお宮《みや》入りも見えてきたなあ」

あきらめの早い相馬からそんなセリフが洩れてくるようになった頃、話があるから支店に来てくれという一本の電話がかかってきた。

新宿支店の副支店長、佐竹からである。

「お前、たしかこの前、業務統括部の畑仲副部長のことをきいてきたよな」

出向いた新宿支店の応接室に入ると、佐竹はそう切り出した。

「ああ、いった。話というのは、その件か」

「まあ、これが例の情報漏洩と直接結びつく話かどうかは知らないが」

佐竹は慎重に言葉を選んでいる。「実は今日、用事があって喰らうど亭を訪問したんだが、総務部長から、畑仲さんという方を知っているかときかれたんだ。なんのことかと思ったら、出向という形で受け入れる準備があるっていうんだな」

思わず相馬が体を乗り出した。そんな出向話があったとは、寝耳に水の話である。

「それ、正式に決まった話なのか」

慌《あわ》ててきいた相馬に、佐竹は首を横に振った。

「いや、まだのようだ。社長とその畑仲氏が昵懇《じっこん》で、随分前から誘っていたらしいという話は聞いた」

「ポストは」

「経営企画室長。社長の直轄《ちょっかつ》だそうだ」

「それはすごいな」

相馬がのけぞるのも無理はない。

通常、銀行員の出向先ポストといえば、経理や総務関係だ。経営企画室長は厚遇である。

「まだ内緒の話らしくてな、総務部長にしてみればどんな人物なのかと心配だったらしい。それでオレにこっそりきいたというわけだが、相当のやり手で御社には合ってるとはいっておいたよ」

「ブラックジョークだな、そいつは」

そういって舞を振り向いた相馬は、「これだな」、と意味ありげにいった。

「これですね」

舞もこたえる。ひとり蚊帳《かや》の外に置かれてぽかんとしている佐竹に、相馬が補足した。

「この前話した通り、畑仲氏が赤坂支店と品川支店を訪問して漏洩した情報に接したことはわかっているんだが、情報漏洩については否定している。明確な証拠がないこともあって、こっちも追及できないままだ」

「でも、いまの話で、少なくとも動機についてはわかった気がします」

舞の言葉に、佐竹は苦々しくうなずき、

「事実だとすれば、残念な話だよ。そんなのを雇おうという喰らうど亭にも問題がありそうだ」

「まあ、同社とどう向き合うかは、直接取引しているお前らに任せるよ」

相馬は浮かべた笑いをすぐに引っ込めると、

「さて、こうなると、次の一手をどう打つかが問題だな」

難しい顔になった相馬に、舞がいった。

「これは私の想像ですけど、もし、経営企画室長として迎え入れるとすれば、社長からはライバル企業の新たな情報を求められていると考えられませんか。そういう強引な経営で同社は業績を伸ばしてきたんですから可能性はあると思うんです」

舞の指摘に、相馬も「なるほど」と手を打った。

「新しい経営計画もできあがって、そろそろ銀行に提出される頃だな」と佐竹もうなずく。

銀行の融資先は決算がまとまると、新年度の経営計画と合わせて取引支店に説明に来るのが一般的だ。その際、銀行には取引先の経営情報が資料として提出される。

「だとすると――」

舞はいった。「新たな経営情報を盗み出すために、再び臨店を計画しているかも知れません。赤坂支店や品川支店。それだけじゃない、喰らうど亭と競合する外食チェーンと取引のある支店に片っ端《かたぱし》から連絡して、業務統括部の臨店予定がないか調べましょう」

8

午後八時を回り、ぽつぽつと帰宅する行員が出てくると、部内にはどこか疲弊《ひへい》したような空気が流れるのが常であった。

年度替わりの三月には連日終電で帰るほどの激務だが、それも四月の半ばを過ぎると緩和《かんわ》され、仕事にも多少の余裕が出てくる。

いま、畑仲は目を通していた書類を決裁箱に放り込むと、周囲の様子を窺《うかが》ってからそっと席を立った。

エレベーターに乗り込み、三つ上の八階へ向かう。

融資部のあるフロアであった。

ここは支店から回ってきた融資案件を扱う与信《よしん》部門で、業務統括部以上に殺伐《さつばつ》として、どこか戦場を思わせるようなささくれだった雰囲気に溢《あふ》れている。

フロアは、担当地域ごと、いくつかのエリアに分けられていた。

ちなみに、銀行の支店で融資を担当する会社には、管理上ふたつの種類がある。

ひとつは、支店長の決裁だけで融資可能な会社。そしてもうひとつは、支店長だけでなく融資部長などの本部決裁まで必要となる会社だ。

どちらになるかは、融資残高や担保の状況などによって決まる。

中堅以上の規模であるレッドデリも王様キッチンも、そして喰らうど亭も本部決裁を要する会社であり、ここでは審査のために支店が集めたものと同じ書類がコピーされ保管されている。

フロアを横切り、畑仲が向かったのは、第五グループのシマであった。赤坂支店の本部決裁先を担当しているグループである。

レッドデリへの融資は、支店長が決裁した後、ここの調査役が審査し、さらに融資部長の決裁を経て、初めて実行される。

担当調査役は、手嶋《てしま》。

会ったことはないが、調査役になったばかりのひよっこだということは事前に調べた。副部長の畑仲にすれば、相手を言いくるめ、レッドデリのクレジットファイルを借りることなど赤子《あかご》の手を捻《ひね》るようなものだ。前回は臨店を利用して情報を得たが、業務統括部の性格上、いつも同じ方法に頼るわけにもいかない。そんなことをすれば不審に思われるだろうし、実際、先日は事務部臨店指導グループの者が畑仲を疑ってきた。そろそろ行動には注意を払う必要がある。

融資部にあるそのシマには、三人の調査役がいて、一心不乱に審査書類に目を通していた。

「レッドデリの担当はどなた?」

畑仲が尋ねると、無言でひとりの手が上がった。青白い顔をした二十代後半の男である。

「業務統括部だが、業界動向を把握したいのでちょっとクレジットファイルを見せてもらっていいかな。すぐに返す」

忙しいのか、デスクの上に視線を結びつけたまま立ち上がると、それを引き剝《は》がすようにして歩き出し、背後のキャビネットを開ける。

「どうぞ」

そっけなく渡されたクレジットファイルをその場で開けてみた。

そこに新たな経営計画のコピーが挟まっていることを確認した畑仲は、一旦それを持ち出すと、業務統括部まで戻ってコピー機に向かう。

作業はあっという間に終わり、同じ手口で、昨日の王様キッチンに続き、新たな経営情報を得た。足がつかないように方法は変えているが、実際のところ臨店するよりこうした方が簡単だ。疑ってかかっている事務部臨店指導グループの裏をかくことにもなる。

　コピーを自席の上に置いた畑仲は、クレジットファイルを融資部に戻しに行った。相変わらず作業に没頭している手嶋は、畑仲のことなど上の空だ。礼を言い、悠然とした足取りでエレベーターに乗り込み業務統括部のフロアに戻った畑仲は、さて自席に戻ろうとしてぱたりと足を止めた。

　遠目から、自分の席に、誰かが座っているのが見えたからである。

　たっと歩き出した畑仲が、

「おい、何をしてるんだ」

　声をかけるのと、花咲舞が振り返ったのは同時であった。傍らにはもうひとり、相馬もいる。

　そのとき、畑仲の顔は驚愕《きょうがく》に打ち震えたように見えた。

「あなたのこの書類を見ているんですよ」

　舞は静かにいうと、手にしたコピーを持ち上げてみせた。レッドデリの経営計画書だ。

「ご存じないでしょうけど、融資部の手嶋君は、私の同期なんです。忙しい彼には申し訳ないけど、あなたが来たら連絡するように頼んでありました。それと――机の中に、こんなのもありました。王様キッチンの業務プラン。これ今年のですよね」

「そこをどけっ！」

怒りに顔を真っ赤にした畑仲を、

「説明してもらいましょうか」

静かに、舞は見据《みす》えた。「この情報を、あなたがどうしようとしたのか。なんのために、こんな情報を集めているのか。ここにいる全員が納得できるように」

舞は、強《こわ》ばった表情で様子をうかがっている部員たちに視線を向けていう。

「そんなこと、お前には関係ない！」

激昂《げっこう》した畑仲に、

「関係あるから、ここにこうしているんです！」

毅然《きぜん》と舞は言い放ち、畑仲と対峙《たいじ》した。「あなたみたいな腐った行員のために、当行の信用がどれだけ傷つけられたと思ってるんですか。あなた、喰らうど亭の経営企画室長になるんですってね？」

畑仲に、驚きの表情が浮かんだ。

「な、なんのことか、さっぱりわからないね」

「へえ。そうですか。相馬さん――」

舞にいわれ、びくりとした相馬が慌てて一枚のメモを寄越《よこ》した。普段エラソーなことをいうくせに、修羅場《しゅらば》になると相馬はめっきり弱い。

いま舞は、そのメモを、畑仲の鼻先に突きつけた。

「これは、喰らうど亭が当行と新規取引を始めたときのメモです。当行のルールでは、新規案件メモは必ずクレジットファイルに残すことになっている。これによると、この担当者が連日連夜、同社や社長宅を訪問した努力が認められ、少額ながらも融資をさせていただくことになったとあります。このメモを書いたのは、他ならぬ畑仲さん、あなたじゃないですか。あなたは、これをきっかけに社長に認められ、そしていまだに付き合うほど親密な関係になった。役員に迎える話も、このときからの信頼関係があったからでしょう。この当時のあなたを知る行員たちに、話を聞きました。全員が口を揃《そろ》えて、あなたの熱心な仕事ぶりを褒《ほ》めてました。だけど、時間とともに仕事熱心で誠実だったはずのあなたは変わってしまった。いまのあなたは、喰らうど亭の社長に取り入り、私利私欲のために銀行の信用を平気で踏みにじるような最低の銀行員です。どんな理由があったにせよ、あなたは銀行員として絶対に許されない一線を越えた。あなたの行為は、顧客のためにまじめに働いている私たち全員に対する裏切り以外の何ものでもありません。反論があるのなら、この場でしてください」

いま──怒りに満ちていたはずの畑仲の目が揺れ動いた。

「裏切りだと？　裏切ったのはオレじゃない、この銀行のほうじゃないか」

やがて出てきたのは、引きつった笑いだ。「オレはいままで、それこそ身を粉《こ》にして一所懸命に働いてきた。喰らうど亭の社長と会った頃、彼は会社を日本一の外食チェーンにするという夢を、そしてオレは頭取《とうどり》を目指すという夢をお互い語った。ところがどうだ、いくらがむしゃらに働き、実績を上げても、銀行はオレのことを正当に評価してこなかった」

畑仲は続ける。「大して仕事もできないくせに、いい学校を出てて、口が達者で上司に取り入るのが上手《うま》い連中だけが出世していく。挙げ句、たそがれ研修に呼ばれて自分のことは自分でやれと突き放される始末だ。こんな銀行なんかに誠心誠意尽くしたところで、満足な見返りなんかありはしない。かつて銀行に期待した夢も希望も、いまのオレには欠片《かけら》も残っちゃいないんだ。いまオレの将来を拓くことができるのは、オレ自身しかいない。だからオレは、どんな手を使ってでも這《は》い上がって、生き延びてやる。オレの人生のために。そのどこが悪い。お前らだってな、いつか同じ道を辿るんだぞ！」

畑仲が人差し指を舞に突き出すと、しばし凍《い》てつくような沈黙が挟まった。やがて——。

「それは違いますよ」

硬直した空気を、舞のひと言が割った。「あなたの人生はあなたが決めればいい。だけどそれは、生きるためなら何をしてもいいという理由にはなりません。あなたは、自分のしたことについて、ただ自分勝手に正当化しているに過ぎない。あなたからすれば、裏切ったのは組織かも知れない。だけど、組織なんて、会社なんて、所詮《しょせん》そんなものなんじゃないですか。会社がなんとかしてくれるだなんて、そんなのは幻想です。勘違いした銀行員の、ただの甘えに過ぎません。いいかげん、目を覚ましてください！」

ぐらぐらと煮え滾《たぎ》っていた畑仲の表情から、そのとき何かがすとんと抜け落ちた。怒りや悔しさ、悲しみといった様々な感情が消え失せ、後には呆《ほう》けたような男の、生気のない顔が残っている。

畑仲に声をかける者はいない。

殺伐とした沈黙に覆われたその場は、墓場のようであった。

同時にそれは、かつて情熱と希望を抱いていたひとりの銀行員が、数十年の奮闘の末、夢破れ、辿り着いた最終地点でもある。

いまその前に畑仲自身が立ち、絶望に打ちひしがれて自らの墓標《ぼひょう》を見上げている。

舞にはそう思えて仕方がなかった。

第二話

汚れた水に棲《す》む魚

1

「部長室に頼む」

紀本平八《きもとへいはち》の指示は、いつも通り短かった。そしていつも通り、返事をする前に切れる。

彼女は、午前九時ちょうどを指している時計を見上げ、そこに何らかの意味を見いだそうと努力をしたが、すぐに無駄なことだと思って止めた。

椅子の背にかけた上着に手を通し、静かな企画部のフロアを横切って突き当たりのドアの前に立つ。ノックは控え目に三つ。

はい、という返事を聞いて室内に入ると、老眼鏡を外しながら紀本がゆっくりと立ち上がるところであった。

黙ってソファを勧《すす》めた紀本は、テーブルを挟《はさ》んだ向かいの肘掛《ひじか》け椅子にかける。

ブラインドを開放した窓から見える春先のオフィス街は、降り注《そそ》ぐ陽光で眩《まぶ》しいほどだ。

「そろそろ当行も、将来のことを見据える段階に入ったようだ」

紀本は言葉を選んで、告げた。その意味を瞬時に悟り、将来の頭取候補と言われるこの男の表情を凝視《ぎょうし》する。

「先日のハヤブサ建設の破綻《はたん》で、牧野《まきの》頭取もついに腹をくくられた」

昨年九月、同社の倒産で、東京第一銀行は巨額の損失をこうむった。

バブル崩壊の混乱と無秩序、破綻の連鎖という大波をくぐり抜け、なんとか再生のきっかけを摑《つか》もうと苦闘する最中の一撃だ。

いま、東京第一銀行が問われているのは、銀行としての存亡、それ以外の何物でもない。

「とはいえ、それは容易なことではなく、その前にしておくべきことが多々ある」

紀本は続ける。「しかもそれはいましか出来ない。当行の不利益は、いまのうちに探し出し、潰《つぶ》しておくんだ」

「すべて探し出せるとは限りません」

ようやく差し挟んだ彼女の言葉に、紀本はこの季節とかけ離れた冷ややかな視線を寄越《よこ》す。

「ならば、隠す。どこまでも、永遠にだ。そして、我々の手で、すべてを決着させねばならない。その覚悟が必要だ」

端《はた》からすれば禅問答のように意味不明のやりとりであるが、彼女にはわかったことがある。

腹をくったのは頭取の牧野治《おさむ》だけではない。その腹心である、この紀本もまた同様だということだ。

「当行の利益のために、清濁《せいだく》を併《あわ》せ呑《の》むときだ」

いま紀本から、まさにそれを証明する言葉が吐かれた。「そのために、君には行内の調整を頼みたい」

行内の調整？

目で問うた彼女に、

「君は新たな仕事をすることになる」

紀本は威厳をこめた声でいうと、立ち上がった。「昇仙峡玲子《しょうせんきょうれいこ》――本日より、企画部特命担当を命ず」

部内の、単なる担当替えというにはほど遠い重みが、そこにはあった。

「行内を見渡し、不都合な事実を洗い出し、当行の利益を守る——それが君の使命だ。手段は問わない」

「私の上司は——」

「この私だ」

紀本の返事は明確であった。「そして、部下はいない。この東京第一銀行で果たしていま何が起きているのか。私のところにも、そして君のところにも様々な情報が入ってきているはずだ。それにどう対応すべきかを検討し、決定する。それが君の——いや、我々の仕事だ。来たるべき、この銀行の将来に向けての露払いとでもいったらいいか」

「そうした対応について頭取は——」

いいかけて玲子は口を噤《つぐ》んだ。

紀本に答える意思がないことがわかったからだ。そしてまた、きくまでもなく、玲子には答えがわかった。

これは——頭取命令だ。

2

「払えないってどういうことだよ」

その声は、冷えた鋼《はがね》のように硬く滑《なめ》らかだが、激しい怒りがこもっていた。

「申し訳ありません。今月は、思いがけず息子の学習塾代ですとか、住宅ローンのボーナス支払いとかがありまして、予定が狂ってしまいました」

「学習塾に住宅ローンだと」

相手の背後から、天井に抜けそうな甲高《かんだか》い声が上がった。新橋《しんばし》にある雑居ビルの一室である。「お前、アホか。住宅ローンとウチの借金、どっちを先に返したほうが得か、そんなこともわからんのかい」

「子供には迷惑はかけられません。すみません!」

男はテーブルに額をこすりつけた。「それに、住宅ローンを滞納するようなことは、銀行の手前できませんし」

「カッコつけてる場合か、てめえ」

また背後から怒声が上がり、突っ伏したまま男の体が震え出した。

「子供が大事で、銀行に迷惑がかけられない、か」

目の前の男から、また静かな声が放たれた。静かだが、鋭利なナイフのように心にすっと入ってくる。

「随分ご立派な言い分に聞こえるんだが。ならば借りた金を返すのは当たり前だろう」

「ごもっともです。しかし今回は、返済しようにも、なんともならない状況でして」

今にも泣き出しそうな顔に、相手の底光りする目が向けられた。

「ですから、その――返済を今一度ご猶予《ゆうよ》いただき、来月以降の分割払いということにしていただくわけには――」

返事はない。

実際には短かったかも知れないが、押しつぶされそうな沈黙の後、

「都合のいいこといってんじゃねえよっ!」

突如《とつじょ》頭をつかまれ、力任せにテーブルに叩《たた》き付けられた。

衝撃で灰皿がひっくり返り、溜《た》まっていた灰と吸い殻が男の首筋から背中にふりかかる。

呻《うめ》きながら顔を上げた男の鼻から迸《ほとばし》り出た鮮血が、シャツにシミを作った。

「銀行みたいに、優しく許してくれると思うなよ」

立ち上がりながらいった相手の足が上がったかと思うと、靴底が顔面にめり込み、男は座っていた椅子から背後に倒れ込む。

「いいか、返済期日は今日だ。オレたちにとって返済期日は絶対だ。守れないのなら、その分の代償を払ってもらう。指出せ」

そういうと、背後からもうひとりがやってきて男の腕をとって引きずり、手をテーブルに広げさせた。

男の口から、ひゅっという悲鳴が洩《も》れたのは、どこから取り出されたのか、すでに鞘《さや》から抜かれた匕首《あいくち》を、相手が握りしめていたからだ。

「おい、タオル持ってこい」

背後のもうひとりにいうと、その男は勝手知ったる様子でタオルを持ってきてふたつに折りたたんでテーブルに広げる。

「小指で許してやる。おい、押さえとけ」

男の必死の抵抗が始まった。

「何とぞ、お許しください。なんでもしますから、どうか指だけは勘弁してください」

泣き声混じりの言葉が絞り出された。横に立った男に腹を蹴り上げられ、呼吸困難に陥った男の顔は歪《ゆが》み、涙と汚れで無残になる。苦痛と恐怖で体をふたつに折っている男の様子を、中央の肘掛け椅子にかけたままの相手が冷酷に見下ろしていた。どれだけ、そうしていたか——。

「会社は腐りかけがうまい」

やがてぼそりと吐き出されたひと言に、固く閉じられていた男の目が開いた。「いつだったか、そんな話を聞いたことがある。なんでもするっていうなら、お前んとこの腐りかけの会社を、オレに寄越せ。それなら指は許してやる」

カクカクと音がするほどの勢いで男の首が縦に振られると、肘掛け椅子の男の唇に笑みが浮かんだ。もし蛇《へび》が笑ったら、きっとこんなふうに笑うのだろう。膝《ひざ》を立てながら男はそのとき、その蛇に自分が呑《の》み込まれたことを自覚したのであった。

3

「銀座《ぎんざ》支店がまたトラブってるらしいよ」

芝崎次長からいわれたのは、五月二十五日のことであった。

二十五日といえば、会社の決済、つまり支払日が集中する五と十のつく〝ごとお日〟のひとつである。

銀行というのは、月初めこそ忙しいものの月中《つきなか》にかけて商《あきな》い閑散《かんさん》、つまり暇になっていき、やがて十五日頃から忙しさを増して、二十日、二十五日、そして月末という繁忙《はんぼう》日を迎えるというサイクルになっている。

こうした日の銀行は殺伐として、様々な書類、ときに怒号が飛び交う戦場と化すのが常であった。

といっても、口の悪い連中からは〝閑職〟、〝窓際〟と陰口を利《き》かれる事務部臨店《りんてん》指導グループの部屋は、忙中閑あり。まったくもって静かである。

「えっ。またやっちゃいましたか」

書類から顔を上げ、相馬健が顔をしかめた。銀座支店で事務ミスが相次いでいるというので、臨店指導に赴いたのはつい先週のことだ。

三日間かけてひと通りの指導はしたつもりだが、少なくとも即効性はなかったらしい。

「さっき辛島部長からもいわれちゃったよ。臨店指導はどうなってるんだってね。そんなわけでさ、君たち、もう一度様子を見てきてくれないか」

「なんだか、冴《さ》えないアフターフォローですね」

憂鬱《ゆううつ》な口調で相馬はいった。「まったく、デキの悪い生徒を持つ教師の気持ちがわかるってもんです。なあ、花咲」

「経験が浅いんですよ」

花咲舞は書きかけの書類から顔を上げた。「ミスが起きると余計に萎縮《いしゆく》してしまって連鎖することってあるじゃないですか」

「デキのいい奴がそう簡単にミスをやらかすかよ」

そういいつつも、仕方ねえな、と相馬は腰を上げた。

「すまんな、ふたりとも。まあなにせ、あの銀座支店だからねえ、へ、へ、へ」

部屋から出ようとするふたりを、芝崎はそんな気になるひと言で送り出したのであった。

「相馬さん、あれ、どういう意味なんですかね。〝あの銀座支店だからねえ〟って」

地下鉄駅に向かいながら、舞がきいた。

「なんだお前、先週臨店に行ったのに知らなかったのかよ。平和な奴だ」

相馬はあきれた顔をしてみせた。「銀座支店はな、紀本さんが以前、支店長をしていた店なんだよ」

「へえ、そうなんですか」とさして関心もなさそうに舞。

企画部長の紀本は将来の頭取と目《もく》される男で、牧野治頭取の懐刀《ふところがたな》だ。

「それだけじゃない。業務統括《とうかつ》部の小倉《おぐら》部長も、紀本さんの次の銀座支店長だったわけで、まあ要するに名門の誉《ほま》れを守れと、そういうことさ」

名門支店とは無縁の銀行員人生を歩んできた相馬は、ちょっと自虐的になって、肩を竦《すく》めてみせた。

地下鉄の大手町駅から乗って二駅の銀座駅で降りる。目抜き通りに看板を出している東京第一銀行銀座支店を訪ねて営業課のフロアに入った途端、顧客《こきゃく》には聞こえない壁際の席で、

「本当に、なにをやってるんだ、君は」

抑えられた叱責《しっせき》が耳に飛び込んできた。

声の主は、支店長の西原清孝《にしはらきよたか》である。

その西原を囲むようにして、数人の行員が神妙な顔をして立っていた。

閉店間際の営業フロアには、繁忙日独特の、むっとするほどの熱気が立ちこめている。

顧客を呼び出すチャイムの音、薄紙が重なるような話し声、オンライン端末のキーを叩く音が、工場の振動音のように微細なリズムと独特の雰囲気を醸《かも》し出すのだ。

午後二時。支店が持てる力のすべてを結集させて、この日の事務を乗り切ろうとする時間帯に差しかかっていた。

西原の視線が動き、舞と相馬のふたりに注がれた。

「次長から様子を見て来いといわれまして」

そういった相馬は、相手の顔色を窺《うかが》うようにきいた。「トラブルのほうはいかがですか」

返ってきたのは、鋭い舌打ちだ。

「まったく、耳が早いな」

いまや極度のストレスをたんまりと抱え込んでいるように見える西原は、

「大丈夫なもんか」

青白い顔に青筋を立てている。傍《かたわ》らにいた営業課長の皆川隆一《みながわりゅういち》が、トラブルの状況を簡単に説明してくれた。

銀座支店の取引先、アクアエイジという会社から、他行が発行した小切手の入金と、取引先への決済代金の振り込みを頼まれた昨日のことである。

小切手というのは現金とは違い、一般的に、他行――つまり東京第一銀行以外の銀行が発行した小切手が実際に使えるのは入金した翌々日の午後、つまり明日になるのだが、それを当てにした振り込みの依頼書が本日付けになっていたというのである。本来であれば、「この小切手の入金を当てにした振り込みはこの日はできません」、と断らなければならないところを、担当者が勘違いして受けてしまったわけだ。

おかげで、「早く振り込め」、「いえ、振り込めません」、というトラブルに発展してしまったらしい。たった一日のズレでも、今日この振り込みを待っている会社にすれば、それが死活問題になることだってあるから一大事である。

「なんでしっかり確認しなかったんだ」

西原がそのアクアエイジの融資《ゆうし》担当、坂野元《さかのはじめ》をまた叱りつけた。

「すみません」

意気消沈している坂野に、西原はなおも罵詈《ばり》雑言《ぞうごん》を投げつけたが、だからといって事態が解決するはずもない。

「デタラメな事務にもほどがある」

西原がまた苛立《いらだ》たしげに坂野を睨《にら》み付けたとき、慌《あわ》ただしく行員のひとりが駆け寄ってきて告げた。

「支店長、田沼《たぬま》社長がいらっしゃいました」

「すぐに応接室にお通ししろ」

そう命じるや、西原はその場を離れて応接室に向かう。坂野がそれを追いかけた。

「相馬さん、私たちも行きましょう」

そういって、舞たちもまた階段を駆け上がる。営業課長に案内された男が、二階のフロアに現れたのはその直後のことであった。

「社長、このたびは真《まこと》に申し訳ない」

田沼社長を応接室に招き入れるや、西原は深々と体をふたつに折って謝罪した。その隣では、坂野もまたそれに倣《なら》っている。

「いま必要なのは謝罪でしょうか」

凜《りん》とした声で指摘したアクアエイジの社長の田沼英司《えいじ》は、おそらく四十歳そこそこだろう。支店長の西原より明らかに歳下だが、その態度たるや堂々としてまったく臆《おく》するところはない。

「申し訳ございません」

また西原が詫《わ》びた。必要ないといわれてもつい謝ってしまうのは銀行員の本能みたいなものである。「本件につきましては坂野のミスでして、小切手の資金化は早くて明日の午後になります。何とぞ次善の策で——」

「なんで昨日入金したのに、今日使えないんですか。おかしいじゃないですか」

田沼に納得した様子はない。

「通常、他行の小切手の場合、お使いいただけるのは入金日の翌々日ということになっておりまして——」

「そんなのは、お宅らの事情ではありませんか。自社都合を顧客に押し付けないでもらいたい。銀行さんはサービス業でしょう。それでいいんですか」

田沼の指摘はもっともに聞こえる。

ただ、中小企業の経営者にとって、小切手や手形が資金化——つまり使えるようになるのにどれだけの日数を要するのか、というのは必須の経営知識といっていい。

とはいえ、眼前の事態がのっぴきならないことは、否定しようのないことであった。

西原は言葉を呑み込み、ほんの数秒の間、カーペットを睨み付けた。

「いや、社長。本当に申し訳ない。ですが、この振り込みはお受けできないんです。なんとか、自己資金を用立てていただくというわけにはいきませんか」

「そんなこと、今さら言われても困ります。相手は、この金を待っているんですよ」

田沼は有無を言わせぬ口調だ。「第一、お宅の銀行は、これを受け付けたじゃないですか。ミスを認めるのなら、そのミスを挽回《ばんかい》するのもそちらの義務でしょう。なんとかしていただけませんか」

「なんとかとおっしゃいましても……」

困惑しきりで弱々しい声を出したのは、営業課長の皆川であった。

この交渉の場そのものがいま、見えない壁にぶち当たり、座礁《ざしょう》寸前だ。

――これはダメだ。交渉の出口はどこにもない。

舞がそう思ったときである。

「振込先はどこだ」

西原の問いが、重い沈黙に罅《ひび》を入れた。

坂野から、すっとくだんの振込依頼書が差し出される。

「小切手の明細、あるか」

続いて出た問いに、皆川から小切手のコピーが差し出された。全部で三枚。総額は三千万円を超える。

西原はじっと小切手を睨み付け、ふうっと、長い吐息を洩らした。

何事か考え、それから腕時計を一瞥《いちべつ》する。

果たしてどうするつもりなのか。全員が息を呑んで成り行きを見守る中、

「この振り込み、処理してくれ」

西原の思いがけない指示が飛び出した。

「支店長――」

驚きの表情からすぐさま困惑のそれへと皆川の表情が変わる。「それはどういう……」

「過振《かぶ》りでやってくれ」

思わず、舞と相馬が顔を見合わせた。

過振りとは、資金化前――つまり、おカネとして使えるようになる前の小切手を、〝決済されるだろう〟と見込んで支払う、異例の処理である。

さらにいうなら、相手を信用してカネを貸すのと同じ類《たぐ》いの話なのであった。

もちろん、利息もかかる。

「支店長、利息のほうは――」

戸惑う皆川に、

「ウチでもつ」

西原はきっぱりといった。本来なら利息は顧客からもらうのがスジだろうが、もは

や〝超法規的措置《そち》〟である。毒を喰らわば、の勢いだ。

「しかし――」

渋い顔をした皆川に、

「いいから処理してくれ。ほかならぬアクアエイジさんの依頼だ。これ以上、ご迷惑をお掛けするわけにはいかん！」

毅然《きぜん》とした指示を出す。

果断なのか、誤断なのか――。

結果がどうあれ、意を決して出したその指示は、西原にしてみれば精一杯のものに違いなかった。

4

「すみません、ご迷惑をおかけしました」

担当の坂野は、舞と相馬に深々と頭を下げた。

西原支店長の決断で振り込みが実行され、無傷とはいかなかったが、事なきを得た後のことである。

午後五時を過ぎ、すべての決済を終えた支店は、一日の疲労と倦怠《けんたい》感の中、ようやく落ち着きを取り戻しつつあるように見える。

「単純なミスだといいたいところだが、単純だからといって結果が単純なものにはならないのが銀行の事務だぞ」

相馬にしては珍しく真剣な表情でいい、あらためて目の前に置かれた書類を手に取った。

アクアエイジの融資資料をまとめたクレジットファイルである。

「それにしても、過振りとはな」

ぱらぱらとページをめくっていた相馬は、

「なるほど、重要取引先という位置づけか。特別扱いするわけだ」

ようやく合点がいったらしく、ため息を洩らした。

坂野によると、アクアエイジ社長の田沼英司が同社を創業したのは八年前だ。勤めていたコンサルタント会社を辞し、自らベンチャー経営に名乗りを上げた。途中の経営危機を乗り越えて現在の年商は約五十億円。特にここ数年の成長には目ざましいものがある。

「ここのところ、海外でも大口商談をまとめるほどに成長してきまして、近い将来に

「それでいまのうちに、主力銀行としての地位を盤石《ばんじゃく》にしておこうということか」

そのために西原支店長は、なりふり構わぬ対応に出た。「だから無理してでも、今日のところは収めたわけだ」

「支店長は、田沼社長の能力を高く買っているんです」

坂野は続ける。

「特に、四年前の経営危機を乗り越えて成長させた手腕を評価していまして。ところが、最近になって白水《はくすい》銀行が攻勢をかけてきているもんですから、とにかく必死で」

「ミスをするにもタイミングが悪すぎたな」

相馬のひと言に坂野は、「返す言葉もありません」、とうなだれた。

「これから私、振込先の会社に謝罪に行ってきます」

株式会社シンバシサービスというのがその会社であった。名前はシンバシとなっているが、住所は銀座八丁目。支店からなら徒歩五分ほどだ。

「君ひとりでか？　それなら支店長か課長か、しかるべき上席の人間が一緒に行った方がいいと思うぜ」

相馬はいったが、坂野は渋い顔で首を横に振った。

「さっき支店長が早速出向いたらしいんですが、留守だったそうなんです。これから課長共々出る用事があるから、とりあえず私に行ってくるよう申し付けられまして」

遠慮がちな上目遣《づか》いで相馬を見ると、「相馬調査役の時間が空《あ》いてたら、同道をお願いしてみろとも」

そう付け加えた。

「おいおい、こっちは謝罪係じゃねえんだぞ。なんでオレが行かなきゃならないんだ」

さすがの相馬もむっとしている。

「本部の人間が謝罪に来たとなれば相手も悪い気はしないはずだと」

「まさか、今回のミスをオレたちの指導不足で片付けるつもりなんじゃないだろうな」

疑わしげな相馬に、

「まあ、いいじゃないですか、相馬さん」

黙って聞いていた舞が助け船を出した。「乗りかかった船ですし、これできっちり収めてお仕舞いにしましょう」

「まあ、そういう考え方もあるか」

元来が人の好《よ》い相馬だが、舞のとりなしにうなずいてからじろりと坂野を睨んだ。

「だが勘違いするなよ。こんなのは本来オレたちの仕事じゃない。臨店指導の一環ってことで、今度ばかりは大目に見てやる。こんなミスを連発されたんじゃ、オレたちの沽券《こけん》に関わるからな」

「ありがとうございます」

坂野は応接室のテーブルに両手をついて礼をいった。「おふたりが一緒についてきてくださるのなら、鬼に金棒です。実はちょっと気が重かったものですから」

そういうと坂野はほっとした表情を浮かべたのであった。

5

「ええと、ニチハビル——あ、これですね」

地図を片手に見上げたのは、一階と二階に飲食店の入ったビルであった。「さっきアクアエイジの社員さんに伺《うかが》ったところでは、このビルの五階という話だったんですが」

「だけど、坂野さん。案内板に社名、入ってませんよ」

舞の指摘に、坂野が首を傾《かし》げたが、

「まあ、いいじゃん。行ってみようや」

相馬はさっさと奥のエレベーターホールまで歩いていくと、上階へのボタンを押した。

「なんの会社なんだ、このシンバシサービスってのは」

上へ向かうエレベーターの中で、相馬がきいた。

「営業コンサルだそうです」

「へえ。そこに三千万円も払ったんですか」

舞が驚いていった。「コンサルって、私たちと同じように指導したりする仕事ですよね。相馬さん、私たちの仕事にもそのくらいの価値があるかも知れません」

「あるわけねえだろ」

相馬は面倒くさそうに吐き捨てる。「ちょいとばかり出世コースから外れたオレと、跳《は》ねっ返りの女子行員。オレたちに何がある」

「最近の相馬さんは、ちょっと自虐的になりすぎですよ。しょぼいオヤジみたいです」

「なんだと」

相馬が目を剝《む》き、傍らの坂野が苦笑したときドアが開いた。

狭いフロアに、ドアがひとつ。実に殺風景な事務所で、入口に看板もない。

「本当にここか」

さすがの相馬も、疑問を浮かべて舞を見た。

「でも、明かりが点《つ》いてます」

たしかに、舞がいうように部屋の蛍光灯が点いているのが外から見える。「行ってみましょう」

さっさとドアを開けた舞が、

「失礼します」

中に声をかけた。「あの、こちらシンバシサービスさんの事務所でしょうか」

狭い事務所であった。右手にトイレらしいドアとキッチンが見える。十畳ほどのワンルームになっていて、そこに事務机は三つ。うち二つは向かい合わせになっていて、奥のデスクは窓を背にして置かれている。

営業のコンサルとのことだが、目標やグラフが貼られているわけでもなく、メッセージボードがあるわけでもない。電話も、奥のデスクに一台あるだけだ。

その奥のデスクと手前の事務机との間に簡単な応接セットがあり、いまそこでひとりの男が、神棚を背に静かにタバコをふかしていた。

「どなた」

吸いさしを指で挟んだまま、低い声でこたえると大儀《たいぎ》そうに腰を上げた。

背の高い男で、高級そうなスーツと革靴。ぴかぴか光っている鰐革《わにがわ》のベルトに濃紺のシャツ。ネクタイはなく、開いた襟元から金のチェーンが見えている。

得体《えたい》の知れぬ雰囲気は、とてもカタギのものではない。

「あの、と、東京第一銀行のものです」

威圧感のある眼光にさらされ、坂野がおどおどと名乗り名刺を差し出した。

タバコを持った手で三人分の名刺を受け取り、男はそれをデスクの上に置いたものの、自分は名刺を出すわけでもない。

手土産にと坂野が持参した和菓子の箱を、ぞんざいにデスクに投げ、

「本日は、ご迷惑をお掛けして、本当に申し訳ございませんでした」

深々と頭を下げた謝罪を無表情にやり過ごした。

「用向きはそれだけ？」

面倒くさそうに、男はきいた。

振り込みの遅延について怒るでも、迷惑そうにするでもなく、自分から何かを話す

でもない。

「はい。お忙しいところ失礼しました」

逃げるようにエレベーターホールに出た途端、大きな息を全員が吐き出した。

「おいおい。どういう営業なんだよ、あれは。ちょっとヤバいスジなんじゃないか」

ビルを出るや、相馬がいった。

「す、すみません。営業のコンサルだという話でしたが、ちょっとアレですね」坂野の顔も青ざめている。

「そう、そのアレだよ。ありゃ、まるでヤクザだろうが」

相馬がいい、「どう思うよ、花咲」、と舞に意見を求める。

「アクアエイジがなんであんな会社と取引しているのか。そっちのほうが問題ですね」、と舞。

「君は、あの会社の存在、知らなかったのか」

相馬がきくと、坂野はぶるぶると首を横に振った。

「知るわけありませんよ。アクアエイジが主要取引先として挙げてきている会社リストにも載ってなかったですし。まさか、あんな会社と取引があるなんて」

目を丸くしている。

「気鋭のベンチャー企業ねえ。ヤクザまがいの強引な営業をかけてのし上がってきたってことなのかな。だけどな坂野君。業績を伸ばしているからといって、すべてが肯定されるわけじゃない」

相馬にしては厳しい口調になった。「もっときちんと取引先と向き合うべきなんじゃないか」

「た、たしかに」

坂野はうなずいた。「これからアクアエイジさんに通帳を返しに寄るんで、それとなくきいてみます」

アクアエイジの事務所は、そこから徒歩数分のところにあるという。

「だったら、私たちもちょっと覗《のぞ》いてみませんか」

舞の提案に、相馬はあからさまに嫌な顔をした。

「もうよそうぜ、花咲。オレたちの仕事はこれで終わりだ。余計なことに首を突っ込むことなんかねえだろ。もう帰ろう」

「じゃあ、相馬さん、先に帰ってくださいよ。私は、坂野さんと行ってきますから」

「おい、花咲。そういうお節介《せっかい》なところは――おい、おいって――」

相馬の忠告など最後まで聞かず、舞は坂野を促《うなが》してさっさと歩き出す。

「まったく」

ちっと舌打ちを洩らした相馬は、声を張り上げた。

「ちょっと待て、オレも行くから」

6

アクアエイジのオフィスは、小綺麗《こぎれい》で洗練されていた。

銀座にあるオフィスビルの三階フロアには大型の水槽が置かれ、熱帯魚が泳いでいる。

「おっ、こいつは素晴らしいアクアテラリウムだな」

相馬の意外な発言に、

「なんです、そのアクアテラリウムって」

舞が問うた。

「要するに、水槽に半分ぐらい水を入れてそこに魚を泳がせ、半分から上を陸地みたいに作るわけだ。魚の習性とか水質管理だけじゃなく、植物の知識も必要になるからこれが難しいんだな。でも、この水槽は見事だ」

「それには、弊社《へいしゃ》の濾過器《ろかき》が使われているんです」

背後から声がかかって振り向くと、ひとりの男が立っていた。

「ああ、伊本《いもと》常務。本日はすみませんでした」

慌てた様子で、坂野が頭を下げる。

交換した名刺によると、伊本友康《ともやす》の肩書きは常務取締役。その下に重ねて財務担当とあり、普段、坂野ら銀行員はこの伊本を窓口として、融資交渉をしているらしい。

「いやいや。まあ、誰にでもミスはありますし、最終的に最大限の対応をしていただいたと思っています。どうぞ」

そういって伊本は、坂野と舞、そしていまだ水槽に顔をくっつけんばかりにしている相馬を応接室へと誘う。

ここに来るまでに坂野から聞いた話では、伊本は、田沼とともにアクアエイジを創業したメンバーのひとりだということであった。

「天才肌でイケイケドンドンタイプの田沼社長とは反対に、伊本常務は温厚で誠実な番頭タイプなんです。ふたりがいて初めてアクアエイジという会社が成長できたと思います」

伊本は、田沼がかつてコンサル会社時代に関わっていた会社で財務を担当していたのを、起業を機に引き抜いたのだという。経営戦略の田沼、財務の伊本。お互いに得意分野を持って補い合う関係がアクアエイジの成長を支えてきたのだとも。

「水質改善システムの開発をされていると伺っていたんですが、ああいう小型の濾過器も作っておられるんですね」

応接室のソファにかけるや、相馬が尋ねた。

「主力とはいえませんが、手前どもの水質改善ノウハウの応用で比較的容易に参入できたものですから。熱帯魚はお好きですか」

「ええ、学生の頃にハマりまして、アルバイト代を随分、投資したもんです」

相馬は、意外な趣味の一面を見せた。「あんな大型のアクアテラリウム、一度でいいから作ってみたかったですねえ」

「そうでしたか」

伊本は、嬉しそうな笑みを浮かべる。「いまからでも遅くはないですから、ぜひチャレンジしてみてください。いっていただければ、ウチの製品、提供しますから」

「いえいえ、そんな気を遣っていただかなくても」

相馬はさすがに遠慮し、「そんなことより、本日は謝罪に参りました」、と話を本題に戻した。

「常務。これ、先ほど社長からお預かりした通帳です。本当に、私の勘違いで多大なご迷惑をお掛けして申し訳ございませんでした」

　通帳を開いてみせたまま、改まって頭を下げた坂野に、

「もういいよ、坂野君」

　そう伊本は鷹揚《おうよう》にいった。「昨日はちょうど私が留守にしていて、社長が対応したのもまずかった。とはいえこうして振り込みが間に合ったんだから、何の問題もない」

「先方のシンバシサービスさんには、先ほど謝罪に行って参りました」

　坂野のひと言が発せられたとき、温厚な笑みを浮かべていた伊本の頬《ほお》がつと強《こわ》ばったように見えた。

　とはいえ、それはほんの一瞬のことで、よほど注意深く相手を観察していても見過ごしてしまいそうな変化だ。シンバシサービスの名前が出たことで、相馬も表情を引き締めている。

「あの会社は営業のコンサルタント業とのことでしたが、どういう契約をされているんですか」と坂野。

「あの方たちには歩合《ぶあい》で営業をお願いしているんです」

伊本はいった。どうやら、コンサルの実態は、ただの営業外注のようなものらしい。

「弊社の主力製品は、そもそも大きな沼沢《しょうたく》、池、海水といったものの水質浄化システムです。そういう相手に販売できたら、その売上げの何割かを先方に支払うという契約になっていまして。要するに営業専門の傭兵《ようへい》みたいなものですかね」

傭兵という言葉はたしかに、先ほどの男のイメージに合っている。実績のためには向こう傷も厭《いと》わない、そんな据《す》わった目をしていた。

「コンサルタント契約を結んだのはかれこれ、四年ぐらい前になります」と伊本は続ける。「ご存じだと思うんですが、一度弊社が経営危機に陥《おちい》ったことがありまして、そのとき営業力を強化したいということで、田沼が契約したんです」

案内された応接室にも水槽が置かれ、先ほどここに来るまでの廊下には、縮尺何分の一かの水質浄化装置のプラモデルや、それが稼働《かどう》しているというゴルフ場や養魚場、さらには遠く中東あたりの海の写真のパネルが飾ってあった。

水を綺麗にするためのシステムだが、それを売るには綺麗事で済まないのかも知れない。だとすれば皮肉な話ではないだろうか。

そんなことを考えながら、舞の視線はふとテーブルの上に広げられた通帳に戻った。

何かが、舞の脳裏を過《よ》ぎっていったのは、そのときだ。

銀行員だから通帳を見るのは日常茶飯事なのに、何かが違う。そんな気がしたのである。

その違和感の理由を求め、

「ちょっと、よろしいですか」

舞は、その通帳を手に取り、他のページにもざっと目を通してみる。

――どうした？

目で問うた相馬に舞は小さく首を傾げただけで、

「ありがとうございました」

伊本に通帳を返した。

「それであの――先日から提案させていただいている新規融資の件なんですが……」

坂野が、新規融資の話を持ち出した。遠慮がちな態度は、伊本からどんな反応が飛び出すか恐れているようでもある。

「ああ、あの二億円の件ですね」

「白水銀行さんの金利は、いかがですか」

競合他行との熾烈《しれつ》な競争を制し、とにかく実績を上げる。それが坂野に与えられた使命なのだ。

「実は先ほど、白水さんから金利の提示があったんですがね」

坂野の横顔が緊張に強ばる。

「東京第一さんの金利のほうが安かった」

どっと、その表情が緩《ゆる》んだ。

「それじゃあ、ウチで支援させていただけますよね、常務」

身を乗り出した坂野の期待に膨《ふく》らんだ表情に、

「私のほうからもご連絡しようと思っていたところです」

伊本はこたえると、改まった口調でいった。「当面の運転資金、ぜひ東京第一さんでお願いします」

「ウチの準備は整っていますから、いつでも」

坂野がいうと、伊本は手帳を広げた。

「明日にでも社長と伺いましょう。午後二時でどうですか」

「かしこまりました」

坂野は、すべての悩みが解消したようにさっぱりとした表情になる。「これからも、当行を是非、よろしくお願いします」

「トラブルが起きたときの対応にこそ、相手の本音が見えるものです」

伊本はいった。「今回は、御行《おんこう》の誠意を見せていただきました。こちらこそよろしくお願いします」

7

「どうした花咲、そんなややこしい顔して」

銀行本部に戻る道すがら相馬がきくと、

「それをいうなら、ややこしい顔じゃなくて、難しい顔じゃないでしょうか」

舞はいい、「どうもひっかかるんですよね」、と首を傾げた。

「あのアクアエイジの通帳のことかよ」

「そうです。相馬さんは、何か感じませんでしたか」

「いや、それについてはなんにも」

そうはいうものの、相馬は相馬で何か気になるらしく、「ちょっと総務部へ行ってくる」、臨店指導グループの部屋に戻るや、そう言い残して出ていってしまった。

「おいおい、どうしたんだい、ふたりとも」

その様子を見ていた芝崎がきいた。「銀座支店のトラブルは解決したのかね」

「解決したといえばしたんですけど……」

舞は浮かない表情でこたえながら、壁際に置かれたオンライン端末で、アクアエイジの預金明細を呼び出す。

舞が見ているのは、先ほど見た通帳に印字されているのと同じ内容だ。

東京第一銀行の普通預金通帳は、一番左側に日付、次に摘要欄があって、お支払い金額、お預かり金額と続き、差引残高ときて最後に記号欄がある。

舞はアクアエイジの画面をアウトプットした後、考えた末、以前自分が勤務していた支店と取引のあった会社の普通預金口座の明細画面もアウトプットした。

「そんなもの並べて、どうするつもりなんだね、花咲君」

芝崎も不思議そうな顔で見ている。

「このふたつを比べたら、違和感の原因がわかるんじゃないかと思いまして」

「違和感ねえ。まあ、気の済むまでやりたまえ」

やるとなったら徹底的にやる舞のことだ。芝崎もそんなふうにいうと、自分の事務仕事へと没頭し始めた。

その違和感の理由に舞が気づいたのは、真剣な顔をした相馬が自席に戻ってくる直前のことであった。

「よお、花咲。あのシンバシサービスって会社のことなんだがな、ちょいとばかり問題ありそうだぞ」

舞が口を開く前に、相馬がいった。

「相馬さん、それを総務部に調べに行ったんですか」

「さすがに気になってな。いいか、よく聞け。まず、あの会社は五年前に大赤字を出して、実質的に破綻している」

東京第一銀行が提携している信用情報データベースからの情報だ。「取引銀行は江《え》戸川《どがわ》銀行新橋支店。五年前に二度の不渡りを出した。従業員は全員解雇。社長も交代し、事務所を今の場所に移転した後、どうやったかは知らないが、西東京信用組合に口座を開設して今に至っている。これがデータベースに載っているデータだ。そしてこの男――」

相馬は、株主として記載されている男の名前を指し示した。佐藤完爾《さとうかんじ》とある。「総務部の話では、この佐藤という男は、かつて業界で鳴らした総会屋だったそうだ。関東錦《にしき》連合に所属するいわゆる経済ヤクザということはわかっているが、現在、どんな活動をしているのか詳しいことはわからない。念のため、警視庁にも問い合わせてもらったが、同一人物とみて間違いないそうだ」

「つまり、アクアエイジは、ヤクザが経営している会社に、営業のマージンを支払っているということですか」

舞の問いに、相馬はうなずいてきいた。

「そっちは何かわかったのか」

「これ見てください」

舞は、アクアエイジの預金口座の明細を見せた。

「何か気づくことはありませんか」

明細のコピーは三枚。受け取った相馬は目を皿のようにして見たが、すぐに諦《あきら》めて首を横に振った。

「一見、なんの変哲《へんてつ》もないフツーの明細に見えるけどな。これに何かあるのか」

「入金の摘要欄です」

舞はいった。「そこに見慣れないものがあることに気づきませんか」

「見慣れないもの？」

相馬は一心に、明細を眺めている。舞がいった。

「〝振込9〟です。いくつかの入金の摘要欄にそう入っているでしょう」

「なに」

ぽかんとした顔を、相馬が上げた。

「〝振込9〟？　なんだそりゃ」

舞が説明した。「当行の通帳で〝振込9〟と摘要欄にある場合、それは現金での振り込みを意味しているんです。ちなみに、普通預金から振り替えると、〝振込1〟と記載されます」

「つまり、アクアエイジの売上げが現金で振り込まれたってことか？」

相馬は何かを含んだ目で、舞を見ている。「しかしこれによると、入金してきた相手は個人じゃなくて会社になってるな。いまの世の中、わざわざ現金振り込みをする会社なんてほとんどないんじゃないか」

たいていは、預金口座から振り込みをするからだ。その方が簡単、現金を持ち歩く必要もないので安全、さらに手数料も安い。

「おかしなところはそれだけじゃありません」

舞はいった。「〝振込9〟と摘要欄に入った入金――つまり現金での振り込みがアクアエイジには頻発《ひんぱつ》していて、その多くが三百万円に近いお金なんです。これがどういう意味かわかりますか、相馬さん」

「三百万円――？」

腕組みをして考え込んだ相馬だが、

「これはみんな、ＡＴＭから振り込まれてるんですよ」

「なんでわかる」

「右端の記号欄に〝Ｋ〟と入っています。ＡＴＭを利用するとＫになるんです」

舞の指摘に相馬は、あっ、と顔を上げた。

「たしかに、ＡＴＭで振り込める現金の上限は三百万円だ」

この物語の舞台は二十世紀末。ちなみに、二〇一七年現在、ＡＴＭで振り込める現金の上限は十万円だ。

「それだけじゃありません」

舞は続ける。「同じ会社が、他の月には〝振込1〟、つまり、普通預金から振り込んでいるんです。この三ヵ月で、現金振り込みと預金口座からの振り込み、その両方をしている会社が全部で七社あります」

「果たしてそれにどんな意味があるのか――だな」

相馬は考え込んだ。「お前の意見は」

「アクアエイジの取引先の名前を使っているだけで、実際には無関係な別の人間が振り込んでいるんじゃないでしょうか。しかもその人間は、普通預金や当座預金からではなく、現金でかつ人知れずＡＴＭを利用する必要があった——どうですか」

「なるほど」

舞の仮説をしばし咀嚼《そしやく》した相馬は、

「こいつは妙な話になってきやがった」

そういうや、話を整理しはじめた。「気になることは、ふたつだ。アクアエイジがコンサル契約しているシンバシサービスの実態が暴力団やヤミ金かも知れないということ。それに、いまお前が指摘した現金振り込みの謎。どっちも胡散《うさん》臭いが、ふたつを結びつけることのできる答えがあるとすれば——」

その先を呑み込んだ相馬に、「確かめてみませんか」、とそう舞がいった。

「確かめるって、誰にだよ」

「アクアエイジの田沼社長です」

舞の提案に、相馬は、難しい顔になる。「マジかよ。そんなことしたら、銀座支店の取引がなくなっちまうかもしれないぞ、花咲」

「明日の午後二時、二億円の融資契約のために支店にいらっしゃるそうじゃないですか。ちょっと同席させてもらって、それとなくきくだけですよ」

「それとなくだと？　本当に、それとなく、なんだろうな」

疑わしげにきいた相馬に、

「当たり前じゃないですか」

涼しい顔で、舞はこたえた。

8

アクアエイジの田沼社長が、伊本常務とともに東京第一銀行銀座支店に姿を現したのは約束の午後二時ちょうどのことであった。

応接室でふたりにソファを勧め、テーブルを挟んだ向かいの席に支店長の西原と坂野のふたりがかける。頼み込んで同席させてもらった相馬と舞は、入り口に近い側の補助椅子に腰を下ろした。

「お忙しいところ、ありがとうございます。昨日はご迷惑をお掛けしまして申し訳ございません」

支店長が詫びると、

「いや、もう済んだことですから」

思い通りに事を進めた田沼は余裕の表情だ。

「それより、二億円の融資、ありがとうございます」

逆に礼をいい、傍らの伊本が準備よく差し出した印鑑と社判をテーブルに置いた。

「それにしても、本部というのはお暇なんですね。随分と念の入ったことで」

皮肉めいた笑いを唇に挟んだ田沼は、そういって相馬と舞を見やる。「昨日はウチの取引先にまでお出ましになったそうですね。ウチの社員が連絡先を教えたらしいが、余計なことをしたものだ。愛想のいい会社じゃなかったでしょう」

それは、話の展開を読んでの計算された発言にも聞こえた。最初から発言しておくことで、予防線を張っておこうという意図だろうか。

「正直、あまりスジのいい会社ではないようですね」

そういったのは、相馬ではなく舞のほうだ。その口出しに、支店長の西原が苦々しい顔になるのがわかる。

「契約の前に確認しておくべきだと思うので申し上げますが、シンバシサービスの株主が取引にふさわしくない人物だということはご存じでしょうか」

「ああ、佐藤さんね」

田沼はいった。「かつて総会屋のようなことをしていらっしゃったとは聞きましたが、それは過去の話だ。いまは優秀な営業マンを抱える経営者ですよ。いっておきますが――」

舞の反論を見越して、田沼はいった。「我々の営業というのは、綺麗事では済まないんです。なんとしても生き残っていかなければならない。向こう傷を問うていては、立ちゆかない。そうやっていまの業績がある。私だって、あの会社がほめられたものではないことくらいわかっています。わかっていますが、あえて清濁《せいだく》併《あわ》せ呑《の》む。それが経営者としての決意です。ご理解いただけますね、支店長」

急に問われ、西原は、「も、もちろんそうでしょう」、と話を合わせた。本心はともかく、西原にとっての最優先事項は、目の前の業績だ。

「優秀な営業マンというお話ですが、あの会社が御社で上げる営業実績は年間でどのくらいになるんですか。この一年間で、総額にして三億円を軽く超える報酬をお支払いになっているようですが」

舞が尋ねた。それは昨日から今日の午前中にかけ、相馬とふたりがかりで、アクアエイジの口座を調べてわかったことである。

「そんなことまで調べたのか。本当に君たちは暇なんだな。まあせいぜい五、六億円ぐらいじゃないかなあ」

田沼からそんな返事がある。つまり、五、六億円の営業実績のマージンとして三億円以上を払っているということだ。

「ということは、その売上げの五割から六割がシンバシサービスの利益ということになるんですが、それで御社の儲《もう》けが出ますか」

「儲けなんか関係ないよ」

開き直ったように、田沼が反論した。「ウチが彼らに期待しているのは、まず納品の実績だ。設備で儲けなくても、メンテナンスで稼《かせ》ぐ。大切なのはウチの製品が市場に浸透することで、それが新たな契約に結びつくということなんです」

発言を咀嚼するような間《ま》が挟まった。平静を装う田沼の横で、伊本が俯《うつむ》いている。いまその顔面から血の気が引き、青ざめているのがわかった。

「もうやめないか」

と苛立たしげに西原支店長が割って入った。「これから融資契約をしようというときに、そんな話をしてなんになる。審査は終わってるんだ」

「では最後にひとつだけ――」

そういうと舞は、用意していた数枚の書類を田沼の前に差し出した。「これは御社の預金の出入金明細です。この中で、シンバシサービスさんが獲得してきた売上げがどれだか教えて頂けませんか」

「そんなこと、いちいち覚えてるわけないだろ」

うんざりした口調で、田沼が言い放った。「なんなんだ、いったい。支店長、ウチに融資をする気はあるんですか」

「も、もちろんです」

顔色を変えた西原が舞と相馬にいった。「いい加減にしないか、君たち。これは支店の問題だ。臨店指導グループごときが口を出す話ではない。出ていってくれ」

「おい、花咲……」

舞の隣で相馬は怖《お》じ気《け》づいている。「ここはひとまず――」

だが、その言葉は最後まで発せられなかった。舞がそれを遮《さえぎ》ったからだ。

「これは一支店の問題ではなく、銀行全体の問題です」

「バカ。よせ――」

頭を抱えた相馬には目もくれず、舞は続ける。

「この口座の明細を見ると、不思議なことに気づきます。会社名義でATMを利用した現金振り込みが頻発していることです。通常、こんなことは考えられません。他行からの振り込みに関しても電話で聞き取り調査をしましたが、三百万円以下のものはほとんどが現金、しかもＡＴＭから振り込まれています。なぜでしょう、伊本常務」

頰を硬くしたまま、伊本はこたえない。

俯いた横顔は、何かに怯《おび》え、迷っているように見える。

「それはね、現金で集金するからに決まっているじゃないですか。それが何か違法なんですか？」

田沼は怒りに顔を赤くしている。

「田沼社長」

静かに、舞は相手を直視した。「我々は昨日からつい先ほどまでかかって、あることを調べました。この一年間の御社の入金のうち、現金での振り込みが果たしていくらあるのか。答えは、約三億五千万円です。振込件数は約二百件に上ります」

返事はない。「そのうち、面白いことに気づきました。御社がシンバシサービスに支払っているコンサルタント料の総額は、現金での振り込み額とほぼ同額だということです。何を申し上げたいか、おわかりですか」

「なんだ君は。ウチが売上げを嵩《かさあ》上げしているとでもいうのか。決算を粉飾《ふんしょく》しているとでも」

田沼はあえて笑ってみせたが、唇の端に浮かべた笑いは歪み、内面の動揺を映し出していた。

「単刀直入にお伺いします」

舞は凛として、真正面から田沼を見据《みす》えている。「あなたがされていることは、マネーロンダリングではありませんか？　暴力団関係者が稼いだ違法な資金を、自社の売上げとして計上し、彼らの会社に支払う。裏社会のお金を表に出すためです。もし間違っているのならそうおっしゃってください」

「まったく、話にならないな」

田沼の声はかすかに震えていた。それが怒りによるものなのか、それとも核心を突かれた動揺からかはわからない。

「支店長、この融資、一旦《いったん》白紙に戻しましょう。不愉快だ」

「お、お待ちください、社長」

西原は腰を上げようとする田沼を制し、もの凄《すご》い形相《ぎょうそう》で舞を睨み付けた。「なんてことをしてくれるんだ。このことは事務部長に報告させてもらうからな。覚悟しておけよ」

それにはこたえず、舞はいま、体を硬くしたまま動かない伊本に目を向けた。「昨日、シンバシサービスの件、ウチの総務部から警視庁に情報提供しています。どういう意味かおわかりになりますね？　清濁併せ呑む――たしかにそうかも知れません。ですが私は、そこに一線を引くのが経営であり、経営者に求められている資質だと思います」

「いったい君は何をいってるんだ」

支店長の西原が激昂《げっこう》したとき、

「いえ――」

伊本が、それまでの沈黙を破った。「花咲さんのおっしゃる通りです」

「おい、伊本――」

厳しい表情で田沼がいったが、

「もうこれ以上、隠しておくのは無理じゃないですか、社長」

その誠実さ故《ゆえ》か、伊本は真剣な眼差《まなざ》しを田沼に向けた。

「お前――」

何かいいかけた田沼に伊本が浮かべたのは、どこか淋《さび》しげな笑みだ。やがて出てきたのは、静かで、むしろ平穏な言葉だった。

「私どもは、四年前に経営危機に陥りました。そのとき、佐藤完爾の力を借りた。借りたくて借りたわけではありません。生き残るためでした。そのときは、ただ生き残ることだけで必死だったんです。そして、佐藤のカネによってなんとか弊社は生き残り、そして全員の頑張りによって立派に復活を遂げました。ですが、危機に瀕《ひん》した我々を助けるとき、佐藤が要求したのは、アクアエイジの過半数の株式でした。当時、紙切れ寸前の株式を佐藤に譲《ゆず》る代わり、三千万円の資金を得た。その後の私たちは、彼らの資金洗浄に利用されることになりました。皮肉な話です。水質改善システムを開発して売る会社が、汚れたカネを綺麗にする装置になってしまったんですから」

伊本が話す間、横に控えた田沼は、目を剝き、歯ぎしりしていたが、やがてその目から光が失《う》せるとソファの背にもたれかかり、呆《ほう》けたような面《おもて》を天井に向けた。

「支店長、坂野さん。そういうわけです。ただ、その後のウチの成長は本物です。全員の努力で実現したものだ。ですから、何とかこの運転資金、貸していただけないでしょうか」

伊本がそう結ぶと、凍りつくような沈黙が部屋に落ちた。やがて——。

それを破ったのは、

「じょ、冗談じゃない」

唇を震わせた西原の、ヒステリックなひと言だ。「そんな大それたことを、あなた方はずっと隠して当行と取引していたんですか。二億ものカネを貸すなんてとんでもない。それどころか、いまある融資も、即座に返していただきたい」

見事なまでに、手のひらを返した態度である。

もっとも、悪い連中の資金洗浄に銀行が利用されていたなどと知れたら、世間からバッシングを受けるのは確実だ。見抜けなかった支店長の責任も問われる。それどころか、東京第一銀行本体に対する批判にまで直結する一大事である。

「なんで、もっと早く打ち明けていただけなかったんです」

それまで黙って聞いていた坂野が、泣き出しそうな顔できいた。

「すまない、坂野さん。この通りだ」

伊本は頭を下げた。「でも、いつかはこうなると思っていたし、いまはむしろほっとした気分です。私自身、ずっと気に病んでいたので」

「おい、坂野」

西原がきいた。「いまアクアエイジさんの預金はいくらある。ちょうど印鑑をお持ちなんだ。預金口座からの返金手続きをお願いしよう」

呆《あき》れるばかりの変わり身の早さである。

「しかし、それじゃあ運転資金が」

言いかけた坂野を、「うるさいっ！」、と一喝し、田沼を睨み付けた。

「あなたは経営者失格だ、田沼さん。いくら会社が苦しいからって、そんな連中からカネを借りるなんて許されませんよ。挙げ句、株まで取られたとは。あなたに、銀行に出入りする資格はない」

すると——。

田沼の体が小刻みに動くのがわかった。

やがて、低い笑い声が洩れてくる。

「なにがおかしいんです、社長」

西原が憤《いきどお》ったとき、

「銀行員ってのも、いい加減なもんだなと思ってさ」

ようやく顔を正面に戻した田沼には、ぬらぬらとした怒りとも恨《うら》みともわからない感情が光っていた。

「銀行員は、そんなに偉いのかい。清廉潔白《せいれんけっぱく》なのかよ」

挑《いど》むような口調に、

「当たり前じゃないですか。ヤクザと付き合うような連中とはモラルもレベルも違いますよ」

憤然と言い返した西原に、

「へえ。あんたは何も知らないんだな」

田沼は応接室のテーブルにあるタバコ入れから一本抜き、全員が見ている前で火を点けると、ゆっくりとソファにもたれて脚を組んだ。

「ウチに佐藤を紹介したのは、お宅なんだよ」

さっと舞は顔を上げ、真偽を測る眼差しを田沼に投げた。

「いまから四年前、資金繰りに窮したウチを、東京第一銀行は見放した。そのとき、支援してくれる会社があるから紹介してやろうといってシンバシサービスをウチに引き合わせたのは、当時この店の支店長だった小倉さんだ。小倉さんはいま、業務統括部長なんだってな。ずいぶん、偉くなったもんだ」

西原の目が見開かれ、瞬《また》きも忘れて田沼に向けられている。

舞の隣では、相馬もまた顔面蒼白《そうはく》だ。

「ま、まさか――」

やがて出てきた病葉《わくらば》のような西原の言葉を、田沼はあざ笑った。

「まさかじゃねえよ。オレが経営者失格なら、小倉さんだって銀行員失格なんじゃないの？　なのに偉そうなことといえるのかなあ。このことが警察に知られて困るのは、オレじゃない。むしろ、あんたたちでしょう。後で聞いた話だが、小倉さんはギャンブル好きなんだってね。賭博《とばく》で負け、佐藤が経営するマチキンから金を借りて返せなくなった。その見返りとして、佐藤は、自分たちの資金洗浄に使える会社を紹介するように、小倉さんを脅したんだ。そうして、まんまとウチの会社が差し出されたというわけだ」

「ど、どうあれ、この二億円は融資できません、社長」

西原がかろうじていったのと、田沼が腰を上げたのは同時だった。

「勝手にすればいい。だが、無理な回収をするのなら、こっちにも考えがある。ヤケドするのは、ウチじゃない。あんたらだ」

それから隣にいる伊本を振り向くと、

「こんな話、表沙汰にしたところで、誰にも何のメリットもありやしないんだ」

そう吐き捨てると、伊本の返事を待たず田沼は応接室を後にする。

立ち上がった伊本が深々と一礼して部屋を出て行き、気詰まりな気配が室内を満たした。

「パンドラの箱を開けちまったな」

相馬はなおも蒼《あお》ざめた顔でいった。「まさしくこれは一支店の問題じゃない。現役の部長が反社会的勢力と結びついていたとあっちゃあ、銀行全体の問題になる。もし、これが表沙汰になったら」

「世間に知られなければそれでいいなんてこと、ありませんよ」

舞はぼんやりとつぶやいた。「たとえその時傷つくとしても、過《あやま》ちは過ちであり、ただしていくべきなんじゃないでしょうか。もし違うというのなら、この銀行という組織そのものが間違っていると思います」

だが、それに応《こた》える声はいつまでも聞こえてはこなかった。

9

「シンバシサービス？　さあ、聞いたこともないな」

業務統括部長の小倉哲《さとし》は、椅子の背にもたれたまま首を傾げてみせた。真っ白なシャツに地味な紺のネクタイ。袖には金色のカフスが光っている。いかにもの銀行員スタイルだ。

「では、銀座支店の、アクアエイジという会社はご存じでしょうか。社長は田沼英司さんといって、当時の小倉支店長にスジのよくない金融業者を紹介されたと証言しています。あなたはその金融業者にギャンブルの借金があり、アクアエイジを資金洗浄に利用できる会社として紹介したと。それが事実なのかどうか、確認しに参りました」

「バカな」

静かな部長室で、小倉は小さく吐き捨てた。リラックスした様子でかけてはいるが、デスクの前に立つ舞と相馬のふたりに向けた瞳の奥に狡猾《こうかつ》で抜け目ない光が瞬いているのがわかる。

「そんな金融業者を私に紹介されたなんて、バカも休み休みいえといいたいね。そんな事実無根の報告書を上げれば、君たちの評価も下がることになるだろうが、それでもいいのか」

「ですから、事実を確認に参りました。一方的に田沼社長の発言を信じるのではなく、小倉部長からもお話を伺うべきだと判断したからです」

「ごもっとも。みんなデタラメだ」

小倉はもたれていた椅子の背から体を起こすと、それまで浮かべていた薄笑いをかき消した。

「そんな報告書を書くのは許さん。もし書けば、徹底的に潰す。報告書も、君たちもだ」

そのとき小倉が放った怒気《どき》の凄《すさ》まじさに相馬が狼狽《ろうばい》し、

「も、もちろん小倉部長が否定されるのであれば報告書には——」

たちまち相手に懐柔《かいじゅう》されそうになるのを、舞が押し止《とど》める。

「警察が動く可能性があります」

「なに？」

ギラリと小倉の目が光った。舞は続ける。

「アクアエイジが佐藤完爾とつながりがあることは、本件を調べる段階で、総務部と警視庁の間で情報共有されています。表舞台から姿を消した佐藤の、いまの仕事が裏社会の資金洗浄だとすれば、警察が放っておくはずはない。徹底的に捜査され、調べられ、なぜアクアエイジが彼らに利用されることになったのか、その経緯は洗いざらい白日《はくじつ》のもとに晒《さら》されるはずでしょう」

微細な表情の変化も見逃すまいとして、舞は、かつてヤクザに屈した男の目を見据えた。

アクアエイジの田沼英司、そして業務統括部長の小倉。ふたりに共通点があるとすれば、過去のしがらみにからめとられたまま、表向きの成功を手に入れていることかも知れない。

「私は田沼社長の告発を信じます。あの人は嘘《うそ》はついていません。そのぐらいのことは、大勢のお客様を相手に、多くの試練をくぐり抜けてきた経験が教えてくれます」

舞はきっぱりといいきった。「ですが、いまのあなたが本当のことを話していると は、到底思えません。でもこれは、その場凌《しの》ぎの嘘で乗り切れるような簡単な状況ではないんです。嘘をつけば、それは必ず、嘘をついた人に跳ね返ってきます。いや、その人だけじゃなく、この東京第一銀行への社会的批判となって跳ね返り、信用を貶《おと》しめることになる。今日銀座支店で見聞きしたことはすべて、報告書にまとめます。もちろん、あなたの反論も忘れずに書いておきます、小倉部長」

小倉の、昏《くら》く感情の読めない表情から重たい視線が舞に向けられたかと思うと、

「やれるもんならやってみろ。叩き潰してやる」

歯ぎしりとともに、そんなひと言が絞り出された。

「望むところです」

舞がきっぱりといった。「疑いを否定されたあなたの発言が正しいことを、私は東

京第一銀行のひとりの行員として、心から願っています。それでは——」

そういうと、さっと踵《きびす》を返しその部屋を後にしたのであった。

10

「お、おい。あんなこといっちまって大丈夫なのかよ。相手はいまや飛ぶ鳥を落とす勢いの業務統括部長だぞ」

慌てて舞の後から部屋を出てきた相馬は、完全にぶるっていた。

「相手がどれだけ偉いとか、そんなこと関係ありませんよ」

舞はまっすぐに前を向いたまま、エレベーターホールに向かって歩いている。「報告書には、私たちが調べた事実をそのまま書く。それが私たちの仕事じゃないですか」

「私たちって、勝手にオレまで巻き込むな。オレは、そこまでやる度胸《どきよう》はないからな」

相馬がいうと、「だったら相馬さんは当てにしないから大丈夫ですよ」、舞はさっぱりしたものである。

「お前が当てにするとかしないとか、そんな話で済むわけないだろうが」

そんなことをいいながらエレベーターを待つふたりは、いつの間にか背後に人が立っていたことに、声をかけられるまで気づかなかった。

「失礼。あなた方、事務部臨店指導グループ？」

振り向いた舞の目に飛び込んできたのは、全身黒ずくめのパンツスーツの女性だった。

イヤリングも指輪も、アクセサリと呼べるものはなにひとつ、つけていない。

「そうですけど」

こたえた舞の脇で、相馬がふいに緊張するのがわかる。

「いま小倉部長と話した？」

名乗ることもなくいった相手の口調は、どこか高飛車《たかびしゃ》だ。

「ええ。そうですが、それが何か」

問うた舞をまっすぐに見据えると、

「報告書は書かないで」

あまりにも唐突なその言い方に、思わず舞は首を傾げた。

「どういうことでしょうか」

「だから、銀座支店のことは、報告書にする必要はないと、そういってるの」

横を見ると、相馬が目を見開き、息を呑んだように押し黙っている。

「あの、失礼ですがあなたはいったい――」

「銀行には銀行のルールがあります」

問いかけた舞を、その女性は一方的に遮った。「あなたも銀行員なら、それを守りなさい。安っぽい正義感で動いてもらっては困ります。芝崎次長にも申し入れておいたから。いいわね」

「はあ？」

あまりのことに舞は思わず声を上げ、反論しようとしたが、そのときすでに黒服の女性は、さっさと背を向けて歩き去るところであった。

「ちょっと――！」

声を上げた舞を、「よせっ！」、そう相馬が鋭く制止する。

「なんなんですか、あのひと」

憤然として問うた舞に、相馬はごくりと喉仏《のどぼとけ》を上下させた。

「あれは、企画部の昇仙峡玲子《しょうせんきょうれいこ》だ」

「昇仙峡？」

「途轍《とてつ》もなくキレるって噂《うわさ》の調査役で、紀本企画部長の懐刀と呼ばれている」

「だからなんだっていうんです。企画部の調査役がウチの報告書に口出しするなんて、おかしいじゃないですか」

舞は食ってかかった。「私は断固として報告書、書きますから。芝崎次長にもきちんと伝えるつもりです」

だが——。

事務部に戻った舞たちを迎えたのは、沈鬱《ちんうつ》な面持ちの芝崎であった。

「ああ、君たち。ご苦労さん」

「実はいま、企画部の昇仙峡調査役から——」

舞がいいさすと、

「もう彼女と会ったのなら話は早いな」

そんな言葉が洩れてきた。「昇仙峡調査役から聞いたと思うが、銀座支店の件、当行としては隠蔽《いんぺい》することになった」

「隠蔽？」

我が耳を疑うとはこのことである。舞はまじまじと芝崎の丸顔を見つめた。「どういうことですか、それ。名門支店のスキャンダルだからですか、それとも小倉部長を守るためですか！」

もの凄い剣幕の舞に、芝崎は弱り切って眉根を寄せている。

「そのどちらでもないんだよ、花咲くん。なんというかこれはその――あくまでこの東京第一銀行を守るためなんだ。今回の件、ひとつ君の胸に納めてくれないか」

「納得できません！」

敢然《かんぜん》と言い放った舞に睨まれ、「この通りだ、頼む」、と芝崎はわざわざ立ち上がると頭を下げた。

そのとき――。

「もうよせ、花咲」

傍らで見ていた相馬がようやく口を開いた。「昇仙峡が動いている以上、この件についてオレたちの出番はない。まあなんというか、オレたちが所轄《しょかつ》の刑事なら向こうは警視庁の管理官、オレたちがロサンゼルス市警なら向こうはＦＢＩみたいなものなんだ。悔《くや》しいが、ここは黙って手を引くしかない」

「相馬さん！」

なおも反論しかかった舞だが、はっとなって口を噤《つぐ》んだ。舞を見つめる相馬の表情がやけに真剣だったからだ。

悔しいのはオレも同じだ。

言葉はなくても、相馬の目は、はっきりとそう告げていた。

「この貸しはいつか返してもらう」

そういった相馬をまっすぐに見据えて、舞はいった。

「これが貸しなら、きっちり利息をつけて返してもらいます」

私たちは——私たちは銀行員ですから。

舞はぐっと唇を嚙《か》み、込み上げる悔しさをやり過ごした。

第三話
湯けむりの攻防

1

「相馬さん、銀座支店は結局、アクアエイジに二億円、融資《ゆうし》したらしいですよ」

箸《はし》を動かしながら、舞がむっとした顔でいった。「無茶苦茶じゃないですか」

「誰にきいた」

「銀座支店の坂野くんがさっき電話してきました。複雑な顔してましたよ」

「なんで電話なのに顔がわかるんだ、お前」

「声を聞けば、だいたいわかるんですよ」

バカバカしいと思ったか、相馬は返事をせず、忙《せわ》しそうに煮魚の身をほぐしはじめた。「そういや、小倉さんもどっかに出向になるらしいぞ」

目を丸くした舞をちらりと見て、

「府中《ふちゅう》かどっかにある小さなメーカーらしい。どういうことかわかるよな」

と相馬。小倉哲は、つい先日まで飛ぶ鳥を落とす勢いの業務統括《とうかつ》部長だった。

「単にスキャンダルを隠蔽《いんぺい》しただけじゃないですか、そんなの。本来なら懲戒免《ちょうかいめん》職《しょく》でもおかしくないと思いますけど」

「世も末だな」

「世が末ならあきらめもつきますが、単にウチの銀行だけが〝末〟なんじゃないですか」

収まらない舞だが、そのとき襖《ふすま》が開いて料理が運ばれてきた。

――天然鮎《あゆ》塩焼き、キスの天ぷら、サザエの壺《つぼ》焼きでございます。

――ヒラメの薄造りでございます。

――茶碗蒸し、熱いうちにお召し上がりください。

――豊後牛《ぶんごぎゅう》のステーキでございます。

――新鮮な魚貝のチラシ寿司をどうぞ。

「役得だなあ、花咲」

相馬は、感涙にむせびそうである。そんなこととは関係なく、

「相馬さん、おかしいと思いませんか」

なおもいう舞に、

「まあいいじゃないの」

もはや仕事の話などそっちのけで、相馬は料理に舌鼓《したつづみ》を打っている。「おっ、これは旨《うま》い。——でだ、お前ひとりで世直しできるほど——美味だ……ま、この銀行って組織はちっぽけじゃないってことよ。最高だな、ここの料理は。いまオレたちがやらなきゃならないことは、このすばらしい食材と料理に正面から向き合うことだろう」

だんだんバカバカしくなって、舞も料理に向き合った。たしかに旨い。

「酒もいいぞ、花咲。まあ、呑め」

この日——ふたりは別府《べっぷ》温泉にいた。

臨店《りんてん》先である別府支店が、どうせならと、取引先でもある老舗《しにせ》旅館、白鷺亭《しらさぎてい》を宿として用意してくれたのだ。支店長の前浜《まえはま》が、相馬の大学の先輩だということもある。

予約してくれたのは、むろん一番安い部屋だったが、せっかくなら別府の海の幸と山の幸を味わって欲しいという宿側の粋《いき》な計《はか》らいで、豪勢な夕食が特別に饗《きょう》されたのであった。さすが日本一の温泉街、太っ腹である。

「それにしても、なんだか食べるのがもったいないぐらいの料理ですね」

恐縮する舞に、「いいのいいの」、と相馬はまったく気にする素振りもない。

「考えてみろ、花咲。オレたちは、いつも虐《しいた》げられながらも頑張ってきたんだぞ。たまにこのぐらいのご褒美《ほうび》がなきゃ、臨店なんてやってらんないって。それにオレたちが頼んだわけじゃなくて、この旅館側が気を利《き》かせてくれたんだ。そこは喜んでお受けするのが礼儀ってもんさ」

勝手なことをいっている。

「失礼します。本日はいかがでしたでしょうか。私、社長の八坂《やさか》と申します」

そういって五十代半ばの男が顔を出したのは、ひと通りの料理が運ばれ、最後のデザートを待っているそのタイミングであった。

「いやあ、すばらしい料理でした。ありがとうございます」

胡座《あぐら》から正座になり、相馬はにこやかな笑みを浮かべる。酒も入っているから口も回る。「どの皿もお椀もまさに絶品。料理長は相当の腕前とお見受けいたしました。仲居《なかい》さんのサービスも満点。すばらしい食事をさせていただきました」

「こちらこそ、ありがとうございます」

そういうと八坂はずいと部屋に進み出、相馬と舞に名刺を差し出した。「東京第一銀行さんとは、かれこれ三十年近いお取引をいただいておりますので、これぐらいさせていただくのは当然だと考えております」

「そんなに長く」

驚いた舞に八坂はうなずき、

「いまも、融資をお願いしておりまして」

と気になるひと言を添える。

「これだけの温泉旅館なんですから、当行も手放しで支援させていただくんでしょうね」

持ち上げたつもりの相馬だが、「いや、それがそうでもありませんで」、という返事にこれはどうも思惑と違うとばかり、笑みを消した。

「幸いにしてこの別府は日本一の湧出量《ゆうしゅつ》を誇っている温泉街ですが、だからといって安泰というわけではありません。そのために我々としてはいつも新しい試みをするべきだと思っていますし、それにはもちろん投資も伴います」

「その設備投資の融資をいま、申し込んでおられると？」

相馬はきき、「おいくらですか」、と重ねて問うた。

「とりあえず五億円。総額では十億円に及ぶ投資になると思います」

「十億！」

舞が驚き、「具体的には何に遣《つか》われるんですか」、ときいた。

「目的はふたつあります。ひとつは、老朽化した建物の改修費です。グレードを上げた高級なサービスを提供するための新館を建てる計画でして。これがそのイメージ図なんですが」

畳に広げられた図面には、明治や大正の洋風建築といった風情《ふぜい》の建物が描かれていた。

「うわっ。素敵じゃないですか」

驚いた舞に、

「ありがとうございます。実は、他の経営者仲間と話し合いまして、ウチだけではなく別府温泉全体で景観を変えていこうじゃないかと」

八坂は熱い口調で計画を語った。

「他の温泉地と比べればまだマシですが、別府も宿泊客の数は減ってきていまして。ここ何年かは海外からの観光客に助けられた格好ですが、これが長く続くとも思えません。むしろ余力のあるいまのうちに温泉街としての魅力をアップさせて日本一の温泉として存在をアピールしていきたいと考えております。そのために明治時代、大正時代の建物を彷彿《ほうふつ》とさせるレトロな建築方式を取り入れていこうと」

白鷺亭は別府の中でも老舗で規模も大きいから、八坂が中心になって、別府の魅力を再開発する試みを始めようというのである。

「どこの温泉街もそうなんですが、一軒だけが頑張っても、温泉地として客離れに歯止めをかけることはできないんです。ここに宿を構える全員が力を合わせて、地域全体で協力して活性化していく。他の温泉街の例を見ても、このようなやり方じゃないと温泉街の街おこしというのは難しいと思っています」

八坂の経営するこの白鷺亭が先陣を切り、続く旅館も建て替え時期に合わせて和モダンともいうべき設計の建物へと切り替えていくとのことであった。

「そういうことになると、別府全体でかなりのお金が必要になるわけですね」

舞がきくと、八坂の表情は曇《くも》った。

「先陣を切る形でウチが借り入れの申し込みをさせていただいているんですが、なかなかいい返事がもらえなくて」

八坂は、改まって相馬と舞に向かって座り直す。

「そこで、失礼を承知でお願いします。かれこれふた月も前からお願いしているこの融資、いまだに結論が出ません。別府支店長の前浜さんがどうお考えになっているのか、その辺りのところをうまく聞き出していただくというわけには参りませんか。どうぞ、この通りです」

畳の上に手をついて、八坂は深々と頭を下げた。うまい料理の裏には、それなりの理由があったのである。

2

別府支店長、前浜規男《のりお》は悩んでいた。

「そんなことをおっしゃってたのか、八坂社長が」

相馬から話を聞かされると、前浜は腕組みをしてため息を洩《も》らした。別府支店の支店長室である。部屋の窓からは、ところどころ湯煙のたちのぼる温泉街の風情を望むことができる。

「実際のところ、どうなんです」

相馬がきくと、

「八坂社長の考えについては私も理解しているつもりなんだが、いかんせん投資額が大きいからな。本当に計画通り返済できるのか、融資部はずっと疑ってるんだ」

なにせ十億円である。

いくら白鷺亭が規模の大きな老舗旅館でも、それだけの金額を借り、長期にわたって安定的に返済できるかとなると、たしかに疑問の余地はあるだろう。

「なにしろ状況も悪すぎるんだよ」

前浜は悔《くや》しそうに眉を寄せた。「新規の融資については慎重を期し、危ない案件は回避するよう支店長会議でも言われたばかりだしな。景気の先行きも見えない。いくらなんでもこの状況で十億は難しい」

「そのことは、八坂社長に話したんですか」

相馬がきくと、

「もちろん」

前浜は困ったような顔になる。「ただなあ、あの方は街おこしのリーダー的存在だろ。これから後に続く仲間たちのことを考えると、そう簡単に計画を縮小するわけにはいかないというんだ。気持ちはわかるんだが、なにせいまの融資部ときたら――」

「後ろ向きですからね」

後の言葉を察して相馬が継ぐ。

銀行の業績が悪くなって、その皺寄《しわよ》せが来るのは取引先である。

しかし、銀行にとって融資こそ商売の根幹だ。

リスクを怖《おそ》れて融資をしなければ、ますます銀行の業績は悪化の一途を辿《たど》る。〝負の連鎖〟だ。

「できれば支援したいんだけどなあ」

前浜は、頭を抱えた。「この別府支店は五十年以上の歴史があってね。温泉街とともに歩んできたんだよ。いまウチは厳しい状況にあるかも知れないが、この別府の街だって時代の荒波にさらされていることは同じなんだ。なんとか協力して一緒に街を盛り上げていきたい」

そうしようにも、銀行全体の方針の前に為《な》す術《すべ》もなく停滞しているような有り様なのであった。

3

極秘の会合は、その日の午後三時から、旅館の一室で行われた。

三十畳ほどの、おそらくは宿泊客の夕食用として使われる豪華な部屋で、横に配膳用の小さな続き間がある。

いま昇仙峡玲子は、その狭い畳敷きの部屋で、ちょっとしたストレスを感じていた。大広間で行われている交渉はすでに二時間を過ぎていたが、いまだ終わる気配はない。

もっとも、交渉にあたっている本人同士は、大学の先輩後輩の関係で既知の仲だ。真剣な議論が声高に交わされたかと思えば、手のひらを返したように笑いも弾《はじ》けるといった具合。話の仔細《しさい》については把握《はあく》しかねるが、良好な雰囲気であることは想像に難《かた》くない。

では、玲子の感じているストレスのもとは何かといえば、いま同じく部屋に控えているもうひとりの男にあった。

この交渉が始まる直前のこと、玲子は上司の紀本に急な用事を命じられ、ここに来るのが少々遅れた。

その紀本が入室する前、慌《あわ》ただしい中で男と名刺交換したのだが、他事を考えていてその名前が頭に入らなかった。

果たして、男の名前はなんであったか。それが思い出せないのだ。

むろん、名刺入れから名刺を取り出して見れば、簡単にわかることである。だが、さすがにこの狭い部屋にいて、当の本人の前で名刺を出して確認するというのも格好が悪い。

名は忘れたが、その男は産業中央銀行の企画部の若手行員であった。肩書きはわかる。企画部企画グループ調査役だ。年齢は玲子よりも幾つか下に違いない。

そして、この重要な席に随行してきているだけあって、男は優秀であった。

時折、襖の向こうから声がかかり、細かな決算上の数字などを問われたとき、男のこたえはいかにも的確で、素早いものであった。余計なことは一切、口にしない。かれこれ二時間も相対して座しているというのに、男のほうからこちらに話しかけてくることは一切ない。

もっとも、いつ声がかかるかわからない状況で襖の向こうに耳を澄ませていなければならないから、話しかける余裕があるわけではなかった。それは玲子もまた同様である。

そのとき、室内で人の動く気配があったかと思うと、控えの間とを隔てていた襖がすっと開いた。

中の四人が出てくるや、どこで見ていたかと思うタイミングで仲居が現れ、「ありがとうございました」、とお見送りになる。

「クルマを呼んでくれ」

紀本に命じられてすぐに携帯で運転手にかけた。

「我々はこれから空港に向かいますが、景山《かげやま》さんはどうされますか」

鷹揚《おうよう》な口調で問うたのは頭取の牧野治である。牧野は、紺色の上等なスーツに真っ白なシャツに赤いネクタイ、胸ポケットにチーフを挿《さ》し、灰色の髪を七三に分けていた。一方の景山も寸分の隙《すき》もないスーツ姿だが、日本人離れした高い鼻と猛禽《もうきん》類を思わせるような強い目がいかにも印象的だ。その視線の鋭さは、そのまま景山の気性を表しているようでもある。

「我々は明日福岡に移動すればいいので、今晩はこちらでゆっくりしていくつもりです」

そんなふうにいうとふいに、傍《かたわ》らに控えていたあの男に声をかけた。「どこかホテルの近くでうまい店はないかな、半沢《はんざわ》」

それを聞いて、あっ、と玲子は心の内で声を上げた。そうだ、半沢だ。そして妙なことに、名字を聞いた途端、フルネームを思い出したのだった。

半沢直樹《なおき》――たしかそうだった。

「もしなんでしたら、ウチの別府支店に良い店を紹介させましょうか」

牧野が気を遣うと、

「それには及びません」

景山がこたえる。「別府なら、ウチにも支店がありますからね——支店長の波川《なみかわ》に連絡してどこか紹介してもらってくれ」

とこれは半沢に向けたセリフ。

五階にあるその部屋からエレベーターで下りた玲子は、足早にフロアを横切って玄関を出た。

クルマを呼び、牧野と紀本のふたりを後部座席に乗せる。

「それではお先に失礼します」

最後に助手席に玲子が乗り込むのと、旅館の敷地内にふたつの人影が入ってきたのはほぼ同時だったが、玲子は見送られるほうに気を取られていて気づかなかった。

「ありゃりゃ」

相馬が素っ頓狂《すっとんきょう》な声を上げたかと思うと、ぱたりと足を止めた。

「どうしたんです、相馬さん」

「あれを見ろ」

ふいに警戒したように向けた視線を追った舞も、あっ、と声を上げた。

臨店の仕事を終え、さて、社長の八坂にどう話したものかと思案しながら白鷺亭に戻ってきたところである。

だがいま、見れば玄関先に黒塗りのクルマがつけられ、その助手席に顔見知りの女が乗り込もうとしているところではないか。

昇仙峡玲子だ。

「なんで、あいつが」

動き出したクルマに目を凝《こ》らした相馬は、クルマの後部座席の人物を見た途端、さらに目を見開いた。

「牧野頭取？」

そうつぶやいたのは、相馬ではなく舞のほうである。目を見開いたままの顔を相馬に向けるや、どういうことかと無言で問う。

「見間違いじゃないですよね」

問うた舞にうなずいた相馬の視線は、いままた車寄せに入ってきた新たな黒塗りのクルマに向けられた。

そこに三人の男がいて次々と乗り込んでいく。

「これはいったい……」

相馬と舞の前を通り過ぎ、敷地の外へ去っていくクルマを見送りながら、相馬は思わず唸《うな》って腕組みをした。

「相馬さん、いまの人たち、知ってるんですか」

「知ってるも何も、オレの見間違いじゃなきゃ、ありゃ産業中央銀行の景山頭取だ」

「産業中央銀行の頭取？」

舞は繰り返し、「ということは、ウチの頭取と産業中央銀行の頭取が一緒だったということになりますよ。なんでですかね」、と首を傾《かし》げる。

「これは何かあるな」

思考を巡《めぐ》らせ、相馬はクルマが出ていったほうを睨《にら》み付けた。「そもそもだ、頭取が当地に来ているっていうのに、前浜さんはそんなこと何もいってなかったよな。普通、頭取が地方に出張《でば》ってきたら、現地の支店があれこれと世話を焼くのに」

「前浜支店長は知らされてなかった、ってことですかね」と舞。

「だろうな」

ふたりして沈黙。そこに何らかの意味があるのだろうが、それが何なのかがわからない。「まさか、プライベートってことはないですよね」

「プライベートに昇仙峡玲子はないだろう。頭取だって、あんな女と仕事以外で顔を合わせたくはないだろうからな」

相馬は鼻に皺を寄せてみせた。「これは公務だぜ」

「相馬さん、花咲さん」

社長の八坂が声をかけてきたのは、そんなことを話しながら旅館の玄関を入ったときであった。

4

いかがでしたかときかれ、相馬が浮かべたのは渋い表情だった。

「前浜支店長自身は、なんとか支援したいと思っているようなんですが……」

通された事務所内の応接セットで、相馬は言葉を濁《にご》した。

「本部がうんといわない、と」

「説得するのに苦労しているというのが正直なところのようです」

「そうですか……」

八坂は暗澹《あんたん》たる目をカーペットに落とし、唇を噛《か》む。その苦渋の経営者に向かって、

「やはり、事業計画を縮小するというわけにはいかないんでしょうか」

遠慮がちに、舞がきいた。

すぐに返事はない。唸り、腕組みをした八坂はやがて毅然《きぜん》として膝《ひざ》に両手を置き、

「それはできません。旅館の改装にしても競合している他の温泉街との比較の問題があるんです。九州なら湯布院《ゆふいん》もあれば黒川《くろかわ》温泉もあります。それと比べて遜色《そんしょく》ないものにしていくのは競争を勝ち抜く第一歩じゃないですか」

それはそうだろう、と舞も思う。

「いまのままだと差をつけるのが難しい。設備投資もままならないのでは、活路がありません。私たちには、次の世代にまでこの別府に活気を残し、成長させていく義務があります。連綿と続いてきた日本一の温泉街を、我々の代で廃《すた》れさせるわけにはいかないんです」

「わかります」

真摯《しんし》でひたむきな八坂の話に、舞はうなずいた。とはいえ、前浜支店長も相馬も、そんなことはわかっている。わかっていても、それができない。だから苦しんでいるのである。

「いかんせん、当行の業績も厳しい折でして」

と相馬。とはいえ、だから納得しろといわれても困るだろう。

「明日、旅館組合の仲間も一緒に前浜支店長さんとお話をさせていただくことにします。おふたりには、面倒なことに巻き込んでしまって申し訳ないことをしました」

八坂は頭を下げた。

「いえ、そんなことは気になさらないでください。——ところで」

顔の前で手を振った相馬が、そのときふときいた。

「さっき、玄関先でウチの牧野頭取を見かけたんですが。今日は、なにか会合でもあったんでしょうか。産業中央銀行の景山頭取もご一緒だったと思うんですが」

八坂はきょとんとした顔を上げた。

「頭取が、ですか？　そんな会合があるなら私の耳にも入るはずですが、今日は何もなかったと思いますが」

背後を振り返って宴会担当者に確認をとった八坂が、「もしかすると、食事にお寄りになったのかも知れません。お調べしましょうか」、というのを、「いえ、そこまでは結構ですから」、と相馬は辞退する。

知ったところで、何になるわけでもない。

舞としては昇仙峡玲子の存在が気にはなっているが、それよりなにより、八坂の設備投資のほうが百倍、重要だ。

「このお話、うまく進められるといいですね」

心から、舞はいった。

5

八坂が、仲間の経営者とともに別府支店を訪ねたのは、翌朝、午前十時のことであった。

「これは、先日提出した売上げ計画をさらに詳細にしたものです。どうぞ」

八坂は、提出した資料を読む前浜支店長を厳しい表情で見ている。

「ありがとうございます」

最後まで目を通した前浜は礼を言ったものの、どうしたわけか眉間《みけん》に険《けわ》しい皺を寄せたままだ。「とりあえず、これは本部に投げてみます」

「投げて、反応が悪かったらまた資料の出し直しですか」

そう突っ込んだのは、八坂の右隣にかけている瀬戸《せと》という男だった。八坂より幾つか若い瀬戸は、先ほど交換した名刺によると、ホテル鶴菊《つるぎく》の専務取締役。老舗ホテルの血気盛んな創業者一族だとか。

「まあまあ」

前浜は、怒りの色を浮かべている瀬戸を落ち着かせるように両手で制した。「皆さんでお越しいただいて恐縮なんですが、基本的に融資交渉は白鷺亭さんとウチとの間のものですから」

前浜のいうのは、道理である。が、相手は納得しなかった。

「そりゃ違うんじゃないですか、支店長」

今度は八坂の左側から声がかかった。こちらは老舗旅館、金鱗荘《きんりんそう》の福田《ふくだ》という男だ。三人の中では最年長だが一番の大柄、漁師のように日焼けして、声も大きい。

「あんたらが審査しなきゃならんのは白鷺亭さんの融資だけじゃなくて、我々の街おこし計画そのもののはずだ。果たしてそれを認めるのか認めないのか。あるいは応援するのかしないのか。そこをはっきりさせてもらわんことには、我々も困る」

「はあ。おっしゃりたいことはわかります」

前浜は神妙な表情だ。とはいえ、前浜ひとりで決められる話ではないから、話の糸口が見つからない。

「我々としても、銀行さんの都合でいつまでも待ち続けるわけにはいかないんだ。みんなの気持ちがひとつになっているいまのうちに是非進めたい。もし御行《おんこう》で融資できないのであれば、それはそれで早く結論を出してもらいたいんです」

八坂の言葉に、前浜は表情を歪《ゆが》めた。

「ですが、いわゆる設備資金は、メーンバンクが支援するのが一般的です。我々以外に、どちらに融資を申し込まれるというんです」

「こんなことは申し上げたくないけれども」

そう前置きすると、八坂は改まって背筋を伸ばした。「産業中央銀行だってある。御行に義理立てして正式な話はしていないが、理解して協力してくれるというのなら、我々だってそちらにお願いすることになりますよ。背に腹は替えられんから」

「産業中央銀行さんですか」

そういったときの前浜の口調に、ほんの微《かす》かではあるが勝ち誇ったようなニュアンスが入り混じった。「あそこは、ウチ以上に厳しいですから、到底難しいと思いますよ」

「でもね、支店長。あんたは、東京第一銀行の業績が悪化していることが、思い通り融資できない理由だと、そういったじゃないか」

瀬戸が厳しく指摘した。「その意味では、産業中央銀行の業績はお宅よりもいいでしょう。ならば我々の計画に賛同して融資してくれる可能性はあるんじゃないか」

両者のやりとりを、相馬も舞も、息を呑《の》んで見守っている。

「いままで、ずっと支援させていただいているじゃないですか」

前浜の言葉に、今度は苛立《いらだ》ちが混じった。

気持ちはわからないではない。産業中央銀行へのライバル心もあるし、前浜個人としては八坂らの考え方に同調して、なんとかしたいと努力している。なのに、本部との板挟《いたばさ》みになって結果を出せないもどかしさ。

「それについては感謝してますよ。だけど、いま目の前にある状況を変えていかなきゃならないんです」

八坂は、まっすぐに前浜を見て決然と言い放った。「御行の窮状《きゅうじょう》はわかる。しかし、御行は銀行でしょう。銀行ならば融資してなんぼじゃないんですか。そりゃあ、商売だから失敗することもあるでしょう。リスクを言い始めたらキリがない。でも、いままで別府の温泉街がこれほどまとまって、力を合わせようとしたことはないんです。我々のメーンバンクだというのなら、そのメーンバンクたる所以《ゆえん》を見せてください」

そういうと、三人は深々と頭を下げて帰っていったのであった。

「私には、最後通牒《つうちょう》のように聞こえたよ」

その背中を見送った前浜は、意気消沈してつぶやいた。「産業中央銀行はあの人たちの計画を承認して支援するほど甘くない。だけど、八坂社長のセリフは胸に刺さるよ、まったく」

「ウチでの融資は見込みがないと、そういうことですか」

問うた相馬に、

「実は朝一番に、融資部から連絡があってさ。売上げ計画によほどの確証がない限り、今回は見送りという結論になりそうなんだ」

今しがた八坂が提出した書類は、その確証たり得ないと、前浜は判断しているらしい。

「結局のところ、この計画には温泉側の一方的な事情しか書かれてないんだよな」

前浜は深く嘆息した。「それで本部を納得させるのは難しい」

「わかります」

と相馬が続ける。「どれくらい観光客が増え、いくら売上げが増えるといったところで、そんなものは所詮《しょせん》、見込みでしかありませんからね。いままで散々そうした甘い見込みに踊らされ、ありもしない将来像を見せられてきた結果が、いま目の前にある不良債権なんですから」

「その通りだ」

もはや諦《あきら》め半分で、前浜はうなずく。「担保があればね」

担保というのは、要するに借金のカタだ。返済できなくなったとき、売って返済するためのモノである。たとえば土地、建物、株——そういうものを担保として差し出してくれるのなら融資する、というわけなのだが、

「担保をもらってお金を貸すのなら、子供にだってできます」

煮え切らない話に舞が憤慨《ふんがい》する。「担保がなくても貸せるだけのノウハウはないんですか？　この計画がどれぐらい正確なのか、信用できるのか。それを見極めていくのが融資審査というものでしょうに」

「そんなノウハウがあれば苦労はしないよ」

相馬が嘆息していった。「銀行にあるのはな、担保を評価するノウハウだけだ。いくら財務内容を細かく分析したところで、倒産するときは倒産する。事業計画がうまくいくかどうかなんて、所詮、誰にもわかりゃしないんだ」

「この案件は、おそらくこのまま見送られるだろう」

前浜は、悄然《しょうぜん》としている。「産業中央銀行も融資には応じないだろうし、八坂社長

には申し訳ないが、街おこしはもう少し時機を見て再挑戦してもらうしかない」

6

「銀行は当てにはなりません」

それが、旅館組合の集会での第一声であった。八坂はそこに集まった二十人ほどの経営者たちの視線を受けながら、この日の東京第一銀行でのやりとりの様子を語った。「私たちが真剣に立てた計画なのに、銀行が考えているのはリスクばかりで、まともに支援しようともしない。その意味では、我々も銀行が助けてくれるだろうと甘く考えていたのかも知れない」

「白鷺亭さんでさえ融資が進まないのなら、他のどこがやっても同じことなんでしょうなあ」

そんな発言が誰かから出、同意の声が広がっていく。

集まっている旅館経営者の年齢や経験は様々だ。ほとんどが八坂のように家業として代々経営してきた旅館を受け継いだ者たちで、共通しているのは、誰もが旅館経営の難しさと厳しさを知り尽くしているということであった。

様々な意見が出はじめた。

ＮＰＯ法人を作って全国から出資を募ってはどうか。

証券会社と組んで債券発行――要するに借金――ができないか。

てっとり早くコンサル会社に計画のお墨付きをもらって銀行を納得させてはどうか――。

すぐに反論も出る。

コンサル会社のお墨付きにはそれ自体、カネがかかるだろうし、どんな評価になるかもわからないんじゃないか。

誰かに出資してもらったら、少なくとも配当を支払う必要があるだろうし、乗っ取られるかも知れない。

銀行以外で借金したら、余計に金利が高くなるんじゃないか――。

議論百出だが、じゃあどうすればいいのかという決め手に欠ける。

ひと通り活発な意見交換が行われると、まるで原点に回帰するように、

「やはり、銀行さんに融資してもらうのが一番安くて確実なんじゃないか」

最初に否定したはずの意見に舞い戻るのであった。

いまそう発言したのは、白鷺亭と並ぶ老舗旅館を経営する野本昭《のもとあきら》という男であっ

た。この中では最古参でもある野本は、会の重鎮《じゅうちん》で発言も重い。

「東京第一銀行には鋭意説明して理解を求めたつもりなんですが、ダメなんです。我々だけの問題じゃない。いま銀行が置かれている状況とも深く関わっている問題でして」

「それはわかるけれども、東京第一銀行だけが銀行じゃないだろう」

野本はもっともなことをいう。「産業中央銀行にはまだ具体的に相談してないんじゃないのかい」

「いえ。実は以前、内々《ないない》に産業中央銀行の支店長には話してみたんですが、正直、反応が薄いというか」

そういったのは、ホテル鶴菊の瀬戸であった。

「まあ、あそこは昔からカタいので有名だからな」

そんな声が洩れてくる。

「ちょっといいかな」

そのとき、再び野本が発言し、今度は椅子から立ち上がった。「実は、勝手ながら今日我々がこうした話し合いの場を持つという話をある銀行さんにしたところ、是非、ご挨拶をさせてもらいたいということになってな。いま隣の部屋に控えてもらっているんだが、ひとつ話を聞いてみないか」

意外な展開に、八坂は目を見開いた。

「銀行ってどこの銀行でしょうか」

尋ねると、

「その、産業中央銀行さんだ」

野本の答えに音もなく落胆が広がった。

「別府支店長ですか」

八坂が問うと、「いや、本部の——企画部のひとだ」

意外なことを野本はいった。「実はさっき少しこの話をしたところ、何か手伝えるかも知れないから是非、参加させてくれといわれてね。ざっくばらんな方で、なんでも気楽に相談してほしいといってくれている。どうだ、みんな」

「まあ、野本さんがそうおっしゃるのなら」

諦め半分で、八坂は同意した。それで解決できるとは思わないが、話を聞くぐらい何の問題もない。

まもなく、後方の入り口が開いたかと思うと、ひとりの男が入ってきた。ダークスーツを着込んだ細身の男だ。

まだ若い。がしかし――。

並み居る経営者たちを見据《みす》える目には、鋭い光が宿っていた。

「本日は皆さんとお話をする機会を頂きまして、ありがとうございます。野本社長、お口添えを感謝します。私、産業中央銀行の、半沢直樹と申します。どうぞ、お見知りおきください――」

男には独特の気配が漂っていた。果たしてそれがなんであるかと考えた八坂が辿《たど》り着いた結論は、凄《すご》み、である。

かつて〝銀行員とは所詮金貸しだ〟といった、自身が銀行員の友人を、八坂は知っている。

たかが金貸し、されど金貸し。

この半沢という男が発しているのは、金貸しの凄み、まさしくそのものであった。

7

「なあ、相馬。ちょっとききたいんだが、八坂社長、なにかおっしゃってなかったか」

前浜からそんな電話がかかってきたのは、相馬と舞が別府支店の臨店を終え半月ほどが過ぎた頃のことである。

「なにかとは、なんです」

都内での臨店を終えて戻ったばかりの相馬は、どこかくたびれた声できいた。

「まあその――ウチの銀行に対する不満とか怒りとか、そんな話、されてなかったか」

「そりゃあ、不満はあったでしょうけど、それなら前浜さんも一緒に聞いたじゃないですか。なにかあったんですか」

相馬の電話に、何事かと舞も耳をそばだてている。

「それがな、もう設備資金は要らないって、八坂社長が今日になっていってきたんだ」

驚いて電話をしてくるようなことだとも、思えない。融資審査が難航していたわけだから、むしろ諦めてくれてよかったぐらいではないか。

相馬がそういうと、

「それがそうじゃないんだよ」

電話の向こうで、前浜は取り乱したような声を出した。「設備資金は、全額を産業中央銀行が出すっていうんだ。八坂さんたちの街おこし計画に全面的に賛同してのことだ。それだけじゃない。他の旅館の設備資金についても前向きに検討しているという。信じられるか、相馬」

「信じられるかといわれても……」

さすがの相馬も目を丸くして、返す言葉が見つからない。「事実、そうなんでしょう？」

「いったい、どうなってるんだ」

電話の向こうで、前浜は憤然たる声を上げた。「このご時世、あんな計画を全面的に信用してカネを出すなんてあり得ない。いったい、何を考えてるんだ、あの銀行は！」

先輩後輩の気安さもある。前浜は、しばし洗いざらいぶちまけると、ようやく気持ちが収まったか、長くなった電話を終えたのであった。

「相馬さん、どういうことなんですか」

話を聞いていた舞が尋ねると、相馬は右手の指を顎《あご》に押しつけ、やけに真剣な顔になる。

「ウチであれだけ揉《も》めた挙げ句に実現できなかった白鷺亭への融資を、産業中央銀行が全面的に承認したというのも驚きだが、他の旅館の支援まで検討しているとなると、これはすごい」

「感心してる場合ですか」

「別に感心してるわけじゃない。何かあるな、と思うだけだ」

「何かって」

「わからん」

そういうと相馬は、考え込んで黙ってしまった。融資審査の機微は舞にはわからない。だが、別府でのこの一件は、長く融資畑を歩んできた相馬の目に、いかにも不可解に映るらしい。

「ああ、君たち」

そのとき会議から戻った芝崎が、額の汗をハンカチで拭きながら慌ただしく入ってきた。小太りの芝崎は、夏だろうと冬だろうと年がら年中、汗を掻《か》いている男だが、このときは特に顔が真っ赤で見るからに暑苦しかった。どうやら会議で、何かあったらしい。「ふたりとも、明後日《あさって》の午後五時に、行内テレビで頭取から全行員向けに緊急メッセージがあるらしいから、そのつもりで頼むよ」

「緊急メッセージ？」

相馬が顔を上げた。「なんです、藪《やぶ》から棒に」

会計年度末や正月ならともかく、それ以外の、なんの節目でもない時に頭取自らがメッセージを発するなどということはかつてないことであった。

「業績が急激に悪化しているからねえ。頭取の危機感も相当らしいよ。さっきの次長会でも、常務から散々ハッパを掛けられたんだ」

もしかしたら、芝崎自身もやり玉に挙げられたかも知れない。事務部臨店指導グループはお金を稼《かせ》ぐセクションでもないただの裏方仕事で、常に存在意義を問われているようなところがある。同じようにお金を稼ぐセクションではないのに、エリートの集う企画部や人事部とは随分な違いである。

「つまり、頭取自ら、全行員を叱咤《しった》激励《げきれい》されると」

「そんなところだろうね」

「業績が悪化しているというのに、能天気なのが多すぎるからなあ」

自分のことは棚に上げて相馬は呑気《のんき》なことをいっている。

「牧野頭取も気の毒だよ」

芝崎は同情した口調で眉をハの字にした。「せっかく頭取になったものの、こんな大変な時代の舵取《かじと》りを任されてしまったわけだからね。頭取になって人生の勝者になるはずが、いまや業界の敗者になろうとしているわけだからさ。全行員に檄《げき》を飛ばしたくなる気持ちもわかると思わないかい」

「それでパフォーマンスが上がれば世話ないですけどねえ」

どこか他人事《ひとごと》のようにいった相馬も、そしてそれをどこか他人事のように聞いた舞も、この頭取の緊急メッセージが、その後に続く厄災の——そういっていいのかどうかは判断の分かれるところではあるが——始まりになるとは欠片《かけら》も想像していなかった。

かくして二日後の午後五時——。

他の事務部員とともにモニタの前に集まった相馬は、まあいつものことだが、ちょっとダレていた。相馬の右隣には表情を強《こわ》ばらせた次長の芝崎。舞は、そのまた右隣に立ち、放送が始まるのを待っている。

フロア全体に蔓延《まんえん》しているのは、忙しい仕事の手を休めて集まった行員たちが放つ、重く倦《う》んだような気配だ。どんな話かは知らないが、精神論を振りかざすのなら意味はないし、早く終わらせてくれ——そういっているようでもあった。

やがていつものテーマ音楽とともに放送が始まると、いきなり牧野頭取が画面に登場して舞を驚かせた。通常なら、まず広報室の行員が登場して、どうでもいい口上を述べるのに、この日は何もない。ただ唐突に、銀行のロゴマークのついた背景の前に頭取が現れたのである。

――本日は皆さんに、重大なお知らせをするため、お集まりいただきました。

牧野は、顔をカメラにまっすぐ向けた。その向こうにいる数万人の行員ひとりひとりの目を見据えるように視線は動かさない。ライブ映像だ。端整な顔立ちの牧野だが、その表情には抜けきれぬ疲労感が刻まれているのが見てとれた。

――皆さんもご存じのように、当行は昨年九月に見舞われた取引先の大型倒産により、昨期二千億円に及ぶ巨額赤字を計上し、業績回復の途上にあります。皆さんは、いま置かれた職場で、日々、職務に精励されていることと思いますが、その頑張りを上回る勢いで銀行業界は変化し、その流れは否応なく当行を呑み込もうとしています。

だから、負けないように頑張れ、か。

おそらく、この場にいる誰もがそう思っただろう。

他ならぬ、舞もそうだった。が、違った。

――いま当行が置かれた状況は、皆さんひとりひとりが努力し頑張れば克服できるほど簡単なものではありません。一方、金融の国際化は急激に進み、力のない銀行は次々に淘汰《とうた》されようとしています。私は頭取として、この難局を乗り切るために様々な方策を検討し、経営戦略を練って参りました。その結果、ようやくひとつの結論に到達することとなったのです。今日はその戦略を、決意とともに皆さんにお伝えしたいと思います。

言葉を切ったかと思うと、ふいに牧野の目に力が込められ、破れんばかりに見開かれた。

——当行は、再来年四月一日をもちまして、産業中央銀行と合併《がっぺい》いたします。

刹那《せつな》、フロアが静まりかえった。

合併する——その牧野の言葉は、あまりに予想外で、なんの意味も形成しなかった。その結果、まずは滑るように脳裏を右から左へ抜けたのである。だが、それも束《つか》の間、瞬時に猛烈な勢いで逆流したかと思うと、舞の頭を翻弄《ほんろう》し、思考停止させ、気がついたときには、「えっ」、と声を上げている自分を発見したのであった。

舞だけではない。

動揺がフロアを激しく揺さぶり、驚愕《きょうがく》の声があちこちで上がっている。

左を見ると、芝崎が瞬《また》きも忘れて突っ立っていた。

相馬はだらりと顎を下げたまま、茫然自失《ぼうぜんじしつ》の体《てい》だ。

フロアのたるんだ雰囲気は木っ端微塵《こっぱみじん》に打ち砕《くだ》かれ、天と地がひっくり返ったようなパニックが押し寄せようとしていた。

「なんで産業中央なんだ」

誰かがつぶやいた。

そこには、相手に対する根強いライバル意識と、東京第一銀行行員としてのプライドが捨て難く滲《にじ》んでいるように見える。

銀行員にとって、銀行の看板はプライドそのものである。

牧野の選択は、生き残るためにそれを捨てるといったに等しかった。

――新銀行は東京中央銀行という名称となり、我々はこの合併によって国内トップバンクの地位を築くことになります。東京中央銀行は、この激動の時代を生き残り、そして競争を勝ち抜いてベストバンクになると、私は――私は固く信じてこの決断をいたしました。

感極《きわ》まったか牧野の声が、弾かれた弦《つる》のように震えた。込み上げてくるものを抑えて唇が結ばれる。緊急メッセージは、その後に続いた簡潔な結びの言葉とともに終わった。冷静だが、内に熱いものを秘めている。そんな牧野の人柄そのものを反映したかのような放送だったといえなくもない。だが――。

驚愕の波に洗われた後、行員たちが放り込まれたのは、底なしの虚脱であった。精神の根幹をぐらぐらと揺さぶられた行員たちの魂はいまあてどなく漂流しているようだ。

そのとき——

「これは、玉音《ぎょくおん》放送だ」

相馬がぼそりとつぶやいた。

心情的には、終戦のラジオ放送と重ね合わせてみたくなるのもわからないではない。事実、フロアを支配しているのは合併の高揚感というより、不安に揺れ動く敗北感に他ならなかった。

自分たちの手で、この業績不振から脱することはできなかった。そしてあろうことか、同じ都市銀行で最大のライバル行である産業中央銀行と合併することになるとは。

「いったい、我々はどうなるんだ……」

ぼんやりとした口調になった芝崎の視線は前方に投げられているが、どこに焦点を結んでいるでもない。呆然《ぼうぜん》たる横顔を見る限り、自分がそう口に出していることすら気づいていないようにも見える。

やがて、フロアの全員が重い足取りでモニタの前からそれぞれのデスクへと散っていった。

8

「そういうことか……」

臨店指導グループの部屋に戻った相馬が、何事かをひたすら考え続けた挙げ句、ぼそりといった。芝崎は、書類も手につかぬ様子でデスクに両肘《りょうひじ》をつき、指を額に当てたまま動かない。

「そういうことって、何がですか」

「別府のことだよ」

相馬は壁の一点を睨み付けている。「あのとき、牧野頭取と昇仙峡玲子を見かけたよな。そして、産業中央銀行の景山頭取も同じ場所にいた。彼らは、ひそかに別府の旅館で会って、この合併の話を詰めていたんだとは思わないか」

たしかにそれは考えられる。いや、きっとそうだろう、と舞は思った。

都心で会えば人目に付きやすい。九州出張を隠《かく》れ蓑《みの》に別府で会えば、人目をあまり気にすることなく、存分に話し合うことができるからだ。

「だとすると――」

相馬は何事かいいかけて目を閉じ、腕組みをして思考に沈む。

果たして何を考えたのか。

やがて閉じていた目を開くと、相馬はおもむろに視線を舞に向け、

「これはあくまでオレの想像だが、もしかすると、産業中央銀行別府支店は、この合併を知っていたのかも知れない」

意外なことをいった。

「どういうことです、相馬さん」

「銀行が合併すると、支店の統廃合が行われることになるんだ。産業中央銀行別府支店、東京第一銀行別府支店。いままで別々の看板をつけて並んでいた銀行が、ある日同じ銀行になってしまう。なにが起きると思う?」

問われ、舞は考えた。

「同じ銀行がふたつ並んで別々に営業しているなんておかしいですよね。ふたつの支店をひとつにまとめるってことですか」

「その通り。だが、そこに両行の行員にとって重要な問題が発生する。その問題と

は、どちらの支店を残し、どちらの支店を廃店にするかだ」

それはそうだろう。だが、それと別府での融資話とどう結びつくのか。

「だいたい、そういう時には、主要な取引先に、果たしてどちらの銀行を選ぶのかお伺《うかが》いを立てるわけさ。そして、希望の多かった銀行を存続銀行として認定する。別府支店のように、産業中央銀行と東京第一銀行のそれぞれの支店の規模に大差がなければ、おそらくそうやって決められることになるはずだ」

「要するに、いってみれば人気投票で決まるということですか」

だんだん、舞にも相馬がいわんとすることがわかってきた。

「その通り。別府の街おこしを計画した白鷺亭、ホテル鶴菊、金鱗荘は、別府温泉街のリーダー的存在なんだよ。いま産業中央銀行がその計画を承認し、そして設備資金を世話したとなれば、別府支店の屋台骨である温泉旅館の人気は産業中央銀行に集まるだろう。産業中央銀行の狙いは、実はそこにあったんじゃないか」

そんなことがあるだろうか。そこまでして、銀行の看板にこだわる、その発想がどうにも舞にはついていけなかった。

舞にだって、東京第一銀行に対する愛着はある。テラーとしていろいろなお客さんと接し、喜んでもらったり叱られたり――様々なことが日々起きるのだが、なぜ働いているのかといえば、まずそれが楽しいからだ。そして、お客さんの嬉しそうな顔を見るのが好きだからだ。もちろん、プライドだってあるにはあるが、銀行の看板に執着するほどのものはない。

「そこまでしますか」

否定的な口調になって、舞は尋ねた。「銀行は、お客様の計画をきちんと評価し、そして適切に支援するのが当たり前じゃないですか。中味はともかく、合併後の統廃合を見据えて、そのためだけにお金を貸すなんて、間違ってますよ」

「ああ、間違ってる」

相馬は真顔で断言した。「だがな、それが現実なんだよ、花咲。残った支店にいる行員たちはそのままの仕事を続けられるが、廃店になったほうの行員たちはそのためにどこかへ転勤していくことになるだろう。それまで進めていた融資話も相手に譲《ゆず》り、泣く泣く仕事を引き渡すんだ。そうなったら、当然上げられたであろう実績さえ、失うことになる。つまり、ことは銀行の看板に止《とど》まらない。これは現場の行員ひとりひとりにとっての死活問題になりかねないんだ」

「仮にそうだとしたら、アンフェア過ぎますよ」

舞は、義憤《ぎふん》にかられ、鋭い目を相馬に向ける。「相馬さんの想像通りなら、合併なんていう重大な情報が、産業中央銀行別府支店にだけ伝えられていたことになります。片や前浜さんは、別府に頭取が来ていたことすら、知らされていなかったんですから。これって、どう考えても産業中央銀行がズルしたとしか思えません」

「かもな」

暗い顔をして、相馬は肩を揺すった。「だが、証明はできないだろうよ。それにな、花咲。本当の戦いはこれからだ。合併するその日まで、いや合併してからだって、この鍔迫《つばぜ》り合《あ》いは続くだろう。こんなのはまだ序の口。野球でいえば、始球式みたいなもんだ。おい、どこへ行く、花咲」

そのときガタッと椅子を鳴らして立ち上がった舞に、相馬は目を丸くしてきいた。憤然とした舞の横顔に、嫌な予感でもしたに違いない。

「昇仙峡調査役のところですよ。ひと言いってきます」

案の定、ひゅっと相馬の喉《のど》が鳴った。

「昇仙峡に文句なんかいったところで、何が変わるわけでも——おいっ、よせ、狂《くる》咲《ざき》」

ドアから出ていった舞に、くうっ、と相馬は顔をしかめる。

「まったく！」

舌打ちすると自分も席を立ち、渋々、跳《は》ねっ返りの部下の背を追っていった。

9

声をかけたとき、昇仙峡玲子は一心不乱に何かの書類に目を通しているところだった。デスクは綺麗《きれい》に片付いており、余計なものは一切なく、当然の如《ごと》く、なんの飾り気もない。そしてこの日も昇仙峡は、トレードマークの黒ずくめのスーツを着こみ、突然現れた舞に、冷ややかな目を向けた。

「お気づきにならなかったと思いますが、先日、別府の白鷺亭でお見かけしました」

舞が切り出すと、微かに昇仙峡が身構えるのがわかった。返事はない。

「あのとき、産業中央銀行の頭取と合併交渉にいらっしゃってたんですね」

「どんな交渉なのかは私は知りません。それに、あなたが知るべきことでもない」

取り付く島もない返事を、昇仙峡は寄越した。

だが、舞はいま静かに昇仙峡を見下ろし、続けた。

「実は昇仙峡調査役のお耳に入れたいことがあります。あの交渉の後、当行の別府支店で難航していた巨額の設備資金を、産業中央銀行が面倒を見ることになりました。

どういうことかおわかりになりますか」

「よせ」

遅れてやってきた相馬が小声で制したそのとき、相手に変化があった。

「本当に？」

そう昇仙峡が問うたのだ。その表情に浮かんでいるのは、微かな驚愕だ。

昇仙峡が、先ほど相馬が口にしたような合併行の駆け引きを理解していないはずはない。そのことは知的な瞳に浮かんだ、怒りにも似た感情に表れている。もっとも、その怒りには、アポもなくやってきた舞に向けられたものも含まれていただろうが。

だが、

「そんな話は知らないし、それは想像の域を出ない話でしょう。言いがかりといわれても仕方のない話です」

出てきたのは、この女らしい、冷静かつ客観的な意見だ。

「言いがかりかも知れません。それでも、あなたにこの話をせざるを得ませんでした」

そう言い放った舞は、痛いぐらい強い目を昇仙峡に差し向けた。「もし、それが真実だとしたら、こういう不公平をただすことができるのは、昇仙峡調査役、あなたしか私は知りません。だから、このことを話しに来ました。あなたに知っていただくことに意味があると思ったからです。失礼します――」

そういうと、ぷいと舞は踵《きびす》を返し、昇仙峡に背を向ける。そのとき――。

「ちょっと待って」

昇仙峡が呼び止めた。

立ち上がった昇仙峡は、しばし考え込むようにデスクの書類に視線を落とし、数秒間もそうしていただろうか、

「余計なことに首を突っ込まないで」

顔を上げて舞を見据える。「これはあなたがとやかくいう問題じゃない。そんなことをしていると、そのうち自分で自分の首を絞めるようなことになるから。気をつけなさい」

「行くぜ」

何かを言おうとする舞に、相馬が声をかけた。

「もう気が済んだだろう」

10

「先日の別府でのことなんですが」

玲子が声をかけたのは、頭取同士の会食がそろそろ終わろうかという頃であった。

いつものように隣室に控えていた玲子は、「クルマを呼んでくれ」、と室内から顔を出した紀本の指示で手配を済ませ、玄関先に出たところだ。

ちょうどそこに、産業中央銀行のその男も出てきていた。

「産業中央銀行さんは、ウチが渋っていた巨額の設備資金を承認されたそうですね。調べましたが、リスクを度外視した融資だったようです」

「聞いています。が、リスクを度外視したわけではありません。当然ですが」

半沢はこたえた。

玲子は不満を表明して表情を強ばらせ、わざと言葉を発することなく、半沢に続きを促《うなが》してみる。だが、半沢にそれ以上何も話す気はないと知ると、自ら探りの一手を繰り出すことにした。

「当行内には、産業中央銀行さんが合併情報を支店に洩らしたのではないかと疑う向きもありまして」

表情を変えず、半沢は聞いている。

「証拠はありません。ですがもしそれが事実なら、抗議させていただきます。信義則を守るのは、合併までの長い道のりを乗り切る最低限のルールだと思いませんか」

「おっしゃる通りです」

半沢はうなずく。「私は、あの翌日、街おこしを計画している温泉経営者の寄り合いに出させていただきました。そして計画を知った。あの方たちの情熱もです。相応のリスクはありますが、これは絶対に支援すべきだと思いました。だから、その思いを別府支店長と融資所管部の担当者にそのまま伝えた。それだけのことです」

ふいに熱い口調になった半沢に、玲子は戸惑いを禁じ得なかった。この男が初めて見せた人間的な一面だったからだ。

「あなたのおっしゃりたいことはわかります」

半沢は料亭の玄関先、薄暗い照明の中で玲子を見据えた。「しかし、産業中央銀行でも東京第一銀行でも、どっちの支店が残ったっていいじゃないですか。私たちが最優先で考えなければならないのは、お客様の利益です。そのために、できる範囲の中でベストを尽くす。当たり前のことをしたまでです。そして喜んでもらえた」

いま、半沢の表情に満足そうな笑みが浮かぶのを、玲子は見た。

「噂は噂です。ですが、火のないところに煙は立たないんじゃないですか」

あくまで、玲子は疑ってかかった。半沢の言葉を信じることができないのだ。「あなたのおっしゃってることは本当でしょうか」

半沢が、その目に挑戦的な色を浮かべたのはそのときだ。

「そういうのを、下衆《げす》の勘ぐり、というんじゃないですか」

明確な敵意が滲む。

「私たちは下衆ですか」

きりっとして受けて立った玲子に、

「もちろん、そうは思いたくありません。私はあくまで性善説です」

半沢はこたえる。「つまらない憶測に振り回されて、あまり失望させないでいただきたい」

料亭の玄関先が賑《にぎ》やかになり、女将《おかみ》に見送られて頭取たちが出てきた。

半沢が待機していたクルマに手を上げ、玄関先へと誘導する。

自分もそれに続きながら、玲子は、胸の内に涌《わ》いたもやもやしたものを持てあました。

同時に、これから起きるであろう様々な軋轢《あつれき》や駆け引きを考えると気が遠くなる。そこまでして得る銀行の将来がどんなものか。

玲子にはどうにも想像できず、ただ不安と焦燥が胸底に渦巻《うずま》くばかりであった。

第四話

暴走

1

「ひでえ話だな、こいつは」

憎悪と悲嘆の入り混じった顔をした相馬は、そのとき、読んでいた新聞をばさりとデスクに置いた。

「まったくです」

舞の声もまた硬く尖《とが》っていて、胸の内に渦巻いている怒りの捌《は》け口を探しているようだ。

〝新宿東口の繁華街で車暴走　重軽傷者三十人超〟

新聞にはそんな大見出しが躍《おど》っていた。

事件が起きたのは、昨夜午後七時過ぎのことである。

通行人で賑《にぎ》わう新宿東口の繁華街に、男が運転する車が猛スピードで突っ込み、通行人を次々とはねたのだ。

ジグザグに暴走した車は、その男とはまったく関係もなければ罪もない大勢の人たちを傷つけた後、舗道《ほどう》にあったコンクリートの支柱に激突して止まった。

三十人超の重軽傷者を出した、まれに見る凶行《きょうこう》である。

なのに、運転手はかすり傷を負っただけで病院に運ばれ、いまは警察の事情聴取《ちょうしゅ》を受けているという。

「動機は、世の中への不満だとよ」

バカヤロウ、と相馬は付け足した。「そんなもんが動機になるか。この世に不満のない奴がどこにいる」

「ホント、身勝手すぎますね」

次長の芝崎が慌《あわ》てた様子でやってきたのは、そう舞が同意したときであった。

「ああ、君たち。申し訳ないけど、急遽《きゅうきょ》、四谷《よつや》支店へ行ってくれないか」

「何かあったんですか」

舞が尋ねると、芝崎の目が動いて素早く相馬の新聞を見つけ、「ああ、それそれ。

それなんだよ」、と額の汗をハンカチで叩《たた》いた。

「その新宿の暴走事件だけどね。迷惑なことに、犯人の男が四谷支店でローンの申し込みをしていたらしいんだ。事実を摑《つか》んだ警察が、事情聴取のために四谷支店に出向いているらしくてね。様子を見てきて欲しいんだよ」

「ウチでローンを？　で、そのローンはどうしたんですか」

相馬がきくと、「どうやら四谷支店では断ったらしい」、と芝崎。

意味ありげな口調に、

「まさか、それが暴走の動機だっていうんじゃないでしょうね」

疑わしげに相馬はきいた。

「そうじゃないと願いたいもんだが、そこんところを調べてきて欲しいんだ。場合によっちゃ、ウチの対応が問題視されかねないと上が心配してるんだよ」

「そんなの理由になりませんよ。悪いのは犯人なのに、断った銀行に原因があっただなんて考え、バカげてます」

憤然といった舞に、

「気持ちはわかるんだけどね、花咲くん」

芝崎は、弱ったように眉をハの字にした。「マスコミってのはさ、いろんな理由をつけて銀行を攻撃してくるじゃないか。〝銀行の断り方にも問題があったといえるんじゃないでしょうか〟なんて報道番組のコメンテーターにしたり顔でいわれてごらんよ。イメージダウンも甚《はなは》だしいだろう。だからさ、何か言われる前に、手続きに問題がなかったか内部調査しておく必要があるんだよ」

「理不尽な言いがかりには慣れっこですけどね」

そういいながら相馬は立ち上がると、釈然としない顔の舞に声をかけた。「おい、行くぞ、花咲。こんな事件を引き起こしたのが果たしてどんな男だったのか、四谷支店のローン担当に聞いてみようじゃないか」

2

「なんていうか、かなり切羽《せっぱ》詰まった感じではありました」

話を聞いた三宅翔太《みやけしょうた》は、そういうときまりが悪そうに口に拳《こぶし》を添え、ひとつ咳払《せきばら》いした。三宅は、四谷支店のローン担当者である。

相馬と舞のふたりが支店に到着したときには警察の事情聴取は終わっていて、刑事たちはすでに引き揚げていた。

「何かしでかすような危うい感じは、たしかにありました。ローンを断ったときなんか、青ざめてひと言も発せなくなってしまって……心身共に疲れ切っている様子で。まさか、こんなことになるなんて思いませんでしたが、かといって警察に通報するようなことではなかったと思いますし」

三宅は青ざめた表情で肩を落としている。

「まあ、君のせいじゃないさ。気にしなさんな」

相馬はいいながら、暴走事件の犯人——富樫研也《とがしけんや》が提出したという書類のコピーを見ている。ローンの申込書、確定申告書の控えや住民票の写しがコピーで残っていた。

そして、

「まあ、手続き上はなんの問題もなさそうだな」

そういうと、手にしたファイルをぽんと応接室のテーブルに置いた。

「どんなところで切羽詰まってるって、思われたんですか」

そのファイルを今度は舞が手に取りながら、尋ねた。

「このローンの審査の見通しを、かなり気にしてましたから。母親の介護で気持ちに余裕がないのが、態度に出ていましたし」

犯人の富樫がローンを申し込んだのは、入院中の母親を自宅に引き取るためのリフォーム資金だった。

「いま戸田《とだ》市内の小さな一戸建てに夫婦で住んでいるんですが、母親の介護用に一部屋を増築する必要があるということで」

申込金額は四百万円。

ところが、一戸建てを買ったのが五年前で、それもローンでの購入だった。最近は運転手の仕事も細っていて、新たなローンを返済するだけの余力がないのが断りの理由だ。

「救われない話には違いないが、ヘンだな」

相馬は、首を傾《かし》げた。「富樫という男は戸田市内に在住してたんだろ？　なのに、なんでわざわざ四谷支店にローンを申し込んだんだ？」

ローンは、自宅や会社の近くの金融機関で申し込むのが一般的だ。富樫は自営の運転手で勤め先はないから、戸田市内で申し込むのならわかる。

「随分前に四谷支店で普通預金口座を作ってからというもの、ずっと当店を利用していたとのことでした。もしかすると、戸田市内に引っ越す前に、この界隈《かいわい》に住んでいたのかも知れませんが」

を変えた。

「ふうん。まあ、大した問題ではないが」

相馬は納得するふうでもなく流し、「それで、刑事には何をきかれたんだい」、と話を変えた。

「別にいまお話ししたようなことをひと通りきいただけで、どんな態度だったかとか、犯行を仄《ほの》めかすような言動はなかったかとか、きかれたのはその程度です」

新宿警察署の名刺が二枚、テーブルに置いてあった。何か気づいたことがあったら知らせてくれと刑事たちが残していったものだ。

「銀行の手続きに関する質問とかは」

相馬はそれが肝心なところだとばかりにきき、

「特にありませんでした」

という三宅の返事に満足そうにうなずくと、「問題はなさそうだな」、と早々に結論づけた。「犯人を憎んで銀行を憎まず、だ」

「相馬さん、ちょっと気になることがあるんですけど」

そういった舞に、相馬が向けたのは、何か面倒なことをいうつもりじゃないだろうな、といわんばかりの顔である。

「この住民票、発行日が八月十日になってますよ」

「それがどうかしたか」

「ローンの申込書に記入された日付は九月五日です」

「だからなんだ」

重ねてきいた相馬に、「役所に行って書類を受け取ってからローンを実際に申し込むまでひと月近く経《た》っていることになります」

「別にどうでもいいだろ、そんなこと」

相馬は取り合わなかった。「忙しかったんだろうよ。ローンの申し込みをしようと思い立って必要書類を調べ、役所に取りに行く。バタバタしてりゃ、一ヵ月ぐらいアッという間《ま》だ。そもそもウチの場合、書類の有効期限は三ヵ月なんだぞ、花咲。それを過ぎてりゃ問題だが、一ヵ月前のものはしっかりと有効だ。なんの問題もないね」

「そんなもんですかねえ」

相馬にそこまで言われたのでは、舞も納めるしかない。

「とにかく、ウチの手続きに問題はなかったわけだから、これでとやかく言われる筋合いもない。これにて一件落着!」

時代劇の町奉行《まちぶぎょう》よろしく芝居がかっていった相馬は、さっさと帰り支度を始めた。

「あれ？　舞ちゃん？　あっ、相馬さんも」

声をかけられたのは臨店《りんてん》を終えて一階のフロアに降りたところであった。相馬ととともに通用口へと向かいかけていた舞は、声の主を振り返り、

「小夜子《さよこ》さん！」

「ややっ、仲下《なかした》！」

ふたりが声を出すや、「ご無沙汰しています」、とその相手、仲下小夜子は頭を下げた。かつて相馬と舞が代々木《よよぎ》支店に勤務していた頃の同僚である。

「そうか、お前、いま四谷支店か」

驚いた顔の相馬がきくと、「融資《ゆうし》課なんです」、と二階を指して声を潜《ひそ》めた。

「ところで、どうでした、三宅君」

「どうもこうも、別に問題ないんじゃないの？　で、もう引き揚げるところだ」

そういいながら、相馬は、「なにか心配なことでもあるのか」、と逆に仲下に問うた。

「実は私、三宅君の指導担当だったんです」

「ああ、そうだったのか。でも、別に心配することはないんじゃないか。それともなにかあるのか」

った。

「そういうわけでは……」

無遠慮な相馬の問いに小夜子は苦笑を浮かべ、「私、この店でずっとローン担当をしてきたんですが、いま三宅君に引き継ぎをしているところで」、と意外なことをいった。

「引き継ぎって、異動になったんですか」

尋ねた舞に、小夜子は、はにかんだように目を伏せた。

「まだ報告してなかったよね。実は結婚することになって、私、来月末で銀行辞めることにしたんだ」

「結婚退職ですか！」

驚いて舞はいった。「うらやましいなあ。でも、辞めるのは少しもったいなくないですか。小夜子さんほどのキャリアがあったら、まだまだ銀行でやっていけるのに」

「それがね、結婚相手がタイへ転勤することになってしまって。迷ったんだけど、やっぱり遠距離はつらいから」

「キャリアよりも相手を選んだんですね」

「お前はその選択肢すらないもんな、花咲」

にやついた相馬に、

「そういう発言、問題ですから」

舞はじろりと睨《にら》んでみせてから、再び小夜子に笑顔を向ける。「タイで新婚生活だなんて、すばらしいじゃないですか」

「そんなことないよ。海外への引っ越しも大変だし、現地ではまず友達づくりから始めなきゃいけないでしょ。いまはいいけど、将来的に子供ができれば教育のことも考えなきゃいけない、親が病気してもすぐに駆けつけられないとか、考えればキリがないのよ」

「なるほど。結構、大変なんですね」と舞。

「だから、こういう引き継ぎもしっかりやっておかないと」

小夜子はいった。「退職後に何かあったとき、国内にいればともかく、海外となるときくにきけないでしょ」

「辞めた後のことまでそんなふうに考えるなんて、さすが小夜子さんですよ」

同僚だった頃の小夜子の仕事ぶりは、完璧かつ潔癖《けっぺき》であった。その職務態度は、数年を経たいまも変わっていないらしい。

「三宅さんはしっかりしてるから、大丈夫ですよ。だって、小夜子さんが教えたんですから」

舞がいうと、「そうね」、とだけこたえた小夜子は、舞でも相馬でもない、壁の一点に視線を向け、「なんにしても、つつがなく終えるって、なかなか難しいわ」、とそういった。「最後の最後に、こんなことが起きて」

「それは、いってみても仕方がないことだぞ、仲下」

相馬にしては珍しく諭《さと》すようにいった。「銀行ってのは駅のホームと同じで、いろんな客が集まってては去っていく場なんだよ。オレたちは客を選ぶことはできない。その代わり、どんな客に対しても決められたことをするしかないのさ。たとえローンを受けようと断ろうと、銀行員として正しく対応したかどうかが問題なんだ。相手が誰かなんて関係ない」

「いつになくいいこというじゃないですか、相馬さん」

舞がにやりとすると、

「バカヤロー、何年銀行員やってると思ってんだよ」

憎まれ口で相馬はこたえた。「思いがけない事件だったが、心配するな。四谷支店の手続きに問題はない。だから安心してタイへ行ってこい。向こうに着いたら、何かうまいものを見繕《みつくろ》ってオレに送れよ」

「結局、それですか」

呆《あき》れてみせた舞だが、相馬がいったように、たしかにこのローンの手続きには何の問題もなさそうだ。そして四谷支店も、平穏な日々を取り返す――はずであった。

3

「四谷支店は、つくづく運がないな」

ちょうど部内の打ち合わせから戻った舞は、相馬の意外なひと言に、「どうしたんです？」、ときいた。

四谷支店を訪ねてから、二週間近くが経った日のことだ。

「舟町《ふなまち》ホームって知ってるよな」

「ええ、もちろん知ってますけど。何かあったんですか」

テレビでもコマーシャルをやっている大手の建築業者だ。

「実は、舟町ホームは四谷支店の大口取引先なんだが、今日の夕刊で、東京経済新聞のスクープが出た。大々的に手抜き工事が行われてるってな。いま融資部で大騒ぎになってるよ」

「手抜き工事って、どんな？」

会議の書類をデスクに置き、舞は尋ねた。

「あそこは安価な建て売り住宅でのしてきた会社なんだが、顧客《こきゃく》に提示していた仕様書通りに作っていなかったんだとさ。耐震構造がいい加減だったり、外構工事のコンクリートを節約するために薄くしたり。ひどいと柱の中に空き缶を埋《う》めたりして、使うコンクリートの量を少なく済ませていた例もあったらしい」

「とんでもない話ですね」

「値が張るんだよ、コンクリートは」

相馬はこたえた。「たとえば、駐車場を作るとするじゃないか。仕様書には厚さ十センチのコンクリートだと書いてあるとする。それを厚さ五センチとかで作るわけだ。出来てみるとコンクリート部分は地面に埋まっているから、十センチだろうと五センチだろうと買った人にはわからない。そういう手抜きを積み重ねて、不正に利益率を上げてたってわけだ」

「ひどすぎですよ、それ。でも、なんで不正がわかったんですか」と舞。

「舟町ホームの家を買った東京経済新聞の記者が偶然、駐車場のひび割れに気づいたのが発端だったらしい。クレームを入れたが聞き入れられず、それで舟町ホームが建てた他の家を調べて回るうち、杜撰《ずさん》な工事の実態が明らかになったってわけだ。なにせ全国展開している会社だろ。いったいいつから手抜き工事を始めたかは知らないが、手抜きが疑われるのは関東だけでも三千棟は下らないって話だぜ」

「三千棟！」

その数に、舞は思わず驚きの声をあげた。

「夜のニュース番組でもおそらく大きな扱いになるだろうな。当然のことながら舟町ホームの信用はガタ落ち。補償問題も出てくるだろうし、これはえらいことになるぞ」

「補償云々《うんぬん》という以前に、腐りきってますね、その会社」

怒り心頭の舞に、

「その腐りきった会社にウチはカネを貸してきたんだよ」

相馬の口調にやりきれなさが漂った。「四谷支店の融資残高は、五百億円以上ある」

「そんなに」

さすがに、舞も目を見開いた。「四谷支店の融資額として、そこまでの額って、珍しいんじゃないですか」

「その通り。場所柄、四谷支店が取引している客の多くは中小零細《れいさい》企業だからな」

相馬は、難しい顔で腕組みした。「舟町ホームは、四谷支店にとって支店経営の根幹といっていいような大会社なんだ。なにしろ一部上場の大企業だ」

本来であれば、支店ではなく、営業本部といった大企業相手専門の本部セクションが手がけるべき相手である。

それなのに、四谷支店が主担当の役割を担っているのには理由があった。

「まだ舟町ホームが中堅の施工《せこう》会社に過ぎなかった頃、経営危機に陥《おちい》ったことがあったんだ。取引銀行が次々と手を引く中、当時の四谷支店だけが社長を信じて支援し続けたらしい。亡くなった先代がそれを恩義に感じてな、どれだけ企業規模が大きくなっても、営業本部への取引移管を頑《がん》として認めなかったらしい」

「美談じゃないですか」

舞は目を丸くした。「そこまで義理を通す会社が、顧客に不義理してどうするんですか」

「代が替わったんだよ、代が」

相馬が鼻に皺《しわ》を寄せていった。「義理を通した先代は五年前に亡くなり、娘婿《むすめむこ》の現社長が跡を継いだ」

現社長は津山浩紀《つやまひろき》五十四歳。経営のバトンを受け取ってから、舟町ホームの業績を急成長させ、経営者としての評価は高かったという。

「いずれにせよ、これで大口不良債権の予備軍が誕生したことになる。ただでさえ、産業中央銀行との合併《がっぺい》でぴりぴりしているときだ。上も、さぞかし神経を尖らせてるに違いないぜ」

「例の合併準備委員会ですか」

舞の口調に、うんざりしたものが混じった。

産業中央銀行との合併が決まり、経営統合に向けた合併準備委員会が発足したのは先日のことである。

委員会のメンバーは双方の銀行の役員で構成されているが、合併後に少しでも自行に有利になるよう、人事やシステムといった各分野で激しい鍔《つば》迫《ぜ》り合《あ》いが始まっていた。

「融資のシステムはウチのものを」

「いや、そちらのものは効率が悪いからウチで」

とまあ、そんな話し合いが行われているわけである。

ここで主導権を握られてしまうと、あらゆることが産業中央銀行寄りになってしまい、合併後に東京第一銀行の行員が冷や飯を食わされる。それは避けたいというので、いわば銀行のプライドをかけた決死の綱引きが繰り広げられている状況なのであった。

「結構な額の不良債権を抱えているのはお互い様だが、財務の健全性という面では産業中央に一歩譲《ゆず》っている印象だからな。ここでまた大口の不良債権予備軍が出たとあっちゃあ、東京第一銀行の審査システムには問題があるといわれかねないってわけだ」

「ところで、産業中央銀行は、舟町ホームとの取引、なかったんですか」

気になって舞が尋ねると、「実はな花咲、そこが問題だ」、相馬は眉を顰《ひそ》めたのであった。

4

企画部のフロアに戻った紀本の顔は心なしか上気し、委員会での激論を物語っていた。昇仙峡玲子のデスクの近くを通るとき歩を緩《ゆる》め、「ちょっといいか」、とひと言。その背について部長室へ入室すると、紀本は「はあっ」という盛大なため息とともに肘掛《ひじか》け椅子に体を埋めた。

「産業中央銀行は舟町ホームへの融資を回収していたそうだ。東京第一は融資管理が甘いんじゃないかといわれたよ。癪《しゃく》に障《さわ》る」

俄《にわか》に信じられない玲子は、息を呑《の》んで紀本の次の言葉を待った。舌打ちをした紀本の視線が壁から天井へと上がっていく。それが再び正面に戻ったとき、その表情に浮かんでいたのは怒りだ。

「融資部の話では、四谷支店は先月に舟町ホームに対して百五十億円の新規支援を実行したそうだ。資金使途《しと》は、三番手の取引銀行だった産業中央銀行の融資の全額肩代わり。どういうことかわかるか」

「四谷支店にしてみれば、してやったり——だったと」

一般的に、優良な取引先での他行融資の肩代わりは、戦略的勝利である。

「だが、この不祥事でそれが裏目に出た」

紀本の言葉に疑惑が滲《にじ》んだ。「問題は四谷支店が、事前に舟町ホームの不祥事に気づくことができなかったかということだ。メーンバンクとしての情報収集がきちんとなされていたら、この事態を回避できたのかどうか。果たしてこれが、当行の融資システムの瑕疵《かし》といえるのか——」

「産業中央銀行は回収の理由をなんといっているんですか」

「支店の優れた与信《よしん》判断の結果だそうだ。だが、融資部からの情報では、産業中央銀行が舟町ホームへの融資を回収しなければならなかった合理的な理由は見当たらない」

意味ありげに、紀本はいった。

「つまり、単なる幸運に過ぎないと」

「運なんてものはどこに転がっているのかわからんな、昇仙峡。敗者が一転して勝者になる。世の中というのは恐ろしい」

その敗者と勝者が経営統合されてひとつになるのだから、さらに複雑である。いずれにせよ、与信判断が甘かったといわれては、東京第一銀行の沽券《こけん》に関わる。

人一倍プライドが高く、そして東京第一銀行のバンカーであることに誇りを持っている紀本にとって、これは見逃せる話ではないのだ。

「舟町ホームの業績はおそらく急激に悪化するだろう」

紀本は続けた。「こうした信用失墜《しっつい》は、致命傷になりかねない。〝分類〟されれば当行の業績を直撃することになる」

銀行業界で〝分類〟とは、簡単にいえば貸し倒れの危険性のある不良債権予備軍として認定されるという意味だ。

銀行では、貸し倒れたときのための穴埋め資金を予《あらかじ》め準備しておくルールになっており、その金額は儲《もう》けから差し引かれる。

つまり、実際に倒産しなくても、分類されただけで銀行の儲けが減ることになり、その金額によっては銀行の屋台骨すら揺るがしかねない事態になる。

「分類すべきかどうかは、今後の業績を見て判断するしかないが、そもそも四谷支店にこの状況を見通せたかどうかは、はっきりさせておく必要があるだろう。本件は産業中央銀行との合併準備において、趨勢《すうせい》を左右する要素になりかねない」

新たな使命を悟った玲子に、紀本は予想通りの言葉を添えた。「四谷支店の審査に本当に隙《すき》がなかったか、君の目でしっかりと調べてきてほしい」

5

「ごめん、舞ちゃん。もうちょっとかかるみたいなんだ」

再び訪れた四谷支店である。

待つ間、一階フロアで営業課の事務処理を手伝っている舞のところに降りてきた小夜子はいうと、「お待たせしてすみません」、と相馬にも腰を折った。

心配性の芝崎次長から四谷支店の様子を見てきてくれないかと言われたのが、午後三時過ぎのことであった。支店長の埜村康一《のむらこういち》に状況のヒアリングを申し入れているが、かれこれ二時間近くも待たされている。来客中とのことだが、その客が誰だかは小夜子にもわからないらしい。

不正が発覚した昨日来、舟町ホームの手抜き工事問題は、瞬《また》く間に世間を騒がす大スキャンダルになっていた。マスコミによって大々的に取り上げられると同時に、同社には顧客からの問い合わせや批判が殺到。予想していたことだが、舟町ホームの信用は一瞬にして瓦解《がかい》したのである。

取引店である四谷支店の受けたダメージは想像以上で、相馬と舞のふたりが支店に来てみると、行員たちの顔からは生気が抜け落ち、店内は墓場のように静まりかえっていた。

「こいつは出直してきたほうが良さそうだな」

壁の時計が午後六時を回ろうとする頃になって相馬がいったとき、二階へ続く階段に人の気配があった。

支店長の埜村たち数人の行員が一階フロアに降りてくる。

それを一瞥《いちべつ》した舞は、そこに見知った顔を見つけてあっと声を上げそうになった。

「昇仙峡……」

つぶやいたのは相馬である。同時に昇仙峡のほうも臨店指導グループに気づいたようだが、声をかけることもなく傍《かたわ》らを通り過ぎ、通用口のほうへと消えていった。

「いったい、企画部が何の用だ」

その後ろ姿に、相馬は怪訝《けげん》な眼差《まなざ》しを向けている。

「支店長、事務部の臨店指導グループの方がお待ちになっています」

その昇仙峡を丁寧に通用口まで見送ってきた埜村に、小夜子が声をかけた。

「臨店指導？」

ささくれだった声で埜村はいい、険《けわ》しい眼差しを相馬と舞のふたりに向けてくる。

「見ての通りの修羅場《しゅらば》だ」

埜村は大げさに両手を広げ、「もういい加減にしてくれないか」、と冷ややかに吐き捨てた。

「お忙しいところ恐縮です。一応、状況をお伺《うかが》いするよう申しつけられておりまして」

下には強いが、上には滅法《めっぽう》弱い。相馬はたちまち恐縮して、上目遣《づか》いに埜村を見た。

「状況がわかればいいんだろう。生憎《あいにく》私は忙しいんでね。——おい、川村《かわむら》君」

傍らにいる行員のひとりに、埜村は声をかけた。

「臨店指導グループに、これまでの経緯を説明してやってくれ」

「わかりました」

にこりともしないで応《こた》えた川村尚之《なおゆき》は、三十代半ばの愛想のない男であった。どうやら、舟町ホームの融資担当らしい。

「そこでいいですか」

営業課の片隅にある小さな応接ブースを指さすと、「ちょっと待っててください。ファイルを持ってきますから」、そういって二階フロアへと一旦《いったん》消え、やがて舟町ホームのクレジットファイルを抱えて降りてきた。

「ちょっと見せてもらうよ」

相馬がファイルに目を通し始めた。「なるほど、産業中央銀行の融資を肩代わりしようというのは、川村さんの提案ってことか」

「それが何か問題なんですか」

神経に障ったか、川村は突っかかるようにいった。「舟町ホームの不正なんて、誰だって知りようがありませんよ。融資部だってこの稟議《りんぎ》を承認したんですから」

「まあ、それはそうだ」

相馬は同意してみせ、「産業中央銀行は肩代わりに対してどんな反応だったんだろう」、ときいた。「激しく抵抗したとか？」

「普通はそうでしょう」

川村はこたえる。

「今回は」

「今回は――知りませんよ」

そっぽを向いて、川村は嘆息した。「ウチが融資をしましたが、返済したいと産業中央に申し入れたのは舟町ホームですから。産業中央とどんな話し合いがあったかは聞いてません。きいても仕方がないでしょう。でも、状況からして返済には相当抵抗したと思いますけどね」

要するに舟町ホームとは、そのくらい各行が取引を切望する相手だったのだと、川村はいいたいようだった。

その川村を、何事か考えながら相馬は観察している。

「実際にはとんでもない不正が行われていたわけだけど、その徴候《ちょうこう》はなかった？」

「ありません」

「他社と比べて収益率が高すぎるとか、そういうことを検討したことは」

川村が浮かべたのは苛立《いらだ》ちだ。

「収益率が高かったら不正を疑えと、そうおっしゃるんですか。収益率なら当店だけじゃなく、融資部の審査担当調査役だって見てる。誰もそんなことは指摘しないどころか、収益率の高さを評価してきたわけですよ。違いますか」

「そうだろうね」

相馬は認め、一旦手元に落とした視線を上げた。

「舟町ホームの銀行窓口は経理部だよね。彼らの対応に、不審な点は」

「ありません」

きっぱりとした川村の返事に、相馬から短い吐息が洩《も》れた。

「わかりました。忙しいところすまなかったね」

川村から聞き出せることは、そう多くはなさそうだった。

「あれでいいんですか、相馬さん」

川村が応接ブースから出るのを待って、舞が尋ねた。

「舟町ホームが手抜き工事を始めたのは五年も前だそうだ。その間、誰も気づかなかったんだから、川村だけを責めるわけにはいかんだろ。たしかに、収益率が上がった理由なんて、いくらでも説明がつくからな」

「要するに、いまの四谷支店の与信判断に問題はなかった、と」

「通常の与信判断で、この不正を見抜くのは難しかったろうな」

相馬はふと口を噤《つぐ》んで考え込んだ。「だが、それでも産業中央銀行はなぜか、実損を免《まぬが》れた」

「たしか融資部は、単なる偶然だと考えているんですよね」

本当にそうなのか、判断しかねるところではある。

「そうなんだが、いくらなんでもちょっと出来すぎのような気がするんだよな」

相馬はいった。「あの産業中央銀行が、百五十億円もの融資の返済をそう簡単に受け入れるというのは、どうにも納得しかねるんだ」

取引先会社への融資はいわば銀行の飯の種だ。銀行にとって、お金を貸したときに受け取る利息は、重要な収入源だからである。

「だいたい、百五十億円もの融資を一度に返済されるなんて、始末書ものだぜ」

「じゃあ、相馬さんはどう考えてるんですか」

「もしかすると、産業中央銀行は事前に舟町ホームの不正の情報を摑んでいたのかも知れないな」

壁の一点を見つめたまま、相馬はおもむろにいった。「そこにウチからの肩代わりの話が転がり込んできた。だから渡りに船とばかり、おとなしく返済させた——」

「でも、その証拠はないじゃないですか」

「まあな」

あっさり相馬は認め、「それに産業中央銀行がどこかで不正の情報を摑んでいたとしても、それがそのまま四谷支店の過失ということにはならないしな」、そう続ける。「しかし、どっちにしても後ろ向きな話には違いない。誰が悪いとか悪くないとか、そんなことを調べても何物をも生まない。こいつはいわば、敗戦処理みたいなもんだ」

「そうでしょうか」

舞は反論した。「何が間違っていたのか、何が足りなかったのか——。失敗したときに原因を追究するからこそ、次につながる。いまは変えられなくても、未来は変えられるじゃないですか」

相馬はしばらく応えなかったが、やがて、

「お前の言うとおりかもな。だが、事の真相は、産業中央銀行というベールの向こうだ」

「そんなことありませんよ。行きましょう、相馬さん」

　ふいに立ち上がった舞に、相馬は怪訝な表情を向けた。

「行くって、どこへだよ」

「舟町ホームが産業中央銀行に百五十億円の融資を返済した。その真相を聞きに行くんです」

「なにいってんだ、お前。まさか、舟町ホームに乗り込むつもりじゃないだろうな。それならさっきの川村を通じて――」

「違いますよ。別に舟町ホームを訪ねなくても、もっと簡単な方法があるじゃないですか」

「簡単な方法だと」

　嫌な予感がする、とばかりに眉を上げた相馬に、案の定、舞から予想外のひと言が飛び出した。

「産業中央銀行四谷支店に話を聞きに行くんですよ」

「なんだって？」

　相馬が素《す》っ頓狂《とんきょう》な声を上げた。「おいおい、それじゃあ、敵に手の内を見せるようなもんじゃねえか」

「どうせ合併するんだから、敵じゃありませんよ。昨日の敵は今日の友じゃないですか。相馬さんが行かないのなら、私ひとりで話を聞いてきます」

さっさと応接ブースを出た舞を、「ちょっと待て、花咲。オレも行く」、相馬が慌てて追いかけた。

6

「東京第一銀行事務部臨店指導グループ？」

名刺を受け取った相手が浮かべたのは、予想通り、怪訝な表情だった。「舟町ホームさんの、どういったご用件ですかね」

産業中央銀行四谷支店の通用口で来意を告げ、通された応接室に現れたのは、四十前の中堅行員だった。名刺には融資課長、小牧健次郎《こまきけんじろう》とある。どこか惚《とぼ》けた雰囲気のある男だ。

「先月、御行《おんこう》では舟町ホームさんに融資していた百五十億円を回収されましたよね。そのときの状況をお伺いしたくて来ました」

舞の問いに、「ああ。はいはい」、と応じたものの、何かあるのか、小牧はすっとひとつ息を吸い込んで慎重な面差《おもざ》しになる。

「当行が舟町ホームさんに積極的に働きかけ、産業中央銀行さんの肩代わりに成功した——そういう理解でいいんでしょうか」

舞が放ったのは、そのものずばりの質問だ。すると、

「それはちょっと違いますねえ」

予想外の返事である。

「違う？」

相馬が思わず前のめりになった。「どういうことですか」

「それだと、お宅の四谷支店にウチがしてやられたことになるじゃないですか。それを違うと申し上げているんですわ」

小牧は、かすかに関西風のイントネーションでいった。

「でも、舟町ホームさんから融資返済の申し出があったのは事実なんですよね」

舞の質問を、

「いえ。そもそも、そこから誤解されているようですなあ」

小牧は訂正してみせる。「舟町ホームさんに融資を返済してもらうよう頼んだのは当行でして」

「なんですって」

相馬が目を見開いた。「つまりその——進んで取引を解消しようとされたわけですか。それはなぜです」

「なぜか、か」

相馬に問うのではなく、自問するかのようなつぶやきだ。「それは、あなた方もご存じの理由ですよ」

思わず相馬と顔を見合わせ、舞はきいた。

「手抜き工事をしていたから、ということでしょうか。その情報を、産業中央銀行さんは事前に摑んでいたと」

「まあ、そんなところかな」

返ってきたのは曖昧《あいまい》な言葉だったが、やはり——産業中央銀行は、舟町ホームの不正を見抜いていた。

「もし、よろしければ教えて頂けませんか」

舞はきいた。「どういう経緯で、事前に情報を摑まれたんでしょうか」

「それについては、どこまでお話ししていいか判断しかねるところでして」

相馬と舞が出した名刺に視線を落としながら、小牧は慎重に言葉を選んだ。内部情ころですね」

報に関わる部分だからだろう。「まあ舟町ホームの出入り業者さんから、といったと

「出入りの業者……」

相馬がつぶやくように、繰り返す。「その情報は産業中央銀行さんの独自ルートか

らということなんでしょうか」

であれば東京第一銀行四谷支店は、知りようがなかったことになる。が、

「独自というか、偶然というか」

小牧は曖昧な返事を寄越《よこ》した。「しかし、実はこちらも少々驚いているところでし

て。というのも、東京第一さんが本当に当行の百五十億円を肩代わりされるとは思っ

てなかったもので。たぶん、見送りになると思ってたんですがね」

聞き捨てならぬ話である。

「あの、それって、どういうことでしょうか」と舞。

「御行も同じ情報を入手していたはずですから」

相手に向けている相馬の表情には、内面の混乱が見てとれる。

「あの、すみません。御行に情報を提供したその業者とは、東京第一銀行も取引して

いるということですか」

舞が尋ねると、小牧は一瞬、困ったような顔をしてみせた。

「そこはちょっと微妙な話でして……もし御行がそれについてご存じないのであれば、私の判断では申し上げられないんですよ」

「守秘義務、ですか」

尋ねた舞に、

「まあ、そんなところです」

小牧は答えた。「ただ、その業者さんは確実に御行には行っていると思いますよ。そもそも舟町ホームの主力銀行は、東京第一さんですから、そちらに行ってみてはと、ウチの窓口でそれを勧《すす》めたんです」

「窓口で勧められた——」

真剣そのものの表情で尋ねた舞を気の毒に思ったのか、小牧は最後にひと言、ヒントを付け加えた。

「そのことは、警察にも話してあります」

舞がはっと顔を上げたのは、その瞬間であった。

7

「よお、花咲。いったい、警察ってのはどういう意味なんだろうな」

再び自行の四谷支店に戻りながら、相馬がぼそりとつぶやいた。「もしかして、舟町ホームの件、すでに警察が動いてるってことなのか」

「違いますよ、相馬さん。ローンですよ、ローン」

「なに？」

相馬が驚いて聞き返した。

通用口から二階へ上がり、そこに小夜子の姿を見つけると、

「すみません。もう一度、三宅さんと話したいんですけど、埜村支店長に話を通してもらえませんか」

舞が声をかけた。

すでに午後八時過ぎで、フロアには、一日を終えた後の疲労困憊《こんぱい》ムードが漂っている。

「三宅君に？　ちょっと待って、いま支店長に連絡してみるから」

内線電話で会議室にかけた小夜子は、役席者《やくせきしゃ》たちと打ち合わせ中だという支店長に、舞たちの来訪を告げた。おそらくは、舟町ホームとの今後の取引について話し合っているのだろう。

「三宅君と話すのなら支店長も同席するって。三宅君はいま書庫に行ってるから、呼んでくるよ」

舞の態度から何かを察したらしい小夜子を、

「私も行きます」

追いかけた舞は、書庫のある三階への階段を小夜子とともに駆け上がっていく。

フロアの左手に、分厚いステンレス製のドアが開いている部屋が見えた。

いまそこには明かりが点灯し、鉄格子の内扉も開いたままだ。

天井までのラックが整然と並ぶ書庫には、銀行の様々な書類が分類され、時系列に整理されている。

「三宅くん。いる？」

小夜子が声をかけ、左手奥の列を覗《のぞ》くとそこに、段ボール箱をいくつか床に積み上げ、踏み台を椅子代わりにして書類を浚《さら》っている三宅の姿があった。

何かを探していたのか、白いワイシャツを肘までまくり上げた三宅は、額に滲む汗をぬぐっている。

「花咲さんが話したいって」

「忙しいところすみません」

小夜子の後ろから声をかけた舞は、三宅の表情にひそかに息を呑んだ。切迫し、血走った目を、そこに見つけたからだ。

「何かトラブル？」

思わず尋ねた舞に、「いえ、いいんです」、取り繕うように笑みを浮かべてみせた三宅は、「応接室に行きましょうか」、ときいた。

「いえ、ここでいいから」

舞はいい、「この前の、新宿の暴走犯のローンの件なんだけど、あの人の職業、たしか運転手、だったよね」、そうきいた。

「え、ああ、そうですが」

こたえた三宅に、さらに舞は尋ねる。

「なんの運転手だった？」

「おい、花咲――」

追いついてきた相馬が背後から小声でいった。「なに関係ないことをきいてんだよ。

その話は一件落着したはずだろうが」

「ちょっと待ってください。いまローンのファイルを持ってきますから」

歩き出そうとした三宅に、

「ファイルを見ないと、思い出せない？」

舞の発した言葉は、意外なほど鋭かった。その語気の鋭さに小夜子がはっと振り返ったのも束の間、すぐに三宅へと視線を戻す。

「ミキサー車、だったと思います」

三宅の声には、思いがけない緊張が宿っていた。

「暴走犯の富樫研也――だったかな。その人がどこの会社に出入りしていたか、あなた、知ってるよね」

沈黙が落ちた。分厚い壁に囲まれた書庫の内部は、重苦しいほどの静けさだ。そこでいま入行二年目の三宅は、疲れ切った表情で突っ立っていた。

「舟町建設、です」

「それ、舟町ホームの下請け？」

返事の代わりに、三宅が小さくうなずくのを確認して、舞は続ける。

「この前、富樫研也が暴走事件を起こした後、富樫のローンの申込書を見せてもらったよね。そのときひとつ気づいたことがある。申し込みの受付日は九月五日なのに、添付された住民票は一ヵ月近く前のものだった。そのことにあなた、気づいてた？」

「よお、花咲。お前、いったい――」

わけがわからない、とばかりの相馬だが、それを無視して、舞は三宅の態度を凝視《ぎょうし》している。いま視線を床に落としたままの新人ローン担当者は、凍りついたかのように体を硬くしたままだ。

押し黙ったままの三宅に、「ここから先は私の推測だけど」、と断って舞は続ける。

「犯人の富樫は、ウチに申し込むより前、実は産業中央銀行四谷支店にローンを申し込んでたんじゃない？　ローンの相談から正式な申し込み、さらに書類のやりとりをして正式に結論が出るまで二週間前後かかったでしょう。その挙げ句に断られた富樫は、産業中央銀行から返却された住民票を持ってウチにローンを申し込んできた。住民票の発行日が古かったのはそのせいでしょう」

舞は問うたが、三宅の返事を期待しているようには見えなかった。

「そして、当行もまた審査の結果、富樫のローンは断ることになった。でも、三宅さん、それを彼に伝えたとき、あなたは彼から重要なことを聞いた。違う？」

まるで舞の声が聞こえなかったかのように、三宅は動かない。

鉛のように重い時間があたりを埋め尽くす中、小夜子も、そして背後にいる相馬もひと言も発しないままだ。

「はっきり答えてください、三宅さん。あなたが隠していても、こういうことはいつかはわかる。富樫本人が供述して警察から洩れるかも知れないし、産業中央銀行側から話が出るかも知れない。あなたが沈黙していいことなんて何もない」

顔を上げた三宅の中で、瞳が微細に揺れているのがわかった。唇が震えたかと思うと、

「すみません」

そんなひと言が、ついにこぼれ出た。

8

「結論が出てローンを断ったときのことです」

書庫で向き合ったままの三宅は、おもむろに語り出した。「犯人の富樫は舟町ホームの下請け業者に出入りしていたということですが、ローンを返済できるだけの儲けが出ていませんでした。ミキサー車を買い替えたばかりで、借り入れ金も膨《ふく》らんでいい

ましたし、現状でローンを出すのは難しいと伝えたんです。すると、『オレのローンは断るのに舟町ホームには融資するのか』、と……。どういうことですかときいたら、あの手抜き工事のことを話し始めたんです」

「で、君は、そのことを黙っていたわけだ」

そのことを責める口調でいった相馬に、「違います」、と三宅は首を横に振った。

「このことは担当の川村さんにすぐに話しました」

ちらりと、舞が相馬の横顔を見る。三宅の言うとおりなら、川村は嘘《うそ》をついていたことになる。

「川村さんは何も知らなかったといってる」

そういった相馬に、

「そんなはずはありません」

三宅は訴えるようにいった。「川村さんから、報告メモを上に上げろといわれたんです」

「おいおい、ちょっと待てや」

相馬が難しい顔で俯《うつむ》き、右手の指を強く額に押し付けた。「するとなにか？　報告メモが上がったんなら埜村支店長も当然知ってたってことになるじゃないか」

三宅が富樫のローンを断ったのは一週間ほど経った九月半ばのことで、この時点で産業中央銀行に続き、東京第一銀行も舟町ホームに関する同じ情報を摑んだことになる。

だが、その後の対応は違った。

産業中央銀行は事態を重く見て貸し出しの回収に動いた。ところが、すでにそのとき舟町ホームに融資を持ちかけていた東京第一銀行は、発覚した事実に目をつむり融資を実行したことになる。

「三宅さん、あなたが作成した報告メモ、見せていただけませんか。埜村支店長はじめ、閲覧《えつらん》者の印鑑が捺《お》されているでしょう」

舞がいうと、三宅の表情が微妙に歪《ゆが》んだ。

「それが……見当たらないんです」

「なぬ、見当たらない？　どういうこっちゃ、そりゃ」

相馬が素っ頓狂な声を上げる。

また押し黙った三宅に、「三宅君、きちんと話して」、厳しい口調でいったのは小夜子だ。「いまここであなたが何をしているのか、ということも含めて。あなたはきちんと説明すべきだと思う」

師匠である小夜子の言葉に、三宅は一旦唇をきつく噛《か》んでから、やおら話し始めた。

「報告メモは——ローンを断った九月十五日の夜に作成し、翌朝、ローンの書類と共に課長の未決裁箱に入れました……。その後、メモはその日の午前中に支店長まで上げられ、〝取引方針不変〟という支店長の指示がついて戻ってきました」

「情報があったのに、支店長は何のアクションも起こさなかったと？」

相馬が目を丸くした。「なんでだよ。普通なら大騒ぎになってもおかしくない話じゃないか。それで、どうしたんだ」

三宅の目が泳いでいる。力なく口から出た言葉はぽろぽろとその場にこぼれ落ちてしまうかのようだ。

「その後——、舟町ホームの不正が持ち上がった昨日の夕方のことです。不正の事実は知らなかったということで通すからあのメモを破棄しろと。そう指示されました。ところが、保管していたはずのファイルに見当たらなくて……」

書庫の通路に、無秩序に並べられた段ボール箱が三宅の苦悩を物語っていた。

「一昨日に古い書類を整理して書庫に運んだので、おそらくその中に入っているんじゃないかと思って……」

「書類が見当たらないことは、支店長も知っているのか」

相馬が尋ねると、「先ほど報告しました」、と三宅はますます暗い表情になった。相当絞られたらしいことは歪んだ表情でわかる。「必ず探し出せと」

「さっき、企画部の昇仙峡調査役が来てただろ。彼女にも、知らぬ存ぜぬで通したわけか」

相馬がいったのと、ふいに背後に人の気配が迫ったのは同時だった。

「おい。勝手なことをされては困るな。当店の書庫でなにをこそこそやってるんだ」

振り向くと、剣呑《けんのん》な表情を浮かべた埜村支店長が仁王立ちになっていた。「出ていけ!」

「あっ、支店長——。勝手なことをいたしまして、申し訳——」

相手が上役となると反射的に謝罪モードに変じる相馬を遮《さえぎ》り、

「そういうわけには参りません」

毅然《きぜん》と言い放ったのは、舞であった。

「いま、この三宅さんから、お話を伺っていたところです」

「話? なんの話をしたんだ、三宅」

埜村に睨《ね》めつけられ、三宅は縮こまった。言葉が出ない。

「舟町ホームの手抜き工事について、三宅さんから報告を受けたはずです」

その三宅に代わり、舞がいった。「その段階で、少なくとも不正の有無について確認すべきじゃなかったんですか」

「報告？」

埜村の顔面に朱が差し、目が血走った。「そんな報告を受けた記憶はない。何かの勘違いだろう。そうだよな、三宅」

いまや顔面蒼白《そうはく》になって、三宅は激しく逡巡《しゅんじゅん》している。

「そんなメモがあるのなら出してみろ、三宅」

埜村の言葉は、三宅にとって踏み絵のようなものだ。「あるはずがない。そうだな？――あんたたちも、そこまでいうのは証拠があってのことなんだろうな」

後の言葉は三宅にではなく、舞たちに向けられたものだ。いまや無言を貫く三宅に、埜村は勝ち誇った表情になる。

「そのメモが見当たらなくて、三宅さんがこうして探しているんじゃないですか。探して破棄するように命じられたそうですね」

「なんのことかわからんな」

埜村は、あくまでシラを切るつもりのようだった。「なんなら、副支店長や融資課長にきいてみるといい。誰も知らないというはずだ」

「口裏を合わせて、全員で誤魔化《ごまか》しですか」

悔《くや》しそうにいった舞を、埜村はせせら笑った。

「口裏合わせだと？　とんでもない。そもそも、そんな事実はなかったからそういってるんだ。確証もないのに憶測でものをいうのか。そんなことが通用すると思うなよ」

「要するに、証拠をお見せすればいいんですね。わかりました」

舞はいうと、三宅の足下にある段ボール箱のひとつを引き寄せ、中の書類を探し始めた。そのとき――。

手を動かし続ける舞に、

「舞ちゃん、もうやめて」

凜《りん》とした声で小夜子がいった。振り返った舞の目に飛び込んできたのは、小夜子の決然たる眼差しだ。そこに揺れ動く感情の束を見てとった舞に、

「そんな無駄なこと、する必要はない」

小夜子は断言した。

その場の全員が見守る中、小夜子は書庫の棚にあった段ボール箱のひとつに近づ

き、手を伸ばした。

箱を開けて取り出したのは、クリアファイルに挟《はさ》まった一枚の書類だった。

あっ、と短い声を発したのは埜村である。

三宅も、瞬きすら忘れて、言葉を呑んでいる。

「なんでだ、仲下。なんでお前が……」

埜村のそのつぶやきは、あまりの怒りに無残にも掠《かす》れていた。「お前、もうこの銀行からいなくなるんじゃないか。なんで、こんな余計なことを……」

「私、支店長が三宅君に指示しているのを聞きました。まもなくこの銀行からいなくなるからこそ、やったんです」

小夜子は、真っ向から言い放った。「この銀行が好きだから。この銀行に良くなってもらいたかったから。都合の悪いことは徹底的に隠し通す――そんなやり方が通用してしまったら、この銀行はいつまでも良くなりません。できれば――」

小夜子は少し悔しそうに唇を噛んだ。「途中で考えを改め、支店長自ら事実関係を明らかにしていただきたかった。私が辞めるまでの半月の間に、そうなることを期待していました。そうしたらこの報告メモ、そっと返そうと思ってました。でも、結局、そうなる前に……」

「お前には何の損得にもならなかっただろうに」

埜村はいまいましげに顔を歪めた。「お前のために、これに関わった我々全員が迷惑を被《こうむ》ることになるんだぞ。わかってるのか」

もはや、そこに相馬と舞がいることなど構わず、埜村は小夜子をなじった。保身に走り、自制心を失った男の、生々しい本音だ。

あまりに理不尽な埜村の論理に、小夜子は言葉をなくした。

そのとき、

「なに勘違いしたことといってるんですか！」

傍らから鋭い一喝が割って入る。

舞だ。

「おいっ、よせ、狂咲《くるいざき》――！」

黙って聞いていた相馬が慌てて制したが、すでに遅い。

「この件で本当に迷惑を被っているのは、あなた方じゃない。舟町ホームの欠陥住宅を買わされた、大勢の罪もないひとたちです。一所懸命働いて何十年もローンを組んでマイホームを建てる人たちのために、仲下さんはローン担当として尽くしてきました。舟町ホームの不正は、その人たちを利用し、騙《だま》し、そして夢をぶち壊しにするものです。あなたは出世だとか評価だとか、そんなことしか頭にないようですけど、それは違うと思います。少しでもお客様のことを考える真面目な銀行員なら、すぐさま舟町ホームに事実関係を問い合わせ、断固たる措置《そち》を取ったでしょう。仲下さんが求めていたのは、銀行員としての、情報を知り得たものとしての責任感ある行動だったはずです。なのに、あなたの頭の中には、お客様を大事にしようと思う気持ちなんて、欠片《かけら》もないじゃないですか。お客様の夢や希望なんかどうでもよく、顧客を騙して儲けていると知りながら、そんな会社への融資で自らの実績を作ることしか考えない。与信判断が正しいかどうかという以前に、あなたは支店長——いえ、銀行員として失格です」

埜村の顔から血の気が引いていくのがわかった。

赤らんでいた顔面がみるみる蒼白になり、怒りと焦り、そして微《かす》かな恐怖が浮かぶのが見える。

唇がわななき、その目の奥で反論を企てたように見えたのも束の間、埜村の肩ががっくりと落ちた。かくして訪れたのは、息苦しいまでの沈黙であった。

9

「事務部臨店指導グループが？」

そのとき、昇仙峡玲子の報告を受けた紀本は、込み上げた嫌悪感を隠そうともしなかった。「どういうことだ、それは。君の報告では、与信判断に問題はないということだったじゃないか」

問われた玲子は、

「申し訳ございません」

悔しげに詫《わ》び、事の仔細《しさい》を告げる。

「事務部臨店指導グループは、あろうことか産業中央銀行四谷支店の融資課長にヒアリングし、情報を得てきたとのことでした」

「許可なく出向いたのか、そのふたりは。だとすれば由々しき問題だな」

玲子は、紀本の表情が当惑から怒りに変じていく様を観察している。

「その件については軽率な行動を取らないよう、私から事務部長に強く申し入れておく。しかし——」

紀本はそういうと、鋭い眼差しを玲子に向けた。「君の調査も充分とはいえなかった。事情はどうあれ、事務部から真相を暴《あば》く報告書が上がったおかげで、問題なしと結論づけた当部の面目《めんぼく》は丸潰《まるつぶ》れだ」

「申し訳ございません」

深々と頭《こうべ》を垂れた玲子に、紀本は重々しく言い放った。

「当行の利益を最大限にするのが我々の使命だ。その利益を阻害するものは徹底的に排除しろ。それがたとえ、行内の者であってもだ」

合併準備交渉での駆け引きは熾烈《しれつ》を極めている。その第一線で常に緊張を強《し》いられている紀本は、底光りする目を部屋の壁に向け、まだ続くだろう長い交渉の行く末に思いを馳《は》せたに違いなかった。

第五話

神保町奇譚

1

その寿司屋は、神保町交差点に近い裏通りにひっそりと暖簾《のれん》を出していた。

地下鉄神保町駅出口からなら徒歩三分。古書店の並ぶ表通りから一本入った辺りにある四つ角に立つビルの一階だ。

かと勘《かん》、というのがその店の名前だった。

白木のカウンター一本、十席足らずのこぢんまりとした店だ。

いまその白木のカウンターの端《はし》っこに東京第一銀行の相馬健と花咲舞のふたりは並んでつき、頼んだ生ビールが出るのを待っているところである。

「楽しみですね、相馬さん」

小声でいった舞に、「これを臨店《りんてん》の愉《たの》しみといわずして、なんという」、とすでに相馬はよだれを垂らさんばかりにネタの入ったガラスケースを物色している。

かと勘が旨《うま》い、とは、何年か前に神保町支店で勤務していた次長の芝崎太一からの情報である。

そこで早速、昨日のうちに予約を入れ、この日、神保町支店の臨店初日を終えると、そそくさと靖国《やすくに》通りの向こう側にある支店から、かと勘へ直行したというわけであった。

まだ時間が早いせいか、店内の客は、相馬と舞のふたりだけである。

「お待ちどおさま」

お盆に載せられて、生ビールが運ばれてきた。

冷えたグラスで乾杯すると、

「くーっ、旨い！」

相馬はしみじみとグラスを眺め、「ビールサーバー、きちんと掃除されているんですね」、とカウンターの内側の主人に話しかけた。

「わかりますか」

ちょび髭《ひげ》に眼鏡の主人が嬉しそうにするのを見、

「いやあ、わかりますよ、そりゃ」

と相馬は早くも飲んべえの本領を発揮しようとしていた。「いまの世の中、本当に旨い生ビールは、なかなかありませんからね。ポイントは、サーバーの掃除なんですよね。こういうところで、店の良し悪しがわかるってもんです。さすがですねえ、ご主人」

「いえいえ、それほどでも」

気を良くした主人は、「ところで芝崎さんはお元気ですか」、と尋ねてくる。

一見客《いちげん》お断り、の店である。予約できたのは、主人と顔馴染みだという芝崎の名前を出したからであった。

「元気なんですが、いま何かと大変で」

舞がいうと、

「ああ、産業中央銀行との合併《がっぺい》の件ですね」

客に経営者やビジネスマンが多いのか、主人もその辺りの事情には通じているらしい。

「何かと伺《うかが》っていますよ、大変ですねえ——はい、白魚《しらうお》です。塩でどうぞ」

「ああ、もう白魚の季節か。早いもんだなあ」

十一月も下旬である。相馬は感慨深げにいって箸《はし》を動かしている。

それを皮切りに、鯛《たい》の昆布《こぶ》締《じ》め、トリ貝にツブ貝、さらに鮪《まぐろ》のヅケが出て、鮃《ひらめ》が出る。酒の進むことといったらなく、相馬の生ビールのグラスはあっという間《ま》に空になり、日本酒のぬる燗《かん》になった。舞はまだビールのままちびちびとやっている。

「旨いなあ」

美食に酔いしれ、相馬はうっとりした目をカウンターに向けた。「これを食べれば辛いことも忘れられるってもんですよ。芝崎次長も来たかったろうなあ」

「会議だったんです」

芝崎が来ない理由を聞きたそうにした主人に、舞がこたえた。「どうしても抜けられないって。それで私たちだけ」

「それは残念ですねえ。神保町時代には、いろんな取引先の社長さんと週に一度はいらしてたのに」

当時の芝崎はたしか融資《ゆうし》課長だったはずだ。それなりの役得に与《あずか》っていたに違いない。

「なに、週に一度？　いいんです、いいんです。芝崎次長も、それだけ来たんなら、もう一生分食べたでしょうしね」

相馬が漫言《まんげん》を放ったときだ。がらりと引き戸が開き、すっと外の冷たい空気が入ってきた。

「いいかしら。予約してなかったんだけど」

年配の女の声だ。

「ああ、これはどうも。どうぞどうぞ」

主人の顔見知りらしい。新たな客は、手で案内されるまま舞のふたつ右側の席にかけた。

「失礼します」

先に来ていた相馬と舞に丁寧に挨拶をしたのは、齢《よわい》七十過ぎとおぼしき女性であった。その物腰や上品さの漂う装いからすると、どこかの金持ちの老婦人なのだろう。

それにしても、

——寿司屋に女性のひとり客というのは珍しいな。

そう舞は思った。寿司屋というのは、なかなか女ひとりでは入りにくいものである。案の定、

「今日は珍しいですね、おひとりで」

主人がそんなふうに声をかけた。

「そうなんです。主人が出張に出てしまったものですから。娘が亡くなってから、誰もいない家でひとりで過ごすのが辛くなってしまって」

自分の存在が、寿司屋にとって違和感があるのをそれとなく察した口ぶりに、主人は顔の前で手を振った。

「そんな。ゆっくり食べてってください」

雰囲気のいい店である。

それからは、その老婦人と主人との、ぽつぽつとしたやりとりを聞きながらの寿司になった。

別に聞き耳を立てていなくても、話の中身はふたりの耳に入ってくる。

いや、正直にいうと、「娘が亡くなってから」、という彼女のひと言が気になっていたから余計だったかも知れない。それは相馬も同じらしく、それとなく老婦人の話に耳をそばだてているのがわかる。

「それにしても、もう五年ですか。早いですねえ」

話の成り行きで、主人からそんなひと言が洩《も》れた。娘さんが亡くなってから五年、という意味だろう。

「ほんとですね」

老婦人はいい、「もう、私も死んでしまいたいと思ったけれど、生きながらえて。五年なんてあっという間ですよ」

そういうと、彼女は手元の箸をそっと置き、「実はね、今日は銀行に用事があったんですよ」、とまた舞の気になることを口にした。

「銀行？」

主人はきいたが、そこは客商売、相馬と舞が銀行員であることを仄《ほの》めかしたりはしない。

「そうなの。実は、不思議なことがあったんです」

彼女は続ける。「先日ね、娘の部屋のクローゼットを整理しようと思って見ていたら、銀行の預金通帳が出てきたんです、産業中央銀行の」

産業中央銀行と聞いて、赤貝を箸でつまんだままの相馬が舞を一瞥《いちべつ》した。

「娘の通帳って、給与口座があった東京第一銀行だけだと思ってたから、他の銀行に口座を持ってるなんて、まるで知らなかったんです。それでね、これは銀行に手続きしに行かなきゃと思って、今日、その通帳と印鑑を持って銀行の相談窓口に行ったんですよ。そしたら、驚いたことに――」

老婦人の声のトーンは、そのとき一段、跳《は》ね上がったように聞こえた。「その口座、娘が死んだ後も、動いていたんです」

「ええっ。どういうことですか」

主人の包丁が止まり、顔が上がった。その表情に驚きが貼り付いている。

「娘の通帳には、口座を開設したときに入金したらしい千円しか記帳されていなかったんですよ。何に使うつもりだったか知らないけど、娘のお給料を考えるとそんなもんだろうと思うんです。私、その千円を下ろすためにというより、娘の口座をそのまま残しておいたら銀行に迷惑だろうと思って解約しに行ったの。ところがね、銀行の窓口の人がいうんですよ。何千万円ものお金が動いてますよって」

何千万円？

さすがに、そのひと言で、舞と相馬はそろって老婦人のほうを振り向いた。

「すみません。お騒がせして」

自分に向けられた視線に気づいた彼女はひと言詫《わ》びたが、それで口を噤《つぐ》むでもなく——もっとも話の続きが聞きたいふたりにしてみれば、ここで話を終えられたら寿司どころではなくなっていただろうが——話を続けた。

「その銀行の方が、口座の動きを用紙に打ち出して見せてくれたんですが、それでいうと、娘が亡くなった後に、一千万円がまず振り込まれていたんです。娘が亡くなったのは五年前の十一月でしたけど、最初の振り込みは十一月二十五日だったかしら。その後、一ヵ月ほどの間に立て続けに振り込まれていて、一番多いときで三千四百万円もあったんです。もう、驚いてしまって！」

「心当たりはないんですか」

主人がきくと、「何も」、と彼女は強く首を横に振った。きちんとセットされた銀髪が揺れ、日本酒のせいか色白の横顔にほんのりと朱が差している。

「だいたい、娘は一介の勤め人でしたもの。給料なんか毎月二十万円も手取りであればいいほうだったんですよ。自宅から通っていましたからなんとか生活できていたようなものです。そんな大金とは、まったく縁がなかったと思います。でもね」

老婦人はひとつ小さく息を吸い込むと、遠くを見つめるような瞳になる。

「それがどういうお金かはともかく、娘の預金口座がそんなふうに動いているのを見たら、なんででしょうねえ。なにかそのお金を、娘が動かしているような、そんな気がしたんですよ」

老婦人は、顔の前で小さく手を振った。「いえ、ヘンな考えだってことはわかっているんです。でも、すべて動かなくなったものの中に、何かまだ生きて動いていた痕《こん》跡《せき》を見たときに、なんだか最近まで娘が生きていたような、そんな錯覚を覚えてしまったんですよ」

そういって、ハンドバッグからハンカチを取り出して目に当てる。

「すみません、本当に。こんな話して」

急にしんみりしたカウンター席で、老婦人はひとつはなをすすると、「なんだか、ヘンな話でしょう」、そういって無理に笑ってみせた。

別に自分たちに向けられた話ではない。それにしても、どんな反応をしていいのかわからない話である。

「不思議なことがあるもんですね」

老婦人のために昆布締めの鯛を切りながら、主人がこたえる。だが、ふと包丁の手を止めると、

「それで、そのお金、どうされたんです」

そう尋ねた。

「どうするもなにも、全部なくなってしまったんですよ」

「なくなった……？」

どうにも不可解な話であった。

「どうしてなくなったんですか」、また主人がきく。

「それが、毎日九十万円とか、そんな単位でどんどん引き出されていって、一ヵ月ほどで全部なくなっていたんです。後に残されたのは、最初、娘がそこに預けていた千円だけ。それを残して、すべて引き出されていたんですよ」

「ほう」

主人は戸惑い、ようやく相馬と舞のふたりに視線を向けた。「そんなこと、あるんですかね」

「ないでしょう、普通」

こたえたのは相馬だ。

それで初めて、主人と老婦人の会話に加わった格好になる。

「そうですよねえ」

老婦人もいい、そして少し遠慮するような間《ま》を置くと、「お詳しいんですか、そういうこと」、と相馬に問うた。

「詳しいというか……」

相馬は身分を明かしていいものか一瞬躊躇《ちゅうちょ》したようだが、すぐに問題ないと思ったらしい。「実は我々も一応、銀行員ですので」

「ああ、そうでしたか。それはそれは」

老婦人はにっこりと笑うと、改めて会釈《えしゃく》してみせる。とはいえ、名乗るわけでもなければ、どこの銀行ですか、と相馬に問うこともない。カウンターで並んでいても、むやみに他の客の話やプライバシーには立ち入らないのは、それが寿司屋での流儀だからだろう。

「ですけど、娘さんの口座だったんでしょう。そのお金はどうやって払い出されたんですか」

昆布締めを出しながら、主人が問うた。もっともな質問である。

「そこなんですよ」

老婦人の口調に割り切れないものが混じった。

「行員さんがいうには、キャッシュカードで引き出されているらしいんです。よく見ていないから、確かなことはいえないんですが、少なくとも娘の財布の中に、産業中央銀行のキャッシュカードはありませんでした。引き出すといっても娘は死んでいますし、誰かが娘のキャッシュカードを持っていて、それで引き出していたとしか思えないんです」

奇妙というか不可解な話である。「もともと娘がお金を持っていたのなら、キャッシュカードを盗んだ誰かが、うまく暗証番号を突き止めて盗むということもあったでしょう。でも、娘は社会人になって三年目で、親の私がいうのもなんですが真面目な子でしたから、会社で頂く給料以外の収入は何もなかったはずなんですね。おかしな話でしょう」

最後のひと言は、カウンターの内側に向けられたものだ。

「それで、その件はどうされるんですか」

主人の問いに、老婦人は首を傾《かし》げた。「主人が帰ってきたら相談するつもりですけど。本当にどうしたらいいんでしょうねえ。警察に届けるような話なのかしら。いかがですか」

相馬と舞のほうを向いて問う。

「たしかに、不思議な話ですね」

相馬はいいながら腕組みをすると、一旦《いったん》顔を上げて考えを巡《めぐ》らせた。

「差し支えなければ、いくつか質問させていただいてよろしいでしょうか」

「ええ、どうぞ。すみません、せっかくの楽しいお食事なのに」

舞に向けた詫びに、

「いえ、とんでもないです」

慌《あわ》てて舞はいった。「失礼ながら私も先ほどから興味深いお話だと思って伺っていたところです。少しでもお役に立てれば」

「ありがとうございます」

丁寧な老婦人に、「娘さんは会社勤めをされていたとおっしゃいましたね。この辺りの会社なんでしょうか」

そう相馬は尋ねた。

「はい、ここからですと、歩いて三分ほどのところにある会社に勤めていました。ベンチャー企業というんですか、まだ出来て十年ほどの小さな会社で、社員は百人もいないようでした」

「そこで娘さんはどんな仕事をされていたんですか」

「半年ほどは営業でしたけど、その後、総務部に配置換えになりました。体が弱かったものですから、会社のほうで配慮してくれたようなんです。総務といっても雑用から経理までやっていて、結構忙しいとはいってましたけれども」

「娘さんの他の口座で、何か変わったことはありませんでしたか」

「東京第一にも持っていましたけど、そちらが給料の振り込み口座になっていました。娘が亡くなってから解約させていただきましたけど、特におかしな点はなかったように思います」

「なるほど」

うなずいた相馬は、少し遠慮がちに問うた。「娘さんは、どなたかとお付き合いされていませんでしたか」

「いいえ、私の知る限りでは。もし付き合っていたら私に話してくれたと思うので、特定のひとがいたとは思えませんわねえ」

「産業中央銀行に開設されていたという娘さんの口座ですが、連絡先はご自宅が登録されていましたか」

「はい、私どもの自宅になっていました」

「もしかして、悪意の第三者が娘さん名義の預金口座を開設したのかと思いましたが、どうやら違うようです。もしそうだとすれば、通帳が自宅にあるわけはないですし、連絡先だって、口座の存在を知られないよう都合のいい住所に変更するはずですから」

「やはり、どういう経緯だったかはわかりませんか」

「少なくとも、その口座は娘さんが自分の意思で開設されたものだと思います。失礼ですが、娘さんが亡くなられたとき、会社に籍はありましたか」

「ありました。会社で突然倒れまして、そのまま病院に運ばれて三日後に亡くなりましたから」

その事実を口にするとき、老婦人の表情は毅然《きぜん》として引き締まった。つらい現実と対峙《たいじ》する勇気を振り絞ってでもいるかのように。

「会社にあった娘さんの持ち物は、その後引き取りに行かれたんですか」

「ええ、主人が行って段ボール箱に入れて持ち帰ってきました」

「デスクやロッカーに鍵はかかっていましたか」

「デスクの鍵はかかっていなかったそうです。ロッカーにはかかっていたそうですが、それは会社の女子社員が予《あらかじ》め出してまとめてくれていたと聞いています」

「そのデスクに産業中央銀行のキャッシュカードが入っていたということは考えられますか」

「いえいえ、娘は結構用心深い性格で、キャッシュカードや印鑑、通帳はみんな自宅で管理していて、落とすと嫌だからって財布に入れて持ち歩くこともしてなかったほどです。亡くなったとき娘の部屋に貴重品入れのような箱があって、そこに全部しまってありました。誰に似たのか、整理整頓好きな娘でしたから」

「であれば、デスクに入れっぱなしにして盗まれた可能性は低いと」

仮に盗まれたとしても暗証番号を知らなければキャッシュカードを使うことはでき

ない。

「警察に届けたほうがいいでしょうか」

真剣に尋ねる老婦人に、「様子を見られてもいいんじゃないですか」、そう相馬はいった。

「キャッシュカードが盗まれたのではないのなら、娘さんが亡くなられた後の口座の動き自体、娘さんが承知していたことなのかも知れません」

「あのお金がなんなのか、おわかりになります？」

「いまお話しの材料だけでは、何ともいえません」

相馬は正直にこたえ、「口座は解約されましたか」、と最後に老婦人に尋ねた。

「ええ、先ほど」

「そうですか。であれば、もう何も起きないでしょう。もし、万が一、何かあったらそのときに警察に届けられたらいいと思います」

すると、老婦人はもの悲しげに眉を下げた。

「ありがとうございます。でもね、私は娘がなにをしていたのか、知りたいです」

そのひと言に、目の前の酒を手に取ろうとした相馬は顔を上げた。

「生前の娘がどんなことを考え、なにをしていたのか、もし知ることができるのなら知りたい。そう思うだけです。あまりにも突然、逝《い》ってしまったものですから」

訴えるようにいった老婦人の表情には、まさしく愛別離苦《あいべつりく》の悲しみが宿っていた。

「お気持ちはよくわかります。差し出がましいことを申し上げました」

小さく詫び、相馬は静かに酒を口に運んだ。

会話が途絶えると、店内を静けさが満たした。

主人の包丁が冴《さ》え渡り、淡々と相馬と舞の食事が進んでいく。その中でも、老婦人が抱き続ける娘への思慕《しぼ》と愁歎《しゅうたん》、そしてこの不可思議な一件への疑念がそこに居座り、問いを発しているような気がした。

その何ともいえぬ中途半端な空気は、やがて賑《にぎ》やかな三人連れの入店とともに失われ、間もなくすると、「ごちそうさま」といって老婦人が勘定《かんじょう》を払い、相馬と舞のふたりに、来たときと同じ、感じの良い会釈をして店を出ていった。

「常連さんなんですか」

それを待っていたかのように、相馬がきいた。

「ええ。麹町《こうじまち》のほうで会社を経営されている方の奥様なんです。娘さんもこの近くに就職してからは何度かいらしたこともあるんですよ」

「なんの会社を経営されているんですか」

「金属の専門商社だったと思いますよ。カタカナで、オオタニ産業、だったかな。娘さんは奈保子《なおこ》さんといって、綺麗《きれい》な方だったんですけどね。以前から、脳に病気をお持ちだとおっしゃってましてね。もやもや病、だったかな。残念ですよ」

「もやもや病ってなんですか」

舞はきいた。

「私も知らなかったんですけど、脳の血管の病気らしいですね。原因は不明で、脳梗《のうこう》塞《そく》とか脳出血とか、そういう症状になりやすいんだそうです」

主人はいい、相馬と舞に出したつまみがなくなったのを見ると、

「そろそろ、握りますか」

そう尋ねた。

2

「ああ、この人ですよ、相馬さん。大谷《おおたに》奈保子。自宅は麴町だし、年齢的にも間違いないと思います」

古い印鑑票を引っ張り出した舞は、傍《かたわ》らにいる相馬に声をかけた。神保町支店での

臨店二日目。この日予定していたひと通りの事務指導を終え、帳票類《ちょうひょう》の整理状況を見ていたときのことである。

「どれどれ」

覗《のぞ》き込んだ相馬は、「なるほど、たしかにこのお嬢さんみたいだな。株式会社バイオテクス？」、勤務先に書かれた社名を読み上げた。

「知ってる？」

帳票整理について指導していた為替《かわせ》係の女子行員に尋ねると、「聞いたことありますけど、詳しいことは……」、そんな返事があった。為替係が知らないとなると、神保町支店でも、それほど知られた会社ではないらしい。

「ちょっと調べてみますか」

空《あ》いている端末の前にかけ、検索画面で社名を入力した舞は、やがて表示された結果を眺めたまま、すっと押し黙った。

「どうした、花咲」

「相馬さん、この会社、倒産してます」

いま舞の顔には、はっきりとした驚愕《きょうがく》の色が浮かんでいた。

「バイオテクスですか。あそこは、昨年には回収を終えて処理済みになってますけど」

そう答えたのは、神保町支店で債権回収を担当している菊岡《きくおか》という中堅行員だった。

「倒産したのは、いつのことだい」

「ちょっと待ってください」

菊岡は脇にあるキャビネットを開け、中から古いファイルを引っ張り出した。バイオテクスのクレジットファイルだ。

「いまから、四年前の七月ですね」

「バイオ系のベンチャー企業なのかな。具体的にはなにをしていた会社なんだ」

「たしか、製薬だったと思いますよ」

概要表を開いて目を通した相馬は、そこに記載された内容を見ていった。

「バイオ医薬品の開発、か」

東京第一銀行への負債総額は三千万円。巨額不良債権が目白押しの現状からすれば、大したことのない金額に見える。

「相馬さん——」

一緒にファイルを覗き込んでいた舞が、そこに綴《と》じられた店内メモのある箇所を指さした。

「見てください」

債権回収の経緯を記録したそのメモには、当時この支店で融資を担当していた係員から支店長までの閲覧《えつらん》印がずらりと並んでいた。その中のひとつだ。

「あっ、芝崎次長の印じゃないか」

相馬が声を上げた。「そうか、芝崎次長が融資課長だった頃に倒産したんだ、このバイオテクスって会社は」

「であればここで書類を漁《あさ》るより、芝崎次長に直接きいたほうが早くないですか」

「たしかにその通りだ。それにしても、かと勘も次長の紹介なら、こんな書類で次長の名前にお目にかかるとは」

奇遇に感じ入り、相馬は大きく息を吐いた。「こりゃあ、オレたちに調べてみろといわんばかりだ」

3

「バイオテクス？　ああ、もちろん覚えてるよ。バイオ製薬の会社でね。ベンチャーだ」

その日、臨店から本部に戻って芝崎に問うと、すぐにそんな返事があった。「優秀な社長でね、私もなんとか応援してやりたいと思っていたんだけども、突如《とつじょ》、業績が悪化してしまってねえ」

「業績悪化の原因はなんだったんですか」

舞がきいた。

「出資していた投資会社があるとき、M&Aを提案してきてね。それを社長が拒否したら、出資を引き揚げてしまったんだ。それで資金繰りが悪化してついには倒産したってわけだ」

M&Aとは、会社の売買のことだ。

「その投資会社もひどいですね」

中小零細《れいさい》企業の味方を自認する相馬は、おだやかならぬ口調である。

「投資会社に当初提出していた成長戦略が遅延し、利益も期待値を下回っているというのがその理由だった。投資会社にすれば、急成長している同業他社に身売りさせれば、早く、確実に投資を回収できるという思惑はあったろう。ただ、バイオテクスにすれば、あまりにも非情な提案だった」

「融資して支えることはできなかったんですか」

同情してきいた舞に、

「なにせ担保がなかったからなあ」

腕組みをした芝崎は無念そうだ。「それにバイオ製薬といわれても、その技術がいかほどのものか、評価できる人間が支店にも本部にもいなくてね。結局、支店長の裁量で出せるだけの融資を出してしまうと、後は静観するしかないということになってしまったんだよ」

「見殺しにしたんですか」

「人聞きの悪いことをいうなよ、花咲くん」

芝崎は弱ったような声を出した。「私だって、そうしたくてしたんじゃないんだから。ところで君たち、どうしてバイオテクスのこと、知ってるんだい。神保町でそんな話が出たの?」

「いえ、そうじゃないんですよ」

かと勘での一件を舞が話して聞かせると、

「そうだったのか……」

芝崎は眉をハの字にしてもの哀しい表情を作った。「私にも娘がいるんだが、その奈保子さんという娘さんの気持ちを考えると、胸が詰まるよ。そのバイオテクスが開発していたのは、ももや病に効果が期待される新薬だったんだ。奈保子さんがバイオテクスに就職したのは、自分も含め、この難病に苦しむ大勢のひとを救いたいと思ったからかも知れない。そう思うと、本当にやりきれないな」

深い吐息を洩らした芝崎は、「平岡《ひらおか》さんも悔《くや》しかっただろうなあ」、と唇を嚙《か》んだ。

「平岡さん？」

「ああ、バイオテクスの社長だよ」

芝崎は舞にいった。「平岡秀紀《ひでのり》社長。優秀な男でね。東大の研究室から飛び出して事業を立ち上げたんだ。いい男だったよ。志《こころざし》が高くて、真面目でね」

芝崎は、倒産した経営者だというのに平岡を褒《ほ》めた。だが、いくら学業優秀で創見《そうけん》に富んでいようと、だからといって成功するとは限らないのがビジネスだ。

「それで、その後、平岡さんはどうなったんですか」

舞の問いに、芝崎は首を傾げた。

「さあ。あの倒産から一ヵ月もしないうちに私は異動してしまったんで、その後のことはわからないなあ。元気でやっててくれたらいいんだけど」

虚しい空気が流れた。倒産した経営者の再起が困難を極めることを、三人ともわかっているからである。

「気になって顧客《こきやく》データベースを検索してみたが、やはり平岡秀紀の情報は当時のまま更新されてなかったよ。勤務先もバイオテクスのままだ。念のため、自宅の電話番号にかけてみたが通じなかった」

芝崎の話を聞いた後、オンライン端末の前に座って何かしていたと思ったら、相馬はそんなことをいった。

平岡にきけば、大谷奈保子の預金口座について何かわかるかも知れない。そう考えたに違いないが、破綻《はたん》した会社の経営者が踪跡《そうせき》をくらますのは往々にして起こることである。むしろ、連絡がつくことのほうが珍しい。

「万策尽きたな」

かくしてこの不思議な預金口座の一件はお宮《みや》入りとなる――はずであった。その半月後、舞が偶然、その男の名前を耳にするまでは。

4

学生時代に仲の良かった、気の置けないサークル仲間との女子会があったのは、とある十二月初旬の土曜の夜のことだ。

赤坂にあるイタリアンのテーブルを囲んでの楽しい会であった。

結婚して専業主婦になった友達もいるが、それ以外は舞と同じく社会の一線で働いている友達が多い。その中で、

「あのね、実は私、来月、転職することになったんだ」

そんな報告をくれたのは、桝岡佳奈《ますおかかな》だった。文系の学部生が多いサークルだったが、佳奈は珍しく薬学部の出身で、大学卒業とともに舞たちが就職していくのを横目に唯一、大学院に進んだ学者肌である。

その後、大手薬品会社、大京《だいきょう》製薬の研究職としてカタい仕事に就《つ》いたと思っていたから、この報告には皆が一様に驚いた。

「あんた、あんないい会社を辞めるっていうの？　なんの不満があるのよ」

非難がましい目でいったのは、室岡絵美《むろおかえみ》だ。絵美は通信系の中堅企業に入社して営

業職に就いたものの、きついノルマと安い給料、さらに上司の我儘《わがまま》や傲慢《ごうまん》さにほとほと疲れ果てたという話をさっきまでしていたところだ。

「不満はあるよ、そりゃ」

佳奈は些《いささ》か心外そうにいう。「たしかに安定はしてるかも知れないけど、窮屈だし、会議は多いし、年功序列で男社会だし、それにこれが転職の最大の理由なんだけど、自分が一番やりたいと思う研究をなかなかやらせてもらえない。会社の都合で振り回されている間に、どんどん時間ばっかり経《た》っていくんだよ。だから、もっと手っ取り早く、自分がやりたい研究ができる会社に鞍替《くらが》えしたってわけ。誘ってくれるうちが花だからね」

「あんたの研究って――」

絵美がききかけて、一瞬、口ごもった。「あ、聞いてもわかんないからいいわ。ごめん」

それを聞き流し、

「ということは、今度転職する先も製薬会社ってこと？」

舞が尋ねる。

「設立してまだ五年も経っていないベンチャーなんだ。バイオブレインって会社なんだけどね」

「あ、知ってるよ、その会社。まもなく株式公開するでしょ」

そういったのは、証券会社で営業をしている船越澪《ふなこしみお》だ。口八丁手八丁の証券会社で、男たちを向こうに回して実績を上げているというやり手である。

「よく知ってるね。さすが、澪」

佳奈が驚嘆してみせると、

「あの会社の主幹事、ウチだからさ」

と澪はさも当然だという口調で続けた。「社長の平岡秀紀は、東大大学院でも指折りの研究者だったらしいじゃない。一度、小さな製薬会社を潰《つぶ》してミソを付けたことがあるけど、その後バイオブレインを設立してからは、大手のジャパンキャピタルが出資したりしてトントン拍子に会社を大きくしたんだよ。ややもや病関連の薬品研究で成果を上げてるんだよね、たしか。あんたの専門もそっち？」

「そうなんだよ。よく知ってるなあ、ほんと」

感心しきりの佳奈だが、そのとき、

「ちょっと待った」

出し抜けに舞がやりとりを制した。「澪、あんたいま、平岡秀紀っていった？」

「いったけど?」

「ミソ付けたっていったよね。その会社の名前、わかる?」

「そこまではちょっとわからないなあ」

勢い込んだ舞に目を丸くしながらも澪がいうと、

「バイオテクスって会社だよ」

そう答えたのは、さすがに同じ業界の佳奈のほうだった。「平岡社長が以前、経営していた製薬ベンチャーで、当時から私、注目してたんだ。舞はその会社のこと知ってるの?」

意外な成り行きである。

「いえ、直接知ってるわけじゃないんだけど」

その場で舞は、かと勘で出会った老婦人の話とその後の経緯を語って聞かせた。

「それは面白い話だけど、平岡さんと関係はないんじゃないかな」

澪はいったが、「いや、何かあったかも」、と含みのある発言をしたのは佳奈のほうだった。

「平岡さんの会社が倒産したとき、計画倒産じゃないかって噂があったんだよ」

「本当に?」

驚いて舞はきいた。

「たしかにバイオテクスは小さな会社だったんだけど、平岡さん自身は業界ではちょっと知られた存在だったわけ。実は倒産のあと三ヵ月ほどで、平岡さん、いまの会社を設立してさ。最初から計画されていたんじゃないかって話は聞いたことがある。債権者の銀行とも返済計画を立ててきちんと返したって聞いたから、あんたんとこも回収できたんじゃない？」

たしかに、神保町支店の菊岡も、回収済みだといっていたはずだ。

「出資していたベンチャーキャピタルの横暴に一矢《いっし》を報いたっていうのがウチの会社の見立てで、私もそうだと思う。きいたところで、社長ははっきり答えないでしょうけどね」

「もしそれが事実なら――」

舞は、賑やかなイタリアンの店の片隅で大きくひとつ深呼吸した。

大谷奈保子の口座は、平岡秀紀の計画倒産に利用されたのではないか――。

5

「ごめん、佳奈。迷惑だよね、きっと」

顔の前で拝《おが》んだ舞に、

「別にいいよ。どうせ、直接きかないと気が済まないんでしょ、あんた」

佳奈はあっさりした調子でいい、有楽町《ゆうらくちょう》の横断歩道をホテル側へと足早に渡っていく。

社長の平岡と話ができる機会があれば紹介してもらいたい、と佳奈に頼んだのは先日の女子会でのことだ。

ちょうど業界のパーティがある、というのでこの日、舞は早めに臨店の仕事を切り上げてここに来たのであった。

「あの、我々みたいな部外者が出ても大丈夫なんでしょうか」

不安そうにそう尋ねたのは相馬だ。

バイオテクスを倒産させた平岡が、いまや上場企業の経営者になろうとしている事実を話したときの相馬は、目を丸くして驚いていた。そして、計画倒産の話になると、驚いた顔を思案顔に変えて黙り込んだ。

大谷奈保子の口座が計画倒産に利用されたのかどうか、平岡本人にきいてみる以外、真相を突き止める手があるとは思えない。

もちろん、平岡がその件を話してくれるかどうかは、会ってみないとわからない。

「広く業界内外の人たちが来る大忘年パーティですから、銀行の方がいらしても何の問題もないですよ」

佳奈の説明に、

「それならいいんですが。あとで、パーティ荒らしだといわれては立場上マズいもんで」

相馬は神妙にいうと、「いいか、花咲。くれぐれも問題起こすなよ」、と舞にひと言、釘を刺す。

「私がいままで問題起こしたことなんか――」

「なかったらいわない」

ぷっと膨《ふく》れた舞に、

「私は相馬さんの気持ち、わかるなあ」

佳奈はカラカラと笑った。

「ちょっとあんた」

舞が反論しようとしたとき、「おっ、あれか」、相馬が前方を指さした。

パーティ会場の受付である。

さすが製薬業界というべきか、有楽町にある一流ホテルの大広間が大勢のパーティ参加者であふれんばかりだ。

「こいつは、平岡さんを探すのも大変そうだぞ。見つかるかな」

入り口で水割りのグラスを受け取って入場した相馬は、早くもひるんだように立ちすくんでいる。

「いえ、大変そうに見えて、意外に見つかるもんですよ」

その言葉通り、しばらくするとひとつの丸テーブルを囲んで知り合いと談笑している平岡秀紀を佳奈は見つけ出した。

平岡は、長身の、知的な印象の男であった。飾り気はなく、会社経営者というより研究者といったほうがしっくりくる雰囲気だ。

「ちょっと待ってて」

平岡のもとへ近づいた佳奈が何事か話しかけると、平岡の視線が上がり、ちらりと相馬と舞のふたりを見るのがわかった。

談笑で緩《ゆる》んでいた表情がふいに引き締まり、ワインのグラスをテーブルに置くと、こちらに歩いてくる。

「私の友人で、東京第一銀行の花咲さんです。こちらが、同じ職場の相馬さん」

佳奈が紹介すると、

「その節はいろいろとご迷惑をお掛けいたしました」

そういって平岡は深々と頭を下げた。平岡にしてみれば、舞たちはかつて迷惑を掛けた債権者、ということになるのだろう。

「いえいえ。それは済んだことですから」

むしろ恐縮した様子で、相馬が胸の前で手を横に振った。

「それより、その後再起されて何よりです。近々、上場されるとも伺いました。おめでとうございます」

「ありがとうございます。いまはまだ取引はかないませんが、いずれまた東京第一銀行さんにも――いや、そのときにはもう合併されて東京中央銀行さんになっているんでしょうが、お取引をお願いできればと考えております」

「ところで、平岡さん、大谷奈保子さんのこと、覚えていらっしゃいますか」

舞がきくと、平岡がかすかに警戒するのがわかった。

「ええ。以前、私の会社にいた女性です。お知り合いですか」

「ええまあ」

舞は曖昧《あいまい》にこたえ、「実は最近、お母様と偶然、出会いまして。不思議な話を聞きました」

「失礼。ここではなんですから、外で伺いましょう」

何かを察したか、平岡はパーティ会場の喧騒《けんそう》を避けてロビーに出、少し離れたところにあるソファに舞たちを案内した。ここまで来ると会場の騒々しさが嘘《うそ》のように静かだ。

舞はいった。

「ご存じかと思いますが、奈保子さんは五年前、脳の病気でお亡くなりになりました。ところが最近になって、その奈保子さんが産業中央銀行に開設していた普通預金口座に、亡くなられた後に大金が入金され、引き出されていた事実がわかったんです。調べてみると、通帳と印鑑はありましたが、キャッシュカードが見当たりませんでした。誰かが、彼女の口座を使って何かをしたんじゃないかと思うんです。その件について、何かご存じないですか」

相手がどう出るか、この質問はある意味、照魔鏡《しょうまきょう》である。

知らないと突っぱねることもできるだろう、関係ないと退《しりぞ》けることもできる。いずれにせよ、相手が真実を述べているのか、虚偽《きょぎ》を口にしているのか、それを見抜くだけの自信が舞にはあった。長年、大勢のお客様と接して培《つちか》ってきた自信だ。

いま平岡は両手を組んだまま、視線をテーブルに落とした。どれだけそうしていたか、やおら顔を上げると、

「わざわざ私のところにいらしたということは、何らかの根拠があってのことでしょうね」

そういった。

真摯《しんし》な眼差《まなざ》しが舞に向けられている。

「ご存じだと思いますが、パートナーだと信じていた投資会社に裏切られ、見捨てられたとき、私に残されていたのは倒産の道だけでした」

おもむろに平岡は語り出した。「担保になるものもありませんでしたから、銀行からの融資も期待できません。いや、仮に融資を受けたとしても、当時の状況では先が見えていました。あのとき、私が経営していたバイオテクスは、まさに泥船だったんです。私に必要なのはリセットすることでした。一旦、バイオテクスを破産させ、そして新たな会社で再起する。でも、そのためには新会社を設立し、運営していくだけ

の元手は残しておく必要があります」

「そのために、彼女の口座を利用したということですか」

舞の質問に、平岡の面差《おもざ》しが痛切に歪《ゆが》んだ。

「利用した、といわれれば、返す言葉はありません。ですが、大谷さんは私の協力者でした。産業中央銀行に口座を開設してもらい、そこに売上金などから、将来必要な資金を集めたんです。会社を整理した後、キャッシュカードを使ってその資金を引き出し、新会社設立の原資にしました」

「その途中で、彼女は亡くなった——。でも、あなたはその計画を実行したわけですね」

非難するような口調に聞こえただろうか。平岡は唇を固く結び、目を伏せた。

舞は続ける。

「ここは肝心なところですが、奈保子さんのキャッシュカードをどうやって手に入れたんですか。それが知りたいんです。協力者である彼女から預かったのか、それとも彼女の死後、どこかからあなたが手に入れ、無断で使ったのか。そこははっきりさせてください」

平岡の顔が上がり、沈鬱《ちんうつ》な表情で語り出した。

「五年前の十一月七日の午後三時過ぎのことでした。総務部との打ち合わせの最中、突然、頭痛がすると大谷さんがいったんです。彼女のもやもや病のことはもちろん、知っていました。それがもやもや病の症状だったことは、彼女も自覚していたと思います。傍《はた》から見ても、その病状がただごとではないことは、すぐにわかりました。救急車を待つ間、彼女は、自分の運命を悟ったのかも知れません。私に言ったんです。渡そうと思っていたキャッシュカードを持ってきているから。バッグの中にあるから、と」

いままさにその場に居合わせているかのように平岡の表情は引きつり、青ざめていた。

「それが、彼女と交わした最後の会話です。それきり、彼女は意識を失い、その三日後に亡くなったのです」

重苦しいまでの沈黙が落ちた。

「彼女には感謝しています」

平岡はいった。「いまの会社があるのも、大谷さんの協力があったからです。いまの私の使命は、彼女のようにもやもや病で苦しんでいる多くの人たちを救うことだと思っています。それこそが、彼女に対する唯一の弔《とむら》いだからです」

「ねえ、舞」

そのとき佳奈が口を開いた。「いま平岡さんが経営しているバイオブレインには、潰れてしまったバイオテクスに勤務していた当時の仲間がほとんど残ってる。平岡さんは、たしかに会社は潰したかも知れない。でもそれは、自分と社員の将来のことを思ったからこそなんだよ。それはわかってあげて」

「わかります」

舞はいった。

平岡は本当のことを話している。

「私には倒産ギリギリにまで追い詰められた会社の事情はよくわかりませんが、生きるために必死だったことは容易に想像できます。あなたも、従業員も、そして――奈保子さんも。きっとこうなることを、奈保子さんは望んでいたんでしょう。そして、できることなら、彼女もまた、いまの平岡さんの会社で一緒に働きたかった。そう思っているんじゃないかな」

奈保子の無念さに思いを馳《は》せたとき、舞の頬《ほお》を一筋の涙が伝い落ちた。

その様子を相馬は無言で見つめていたが、平岡に対する非難めいたことは一切、言わなかった。

相馬もまた、平岡の気持ちを理解しているからに違いない。

「仕方のないことだったんだろう」

やがて相馬はつぶやくと、舞を促《うなが》してそのホテルを後にしたのである。

6

それから何日かが経った。

寒波の到来で街は一気に冷え込み、いまにも雪の落ちてきそうな雲が垂れ込める一日である。

この夕方、神保町にあるかと勘に、ひとりの客がいて静かに酒を呑んでいた。四十歳前の、どこか神妙な顔をした男である。

忘年会シーズンだが、こういう時期にはかえって、かと勘のような寿司屋は空《す》いているものである。

まもなく午後六時になるが、時間が早いせいか、ほかに客はいない。

そのとき引き戸が開く音とともに、新たな客が入ってきた。

「いらっしゃい。どうもご無沙汰してます。あれ、ついに降り出しましたか」

主人が驚いたようにきくと、

「ついにダメだね。降ってきたよ」

そういって肩にかかった白いものを払いながら入ってきたのは、七十過ぎの白髪《しらが》混じりの老人であった。

「あなた、早く入って頂戴《ちょうだい》。風邪ひいちゃうわ」

そんなことをいいながら後ろから入ってきたのは、ひと月ほど前、相馬と舞が見た、あの老婦人であった。

「先日は出張に行かれていたとかで」

主人がいうと、「この歳になっても、なにかと忙しくてねえ」、老人はそういい、ビールをひとつ頼む。

それからふと、ふたりの様子をうかがっていた先客に気づいて小さく会釈した。

「――失礼。大谷さんでいらっしゃいますか」

その男が立ち上がり、傍らに立ったのは、老夫婦が乾杯を済ませた後である。

「はい、そうですが」

突然話しかけられ、目を丸くした老人に、男は丁重に言葉を続けた。

「私、奈保子さんが勤めていたバイオテクスの社長をしておりました、平岡と申します。実はここのご主人に、大谷さんがいらっしゃる日に声をかけてくれるよう、頼んでおりました」

突然の話に、老人はどう返事をしたものか戸惑ったような顔になる。だが、

「もし、お許しいただければ、奈保子さんのことをお話ししたいと思い、お待ちしておりました」

そう切り出した平岡の顔をまじまじと眺めると、

「それは、わざわざありがとうございます」

歓迎の言葉を口にした。「ぜひ、お聞かせください。よろしければこちらにいらっしゃいませんか。一緒にいかがです」

平岡は恭《うやうや》しく一礼すると、静かに隣の椅子をひいて腰掛けた。

気を利《き》かせた主人が新しい酒を酌《く》み、前に置く。

老夫婦と平岡の時間が流れ始めた。

暖簾の外では、しんしんと降り始めた雪が神保町の街を白く染めようとしていた。

第六話

エリア51

1

近頃、紀本の機嫌は頗《すこぶ》る悪い。

新しい年が明け産業中央銀行との合併《がっぺい》準備委員会で、いよいよ神経質な交渉が本格化しているからだ。

人事制度や給与体系のすり合わせから始まり、支店や部門の統廃合、オンラインシステムの選別――。

交渉は多岐に亘《わた》るが、いずれの分野も双方のプライドのぶつかり合う真剣勝負だ。それは単に、自分たちが慣れ親しんだものを新銀行でも残したいという、感情的な理由によるものではない。新銀行で採用されるということは、その分野での優位性が認められたというに等しい〝勝利〟なのである。

だが、その交渉の場で、東京第一銀行は厳しい戦いを強《し》いられていた。

人事制度と給与体系、勘定《かんじょう》系で産業中央銀行のものが採用され、かろうじて得意の証券分野で東京第一銀行のシステム存続を決めたものの、劣勢は明らか。目下、委員会で丁々発止《ちょうちょうはっし》とやりあっているのは、銀行業務の根幹ともいえる融資《ゆうし》システムの選択である。

負けるわけにはいかない戦いに紀本は腐心《ふしん》し、なんとか東京第一銀行の融資システムを残し、新銀行での影響力を維持しようとやっきになっているのだ。ところが――。

その紀本の渋面を、さらに歪《ゆが》めることになる大事件が起きたのは、そんなある日のことであった。

その朝――。

昇仙峡玲子はいつものように朝六時に目覚めると、コーヒーを淹《い》れるためにキッチンに向かうついでに玄関のポストから朝刊を取った。

キッチンへ向かいながら、なにげなく一面を広げた玲子が立ち止まったのは、そこに予想外の見出しが躍《おど》っていたからである。

〝東東《とうとう》デンキに巨額粉飾《ふんしょく》の疑い〞

東東デンキは我が国を代表する総合電機メーカーの雄であり、東京第一銀行は、そのメーンバンクである。

記事によると、粉飾の疑いがあるのは過去二年間の決算。この間に水増しされた利益は数千億円にも上るという。高収益体質を維持していると見せかけ、売上げを水増ししてきた経理の実態が内部告発によって白日《はくじつ》のもとに晒《さら》された格好だ。

とんでもないことになった。

突如《とつじょ》込み上げてきた焦りとやり場のない怒りで、新聞を持つ手が震えた。

この報道が事実なら——いや、おそらくは事実だろうが——その悪影響は、同社一社に止《とど》まらず、東京第一銀行の業績にまで及ぶことは必至だ。

業績の下方修正、さらに社会的信用の失墜《しっつい》による顧客《こきゃく》離れ——場合によっては取り返しようのない痛手を被《こうむ》るかも知れない。

「よりによってこんなときに——」

同社の担当所管部である営業第三部にも無性に腹が立った。

どうして事前に察知できなかったのか——。

粉飾を見逃したばかりか、新聞のスクープに先を越されるなど、恥以外の何物でもないではないか。合併準備委員会の場で、産業中央銀行サイドからどんな嘲笑《ちょうしょう》を浴びることか。

急いで淹れたコーヒーを流し込み、暗澹《あんたん》たる気分で神楽坂《かぐらざか》のマンションを出た玲子は、駅までの坂道を足早に歩き出した。

2

東京第一銀行の営業本部はひとつのフロアをぶち抜いただだっ広い場所に、第一部から第六部までがシマを作っている。

それだけ見れば壮観といっていい眺めだが、銀行本部のご多分に洩《も》れず、そのフロアに渦巻いているのは、常に何かに追い立てられているような焦燥感とストレスだ。

出社した玲子が真っ先に訪ねたのは、その中央付近にある営業第三部のシマだ。第三部は、資本関係のないメーカーの取引を管理しているセクションで、いま玲子が向かったのは、担当次長席に近いデスクにいる調査役の木口憲吾《きぐちけんご》だった。朝の七時半を回ったばかりだというのに、そのシマはさながら戦場のような混乱の中にあった。

同窓同期ということもあって旧知の木口は、東東デンキを担当するチームの一員である。

声をかけると、受話器を持ったまま、殺気だった男の顔が振り向いた。青白く神経質そうな面立《おもだ》ちは、勉強は得意だが運動はからきし苦手な優等生がそのまま大人になったかのようだ。

「——待ってくれ」

玲子にひと言いうと、電話のつながった相手に短い指示を飛ばして受話器を置き、ひょいとフロアの外を手で指す。そのまま廊下に出、近くのミーティングブースに入った。

「東東デンキの件、同社今期決算での損失額、どのくらいになるの？」

「いま確認を急いでる」

木口はこたえた。営業第三部にいるだけあって優秀で、しかも容易に相手に与《くみ》しない慎重さも兼ね備えている。

「木口君の予想でいいから教えて」

返事があるまで、数秒の間があった。

「数千億では収まらないかも知れない」

つまり、新聞で報じられた額を上回るということだ。黙ったまま、同期入行の男を見つめる。

「本業への影響は？」

「そのヘンの見通しは、現段階ではなんともいえないよ」

木口は鼻の辺りを指でこすり、うんざりするようにため息を吐《つ》いた。「まず、不適切会計の実態を検証するのが先だ」

粉飾ではなく不適切会計。木口の言葉の選び方には、「粉飾」とスクープした新聞報道への不満もまた、同時に滲《にじ》んでいた。気持ちはわかるが、実態がどうあれ、一旦《いったん》「粉飾」と報じられれば、東東デンキが受けるダメージは計り知れない。

「なんで事前にわからなかったの」

率直な疑問をぶつけると木口の表情が歪み、ほんの一瞬だけ、何かの感情が過《よ》ぎったように見えた。

果たしてそれが何なのか。

その正体を見極める間もなく、逆に玲子の反応を探るような視線が向けられる。

「これはあくまで、売上げの計上基準の話なんだよ。それとも何か。経理の現場まで出向いて、仕《し》訳《わけ》のひとつずつを確認しろっていうのか。そんなことまでチェックするのは不可能だ。当然、わかると思うけども。つまりだ――」

木口は続ける。「架空の売上げを計上していたわけではないから、本件は粉飾とは違う。その点は誤解なきよう。たとえば、来期に計上するような売上げを前倒しにしていただけだ。新聞は見抜けなかったと」

「通常の財務分析では見抜けなかったと」

「オレたちが分析したってわからなかったんだぞ。だったら誰がやったって同じだし、そもそもが監査《かんさ》法人も通した数字なんだからな」

都合のいい自己弁護にも聞こえるが、監査法人についていえば、木口の言うとおりである。会計のプロが見逃したのだから、よほど巧妙な経理操作だったということもできるかも知れない。

「内部告発というのは？」

「誰かはわからないが、東東デンキの売上げが水増しされていると東京経済新聞に告発した人間がいる。それに飛びついた新聞社の連中が水面下で調べ――」

「――今朝のスクープになったと」

玲子はいい、改めて木口に問うた。「まったく寝耳に水だったわけ？」

木口の視線が玲子から逸《そ》れていき、横顔が向けられた。

「まあ、残念ながら」

そうつぶやいた木口は、当事者というより、冷静な第三者のような口調だ。

「いまがどういうタイミングかわかってるよね」

非難めいた口調になった玲子に、

「だからどうしろっていうんだよ」

木口はあからさまな苛立《いらだ》ちを表した。「もういいか。忙しいんでね」

立ち上がり、ドアに向かいかけた木口に、

「ひとつだけ確認したいんだけど」

玲子は問うた。「これ以上、何も出ないでしょうね」

「何も出ないとはどういう意味だ」

「だから、東東デンキがらみの不祥事は、これだけかときいてるの」

木口の鋭い視線が玲子を見据《みす》え、

「当たり前だ」

吐き捨てるようなひと言を残し、その姿はブースの外側へ見えなくなった。

3

「この辺りには、良さげな居酒屋が沢山あるんだよな」

相馬が頰《ほお》のあたりを緩《ゆる》ませてそんなことをいったのは、虎《と》ノ門《もん》支店への臨店《りんてん》初日、その昼さがりのことであった。

虎ノ門といえば、東京第一銀行の中でも名門店舗のひとつに数えられる大店《おおだな》である。だが、その大店も月半ばとなれば商《あき》いは閑散《かんさん》、ゆったりとした空気が流れている。

「新橋のような繁華街とは違って、オフィス街の裏通りにひっそりと看板を出しているような隠れ家的な店があるんですよ」

そう答えたのは舞ではなく、ベテランテラーの杉下未玖《すぎしたみく》であった。未玖は、かつて舞が中野《なかの》支店に勤務していた頃の先輩で、たまに連絡を取り合う友人のひとりだ。

「もしよかったら、ご案内しますけど。舞ちゃんも行ってみる？」

「いいですねえ。ぜひ、お願いします」

舞はこたえたものの、「でも、大丈夫ですか？」、と二階を指さした。

虎ノ門支店は、一階が営業課、二階には融資課や外回り、それに支店長室などがある。

舞が気にしたのは、この日、東京経済新聞が東東デンキの粉飾をスクープしたからであった。

長い間、東東デンキは、この虎ノ門支店で一番大きな取引先であった。それが三年前の組織改革の際、提案力の強化や管理の効率化などを進めるという名目で、取引を営業第三部に移管した経緯がある。

「もう東東デンキ本体との取引はなくなっちゃったから」

未玖は少し淋《さび》しげな笑みを浮かべた。「だけどもし、ウチの店が担当していたときにこんな粉飾騒ぎが起きたら、今頃とんでもないことになってた。その意味では助かったかも」

まさにそのとんでもないことは、ここ虎ノ門に代わり、いま本部で起きている。

「だけど、取引はなくなっても、なんか他人事《ひとごと》じゃないのよねえ。社員さんとは相変わらず親しくしているし」

会社の取引は移管されても、社員の預金口座はそのまま残っているからだ。給料振込や住宅ローンなどの取引は、虎ノ門支店で継続されている。

そのとき――。

「杉下さん」

店頭のテラーから声がかかり、未玖が腰を上げた。その視線の先に、新たに入ってきた男の姿がある。

「市村《いちむら》さん――」

カウンターまで行き、未玖が声をかけたのは六十歳前後の小太りの男だ。

男は二階への階段に向かっていたが、未玖に気づいて足を止めた。

何気なくその様子を目で追っていた舞が、おや、と思ったのは、その男の顔がやけに暗澹としていたからである。

「ご無沙汰してます。お元気ですか」

話しかけた未玖に、「元気なわけないよ。こんなことになってしまって」、そういって顔をしかめた。

「退職されたのに、大変ですね」

同情を寄せる未玖に、男は腕時計を一瞥《いちべつ》し、支店長室のある二階への階段のほうを気にするそぶりを見せた。

「まあ、私もまったくの無関係ではなかったからね。支店長からの事情聴取《ちょうしゅ》だ。知っている範囲で詳しいことを聞かせてくれって」

「そうでしたか。すみません、お急ぎのところをお引き留めしまして」

一礼した未玖に、「今度またゆっくり」、というひと言を残して背を向けた男は、足早にその場を離れていく。

「あの方は？」

男の背を目で追いながら、舞がきいた。

「東東デンキの元経理課長さんです。銀行との窓口役で、以前はもう毎日のように来店されていた方なんですが、三年ほど前に東東デンキを退職されて関連子会社の経理部長さんになられまして」

「要するに、不正の内実を知る重要人物か」

相馬が顎《あご》の辺りをさすりながらいった。「それとなく話を聞くには、もってこいの人物ってわけだ。ちょっと覗《のぞ》いてみたいもんだな」

興味津々《しんしん》の相馬に、やれやれと舞は嘆息を洩らした。

「そんな面倒なことに首を突っ込むより、やるべき仕事を片付けましょう」

そういうと舞は、目の前の書類に集中し始める。もはや東東デンキのことなど眼中にないのは、その態度を見れば明らかだ。

「大口取引先でスキャンダルが勃発《ぼっぱつ》しようが、所詮《しょせん》、オレら臨店指導グループには関わりのないことでござんす、ってか」

相馬も、やれやれとばかり、目の前の書類に戻っていく。

同じ銀行でも、部署が違えば対岸の火事――。その態度にはそんな雰囲気が漂っていた。ところが――。

相馬と舞のふたりが、再び東東デンキの不祥事に向き合うことになったのは、ほんの偶然の出来事がきっかけであった。

4

「この、つくね、さっき我々が注文してからこねてましたね。さすがに、うまい！」

それを備長炭《びんちょうたん》でこげ目がつくかつかないかの絶妙な焼き加減でタレにつける。皿に出された串をほおばりながら、相馬はいまにも頬が落ちそうな表情である。

「わかりますか、お客さん。ただ者じゃないとお見受けしました」

普段、そんなことをいう客も少ないのだろう。焼き手をひとりで引き受けている大将も上機嫌だ。

未玖に紹介された、虎ノ門の裏通りに面した少々古い雑居ビル。その一階に、ひっそりとのれんを出す焼き鳥屋である。

その未玖も、臨店指導グループのふたりとカウンターに並んで、一緒にやっている最中だ。

「しかし、杉下さん、いい店を紹介してくれてありがとう。これだから臨店はやめられないんだよな」

「相馬さんの場合、臨店は臨店でも、飲食店が目的ですからね」、と舞がからかう。

「いいじゃないの。どんな仕事にも、サラリーマンの愉《たの》しみはある。出世だけがすべてじゃないよ」

「本当ですよねえ」

未玖が相馬に話を合わせた。未玖も相馬と同じペースで呑《の》んでいるが、まったく顔に出ないし、酔っ払う気配もない。

カウンターに置かれた皿に、ぽんぽんと大将が新たな串を置いた。

「レバです」

「おっ、待ってました」

相馬が喜んで手を伸ばしかけたとき、がらりと入り口の戸が引かれ、新たな客が入ってきた。

「あ、あの方――」

最初に気づいたのは、舞だ。続いて未玖がそちらに目を向ける。

「あっ、市村さん！」

いきなり呼ばれ、市村は驚いた顔になったが、

「ああ、どうも」

すぐに笑みを浮かべ、相馬と舞のふたりにも小さく会釈《えしやく》する。

「おひとりでしたら、一緒にどうですか」

未玖が声をかけ、

「いやいや、お楽しみのところをお邪魔でしょうから」

遠慮を見せた市村だが、「とんでもない。大歓迎ですよ。どうぞどうぞ」、という相馬の勧《すす》めで、未玖の隣の席にかけた。

「本部の方だったんですか」

交換した名刺を見て、市村はちょっと珍しそうに相馬と舞を交互に見やる。

「花咲さんは、実は以前いた中野支店で一緒だったんです。私のほうが少し、お姉さんなんですけどね」

少し、のところを未玖は控え目にいって笑ってみせる。市村は常連らしく、頼まなくても、さび焼きが出た。

「それにしても、本当にこんなことになってしまって参りました」

しばらく、とりとめもない話をした後、話が東東デンキに及んだのは、市村のひと言がきっかけであった。実は内心そのことを聞きたくてうずうずしていたらしい相馬が、

「あれはやっぱり、社長から命じられたことなんですか」

さっそく飛びついたものの、少しばかり不謹慎だと思ったか、「あ、いや。こんな酒の席で申し訳ありません、つい」、と詫《わ》びる。

「いえいえ、いいんですよ」

顔の前で手を振った市村は、「一応、不正に関しては第三者委員会を設置して真相を究明することになったようで、早晩調査結果が出るでしょう。まあ、業績に対して社長の締め付けが相当厳しかったことは事実ですし、そのために不適切な会計処理をしていたことは何の言い訳もできません」

「ウチの本部でも、寝耳に水の大騒ぎになってます」

そういった相馬に、申し訳ない、と詫びた市村だが、ふと何かをいいかけて口を噤《つぐ》んだ。

「どうされました」

その様子が気になったのか尋ねた相馬に、ためらいがちな口ぶりで市村はこたえ

た。

「いや、今回の件なんですが、二ヵ月ほど前に銀行さんが気づいて指摘されたと聞いたもんですから」

「ちょっと待ってください。それは本当のことですか」

相馬が驚嘆したのも無理からぬことである。「じゃあ、新聞のスクープよりも早く、当行は事実を把握していたと。そのことはさっき支店長に——？」

そう尋ねると、

「もちろん、話しましたよ。当然、ご存じだと思っていました」

「仮に二ヵ月も前に事実を摑《つか》んでいたとしたら、いままで騒ぎにならなかったのはヘンですね」

首を傾《かし》げた相馬に、

「おそらく対策を講《こう》じられていたんじゃないでしょうか」

市村はこたえた。「なんとか内々《ないない》に済ませられないかということが検討されていたと聞きます」

「それってつまり——隠蔽《いんぺい》ですか」

未玖のひと言に、相馬が顔色を変えた。

「ヤバいよ。そんなことがバレてみろ。当行の信用問題になっちまうぞ」

「東京第一さんだけじゃありません。不適切会計の上に隠蔽を画策していたなんて知られたら、東東デンキの信用は地に墜ちます」

市村はビールのジョッキを手にしたまま訴えた。「出向した老兵がこんなことをいうのも何ですが、東東デンキ経営陣の考え方は明らかにおかしいですよ。こんなことをしていたら、東東デンキという会社は再起不能になってしまう」

「経理部内で、不適切会計に反対する人はいなかったんですか」

舞が問うと、

「社長は、自分のイエスマンばかりで周りを固めているんです」

と市村。「いまの社内では社長の方針に楯突《たてつ》くものはいないだろうね。みんな知っていて無言を貫いていたわけだから、その意味で、会社ぐるみの不正といわれても仕方がないかも知れない」

市村は悔《くや》しげにいった。

「相馬さん、なんとかしましょうよ」

憤然とした舞は、キッとした目を相馬に向けていった。

「おいおい、ちょっと待てや。なんとかって、お前、どうするつもりだ」

相馬は、警戒した目を舞に向ける。「また何かやらかそうってんじゃないだろうな」

答えの代わりに、舞は市村に向かってきいた。

「市村さん、今の話、銀行に報告してもいいでしょうか」

しばし考えた市村だが、やおら覚悟の面差《おもざ》しを舞に向けた。

「お任せします。すべて事実ですし、なんなら私の名前を出していただいても構いません。内部告発などされる前に、本来なら、私のような者が声を上げなければならなかったんですから」

決然とした物言いにもかかわらず、市村の表情には悲痛なものが入り混じっていた。

5

ドアを開けると、書類を前にした紀本のいかにも不機嫌そうな顔が上がり、無言のまま来意を促《うなが》した。

「虎ノ門支店の横川《よこかわ》支店長から連絡がありまして。——東東デンキの件です」

昇仙峡玲子はいい、上司の返事を待たずに続ける。「今回の不適切会計の件ですが、スクープされる二ヵ月ほど前——つまり昨年十一月には、東東デンキは当行から指摘を受けていたはずだと」

沈黙。

不機嫌そのものの紀本の表情がますます険《けわ》しくなり、言葉はなくともその怒りはひしひしと伝わってくる。

「情報源はどこだ」

「東東デンキの元経理課長だそうです。関連会社に出向していますが、社内の事情に通じており、間違いはないとのことでした。二ヵ月前、営業第三部の担当者が不適切会計ではないかと指摘したそうです」

玲子が表情を硬くしたのは、先日話を聞いた木口の件があるからだ。何も知らなかったという木口の話は、嘘《うそ》だったことになる。

「吉原《よしわら》部長は知っていたのか」

吉原俊二《しゅんじ》は、東東デンキを担当する営業第三部の部長だ。

「ご存じだったはずです。担当レベルで据え置くような話ではありません」

紀本は小さくうなずくと何事か考え、横顔を向けて壁のなんでもない一点を凝視《ぎょうし》する。やがて、ぽつりと、紀本はつぶやいた。

「なにを考えているんだ、営業第三部は」

「元経理課長の話では、隠蔽できないか根回ししていたのではないかと」

「バカな」

紀本は吐き捨て、軽く握った拳《こぶし》でデスクを叩《たた》いた。「隠し通せるとでも思ったのか。ただでさえ産業中央との合併準備では受け身に回っているというのに」

紀本は、ここのところの肉体的な疲労と心労で血色の悪くなった顔を歪めた。

「いかがいたしましょうか」

玲子の問いに、紀本は腕組みをして瞑目《めいもく》を始めた。やがて、目を開いたかと思うと紀本の険しい表情が玲子に向けられる。

「本件については、私に預けてくれ。吉原部長と直接、話してくる」

果たして何を話すつもりかは想像できないが、そこは策士たる紀本のことだ。なんらかのうまい解決策を生み出すに違いない。

だが――。

玲子が、本件について再び紀本と話したのはその翌日のことだ。

「例の東東デンキの件だが、忘れてくれ」

まさに耳を疑うひと言が飛び出した。

「忘れろ、とはどういうことでしょうか」

「どうもこうもない。その言葉通りの意味だ」

デスクに両肘《りょうひじ》をついた紀本は、それ以上問うなと言わんばかりの威圧的な目を玲子に向けている。

「吉原部長とはお話しされたんでしょうか」

「もちろんだ。本件は、彼らに任せる。我々は何も聞かなかった。いいな」

「お待ちください、部長」

玲子は思わず反論した。「なかったことや聞かなかったことにせよとおっしゃられても、元来我々だけで隠し通せるような話ではありません。もし、第三者からこのことを指摘されれば、当行の社会的信用は著《いちじる》しく毀損《きそん》します。そうなる前に、自主的に対応すべきではありませんか」

「東東デンキの財務に関しては、監査法人がしかるべき監査をしており、当行はそのスタンスに従ったまでだ。——隠蔽の事実はない」

断言してみせた紀本に、

「そんな話が通用するとは思えません」

玲子は思わず言い放ったものの、同時にあることに思い至って口を噤んだ。

そこまで紀本がいうからには、それなりの理由がある。紀本は何か隠している。

「部長、何があるんです」

押し黙った紀本に、玲子はあらたまって問うた。

すぐに返事はない。

叱責《しっせき》されるかと身構えた玲子が目にしたのは、思いがけぬ紀本の表情であった。いつもの剛毅《ごうき》さは影を潜《ひそ》め、ただ弱々しく、頼りなげに見える。

その様子を凝視する玲子に、紀本の言葉が洩れてきた。

「『エリア51』を知っているか」

「は？」

何かの聞き間違いではないか。そう思った玲子は、紀本に問うた。

「いま、『エリア51』、とおっしゃいましたか」

エリア51は、玲子の記憶が誤りでなければ、アメリカ軍が宇宙人の死体を隠しているといわれている謎に包まれた基地の名前だ。もともと、それは物好きたちの噂話《うわさ》の類《たぐ》いに過ぎず、場違いな名前としかいいようがない。

紀本が口を開いた。

「かつて、当行役員による、表沙汰にはできない融資が存在するという、まことしやかな噂があった。暴力団、なんらかの裏金がらみ、しがらみから断れない情実融資――。銀行のトップにいる一部の人間が主導し、行内では数人の者にしか存在が知らされていない。そして、誰かが銀行のどこかで、密《ひそ》かに管理している、闇の与信《よしん》だ。それを、秘密のベールに包まれた米軍基地に喩《たと》えた。エリア51。誰が名付けたかは知らないが、うまいことをいう」

「本当に、そんな融資があるんですか」

玲子はすっと息を吸い込んで問うた。

「エリア51の噂が広まったのは、いまから十五年ほど前、まだ君が入行する前に起きたひとつの事件がきっかけだった」

紀本が語ったのは、当時起きた、東京第一銀行京都支店長の刺殺事件だ。

七月のある日、当時京都支店長だった丸太《まるた》芳彦《よしひこ》が自宅マンションを出たところを何者かに襲われ、胸など数ヵ所を刺された。騒ぎを聞きつけた家人が見つけ、すぐさま救急車で病院に運ばれたが、丸太は死亡。警察では殺人事件として捜査するも、未《いま》だ犯人の手がかりはつかめていない。

「なぜかわかるか」

問われ、

「いえ」

首を左右に振った玲子に、意外な言葉が続いた。

「銀行が表向きにしか捜査に協力しなかったからだ。持ち得る情報をすべて出すことはしなかった」

「支店長が殺されたのに、ですか」

「不都合なことがいろいろあったんだろう、というのが当時の多くの行員の見方だった。警察に協力すれば表沙汰にしたくない裏の関係が表に出てしまう。行員の命、犯人の検挙よりも、当行は体面を重視したというわけだ。だが、その隠さなければならない融資とはいったい何なのかということについては、誰にもわからなかった。おそらく、行内の一部の者しか知らない、関与していない『何か』がある——。ただ、この事件は一例にすぎない。これだけに止《とど》まらず、当行には他にも外部に決して知られてはいけない極秘の融資が幾つかあり、その存在自体を隠されているという噂があった」

「その総称が、エリア51というわけですか」

「都市伝説の類いだと思っていたよ。とはいえ君も知らなかったように、誰もがそれを知っているわけではない。エリア51は、知る人ぞ知るパンドラの箱みたいなものだ」

紀本は肘掛け椅子の背にもたれると、鬱然《うつぜん》たる声色《こわいろ》を発した。「まさか、こんな状況で、そんなものに出くわすことになろうとは」

「本件が、どうしてエリア51といわれるもののひとつだと?」

紀本の目だけが動き、玲子をとらえた。

「先ほど、高橋《たかはし》会長から連絡があった。本件は会長預かりにする、と」

「高橋会長が?」

玲子は驚いて息を呑んだ。

代表権のある高橋は、牧野治頭取の前任者で、東京第一銀行の権力者のひとりだ。さすがの紀本をもってしても、その権勢に抗《あらが》うことはできない相手である。

「組織には、決して余人が触れ得ぬ秘密があるものだ」

「当行も例外ではない、と」

紀本から返事はなく、肯定も否定もしない。

「本件については、これ以上、手を出すな」

重々しくいうと、これで話は終わりとばかり、紀本は腕組みをして口を噤んでしまった。

6

事務部長の辛島伸二朗《からしましんじろう》は眉間《みけん》に皺《しわ》を寄せ、厳しい表情で相馬と舞の報告書を前にしていた。

虎ノ門支店での臨店で得た、東東デンキに関する情報の報告書である。

ふたりが元経理課長市村から聞いた話をまとめ、直属の上司である芝崎太一の未決裁箱に放り込んだのは昨夕のこと。

その芝崎から辛島へと報告書が回付《かいふ》されるや、すぐさま辛島からの呼び出しがあった。

「この報告書が事実なら、事は重大だ」

辛島は呻《うめ》くようにいい、「これについて、営業第三部はなんと」、と傍《かたわ》らの椅子にかけている芝崎に問うた。

「いえ、内容が内容だけに、まだヒアリングはしておりません。まずは、部長の判断を頂戴してからと思いまして」

　静かに辛島はうなずいたものの、対応に苦慮しているのは、その表情を見れば明らかであった。

「営業第三部は、この事実を認めないだろうな。証言といっても、現役社員ではなくOBのもので、しかも伝聞だ。信憑《しんぴょう》性に問題ありとされても仕方がない」

「そんな。市村さんはいい加減な情報を口にするような人ではありません」舞がいった。「虎ノ門支店での信頼も厚い方ですし、出向した今でも東東デンキの経理部内の情報には詳しい方なんです」

　辛島からの返事はない。じっと考えを巡《めぐ》らせる辛島の脳裏には、行内の様々な事情とパワーバランスが渦巻いているのが目に見えるようだ。

「少なくとも、営業第三部の吉原部長には、この報告書を見せ、事実確認を申し入れるべきではないでしょうか」

　芝崎がいった。「この報告書に書かれた事実が東東デンキの調査委員会の報告に盛り込まれる可能性もあります。そうなってからでは遅いです」

「対応が後手《ごて》に回る、か」

　つぶやいた辛島はそれでもしばし考えていたが、やがて、「わかった」、というひと言をついに発した。「この報告書を上に回す。営業第三部が否定するなら、否定させよう。ウチでどうこういうのではなく、当事者に当否を問うのがスジだからな」

そういうと辛島は、舞たちの前で報告書に捺印《なついん》し決裁箱へと放り込んだ。それから短い嘆息を洩らし、

「難しい時代になったな」

そう誰にいうともなく口にしたのであった。

辛島の部長室を出、臨店指導グループの部屋に戻った途端、「いやあ、冷や汗をかいたよ」、と芝崎が手にしたハンカチで額を叩き始めた。「いくらなんでも事務部が、営業第三部のスキャンダルを暴《あば》くような形になるのは、あからさま過ぎるんだよねえ」

「なにかあるんですか」

舞が問うと、

「営業第三部の吉原部長は、辛島部長とこれだからさ」

といって両手の人差し指でバツ印を作ってみせる。

「部長職ともなると、次のポストが重要だからねえ。どっちが取締役として残るの

か。吉原部長と辛島部長は、片や営業、片や事務部門で鳴らしたライバルなんだよ」

「つまりあの報告書が、吉原部長の足を引っ張る要因になるということですか」

あきれて舞はきいた。報告書の目的はあくまで銀行という組織の是正《ぜせい》にあるのに、意図せずそれが駆け引きの道具になってしまう。

「結果的にそうなってしまいかねないということだよ」

芝崎はいい、弱ったように眉根を寄せた。「辛島さんが、そんな人じゃないことは君だってわかってるだろう。だけど、あの報告書を行内に回すことについては、いろいろいう者も出る。部長はその辺りのことも含めて腹を括《くく》られたんだと思うよ」

「まあ、話が話ですからね」

相馬はいって、デスクに置きっぱなしだった冷めたコーヒーを喉《のど》に流し込んだ。

「となると問題は、あの報告書に対する役員会や営業第三部の反応ですか」

「はい、すみませんでした、とはならないよ、きっと。鬼が出るか蛇《じゃ》が出るか」

ぶるぶると頰を震わせた芝崎に、「そんなのおかしいです」、と舞は毅然《きぜん》としていった。

「これは銀行全体の問題じゃないですか。こんなときに権力争いしてどうするんです」

「まあまあ、花咲くん」

細い目をさらに細くして、芝崎が舞を宥《なだ》める。「一旦報告書を上げた以上、役員会でも問題になるだろう。そうなれば、しかるべき対応策が取られるに違いない。臨店指導グループとしてやるべきことはやった。あとは上に任せよう」

余憤《よふん》さめやらぬ表情を浮かべていた舞も、芝崎にそういわれれば、小さく嘆息してその場は矛《ほこ》を収めるしかなかった。

7

「一体全体、どうなってるんでしょうかねえ。あれから一週間も経《た》つっていうのに、何の音沙汰もないなんて」

臨店指導グループの部屋でふと思い出したらしい舞は、くさくさした顔でいった。

例の報告書の件である。

「まあ、事が事だけに、そう簡単には動けないだろうよ」

ノートパソコンのモニタを眺めたまま、相馬が応《こた》える。「なにしろ、当行の信用に関わることだからな」

「信用に関わるからこそ早く対応しなきゃいけないと思うんですけど」

舞は苛々《いらいら》を募らせている。

そのとき、辛島との打ち合わせに呼ばれていた芝崎が帰ってきて、

「ああ、ちょっと二人ともいいかな」

抱えていた書類を自分のデスクに置いた芝崎は、何があったのか、どうにも冴《さ》えない表情である。

「実は例の報告書の件なんだが——」

「ちょうどいま、そのことを話していたところなんです」

舞がきいた。「いったい、どうなったんです？　営業第三部はなんていってるんですか？　本当に当行は二ヵ月前に事実を摑んで、隠蔽に荷担《かたん》してたんですか？」

矢継ぎ早に問う舞を、

「ちょ、ちょっと待ってくれ、花咲くん」

芝崎は両手で制すと、何か話す前に、額に噴き出した汗をハンカチでぬぐった。改めて舞と相馬のふたりに向けた面差しには、なんとも言えぬ困惑が浮かんでいる。

「辛島部長から呼ばれたのは実はその件だったんだ。部長は打ち合わせ通り、あの報告書を国内事務部門を統括《とうかつ》する林田《はやしだ》常務に回付されたらしい。我々と話し合った翌日

のことだ」

芝崎は続ける。「報告書はその後、林田常務から役員会に提出され、東東デンキへの営業第三部の対応が果たして適切であったかを審議することになる——はずだったんだけどねえ」

そこで芝崎は、どっと大きなため息をついてみせた。

「実に言いにくいんだがね、ふたりとも」

芝崎は、相馬と舞のふたりを交互に見ると、改まった口調でいった。「この件、忘れてくれないか」

「どういうことなんですか、次長！」

思わず、舞は立ち上がった。「私たちが報告書まで書いて、正式に問題提起しているのに、忘れろはないでしょう」

その剣幕に芝崎はたじたじとなり、ハンカチを握りしめたままの手で「まあまあ」、と舞を抑える。

「実は今朝ほど林田常務から辛島部長に話があって、この件については諸般の事情で報告書を取り下げてもらいたいと。理由はわからない。というわけで、これは一応、私が預かることになった」

そういってデスクに置いたファイルから取って見せたのは、東東デンキに関する例の報告書だ。

「差し戻し、ですか……」

予想外の反応だったのだろう、相馬は憮然としている。

「その諸般の事情ってどういうことなんですか、次長」

納得しかねる口調で、舞がきいた。「その報告書をうやむやにする、どんな事情があるっていうんでしょうか。当行の信用に関わる問題のはずです」

「君のいうことはわかる。私も同感だ」

芝崎はいった。「だが、我々は銀行員だ、花咲君。上の命令には従うしかない」

「それはないんじゃないですか。それじゃあ、上司に死ねと言われれば死ぬんですか」

舞がいうことも道理である。「たしかに、上席の命令には従いますよ。でも、従う以上、その命令には合理的な理由があるのが当たり前じゃないですか。それを聞かせてください」

「だから、理由は伏せられているんだ、わかってくれ。合理的な理由がないわけじゃない。その理由を言えないんだ」

「そんなのは詭弁《きべん》です」

　舞はきっぱりと断じた。「私には、ただ都合が悪いから引っ込めろといわれている
ようにしか聞こえません」

「ひとつ、お伺《うかが》いしていいですか、次長」

　相馬が問うた。「その報告書に、役員の閲覧印《えつらん》はあるんでしょうか」

「どういうことだね」と芝崎。

「いえ、報告書に閲覧印を押印した上で取り下げろというのならまだ納得できるんで
す。後で何かいわれたとき、少なくとも我々は役員に対して事実を報告したと証明で
きる。しかし、仮に閲覧印がないのであればその証明すらできません。役員にしてみ
れば、後できかれたときに、そんな話は知らなかったといえる――」

　芝崎は唇を嚙《か》んだが、書類の閲覧印を確認しようとはしなかった。

　見るまでもなかったからだ。

「残念ながら、ここに役員の閲覧印はない」

　おもむろに、芝崎はこたえた。

「そんなの卑怯《ひきよう》ですよ」

　義憤《ぎふん》に駆られ、舞は頰を硬くした。「都合の悪いことは知らないことにするだなん

て、とても大銀行の役員のすることとは思えません」

部下の批判の矢面《やおもて》に立ち、芝崎は顔をしかめて俯《うつむ》いたかと思うと、再びその顔を上げて訴えた。

「いま当行は大事な時期なんだ。合併を控えての準備交渉もシビアな状況になっているらしい。そうしたことを勘案しての判断だ。無理は承知だ。ここはひとつ、納得してくれないか。頼む」

そういうと芝崎は、デスクに両手をつき、深々と頭を下げたまま上げようとしない。

その様子を呆然《ぼうぜん》と見つめる舞の目から、それまで張り詰めていた何かが、すっと抜け落ちていった。


「いったい、私たちの仕事って何なんでしょうね、相馬さん」

その日、「飯でもどうだ」と誘ったのは相馬のほうだった。丸《まる》の内《うち》を離れ、出向いたのは相馬の行きつけという四谷四丁目にある和食の店である。見ている前で主人が包丁を振るい、女将《おかみ》さんが店を切り盛りしているこぢんまりとした店のカウンターだ。

飯蛸《いいだこ》を煮てうるいとあわせた小鉢に、さよりの切り身を炙《あぶ》ったもの。どれも旨《うま》い。旨いのだがふたりの表情は冴えなかった。舞は、さして強くもないのに日本酒を熱燗《あつかん》で呑んでいる。呑まなければやっていられない——舞だけではなく、相馬にもそんな雰囲気が漂っていた。

「オレたちの仕事は、所詮、臨店さ」

どこか投げやりに、相馬がいった。「支店で起きる問題に対処するのが仕事で、それ以上のことをやる必要はないし、期待もされていない」

「都合よく使われて、都合が悪くなったら余計なことはするな、ですからね」

悔しさを滲ませて舞はいう。

「オレたちは組織の歯車なんだよ」

そういって相馬はグラスの酒を一気に呷《あお》った。「ちっぽけで、非力《ひりき》で、上から睨《にら》まれたらひとたまりもない歯車だ」

「そんなこといいますけどね、相馬さん。会社で働いている人は、みんな歯車ですよ」

舞はいった。呑みつけない酒に表情はどこか虚ろで、視線は手元のグラスに結びついたままだ。「だけど、歯車にも歯車のプライドってものがあるんですよ。少しでも銀行を良くしようとして報告書をまとめたのに、受け取りもせず取り下げろだなんて。どんな理由があるにせよ、そんなの無茶苦茶ですよ。このままでいいんですか」

振り向いた舞の視線にふいに力が籠《こ》もり、相馬はぐっと顎を引いた。

「いいとは思ってないさ。だけど、どうしようもないだろうよ」

「そんなの言い訳ですよ」

舞の目が逸《そ》れていき、そんな言葉が洩れた。「やりようなんかいくらでもある。なのに、やりようがないと自分に言い聞かせているだけなんじゃないですか」

「お前、何かやらかすつもりじゃないだろうな、花咲」

疑わしげに相馬がじろりと見た。

「別に」

舞は、ふうっと長い息をついてみせる。「ただ、もう少し期待してたんですよね、この東京第一銀行っていう組織に。なんだか裏切られた気分ですよ」

「そう決めつけるのはまだ早くないか」

相馬はいった。「たしかに報告書は取り下げろと言われたが、少なくともこれで辛島部長や林田常務が東東デンキがらみの問題点を知ったことは事実なんだ。ああはいっても、何らかの対策を講じてくれるんじゃないか」

「だといいんですけどね。じゃなきゃバカみたいじゃないですか、私たち」

そうして心底淋しげな笑いを、舞は浮かべたのであった。

8

「臨店指導グループが？」

玲子は眉を上げて、デスクで難しい顔をしている紀本にきいた。

「虎ノ門支店の取引先からヒアリングしたという東東デンキの問題を報告してきたらしい」

「それで、どうされたんですか、その報告書は」

「取り下げさせたと聞いている」

そう告げた紀本を、玲子はじっと見つめた。

「取り下げ、ですか。しかし、いったんは辛島部長から林田常務に回付されたのでは――」

「林田常務は慎重なお方だ。事前に、それとなく上層部に根回しするぐらいのことはしただろう。どうやらその時点で、待った、がかかったらしい」

「エリア51、ですからね」

玲子がいうと、紀本はいよいよ顔をしかめ、「まあ、そうだ」、とひと言。

「ですが、部長。臨店指導グループの報告書を封印したとしても、東東デンキ調査委員会の中間報告は大丈夫でしょうか」

紀本は眉を顰《ひそ》めた。

東東デンキの不適切会計問題について調べている調査委員会は、明日の午後、中間報告をすることになっている。その報告書で、東京第一銀行が事前に情報を摑んでいたことが明かされる可能性があるからだ。

「そのときは、そのときだ」

重々しく告げた紀本の目は、壁の一点を睨み付けるように鋭い。調査委員会の報告書の内容とそれへの対応が、勝負所と読んでいるのだろう。

「ただ……」

じりじりと燃えるような眼差《まなざ》しのまま、紀本が何かをいいかけた。

「ただ――なんです？」

「この急場を凌《しの》ぐためにはまず、経営陣が一丸となる必要があるのだが……」

「そうなっていない、と」

紀本からの返事はないが、玲子の推測が正しいのはその表情を見れば明らかであった。

「いまの役員の全員が新銀行に残るわけにはいかん。誰かが残り、誰かがこの銀行を去る。いわば必然だが、そこに怨念《おんねん》が宿る」

合併に伴い、いま東京第一銀行にいる役員の半数が銀行を去るのは既定路線だ。役員人事については頭取一任とされたものの、水面下で様々な駆け引きが行われていることは想像に難《かた》くない。

「しかし、それは仕方のないことです。産業中央銀行側にも、同様の軋轢《あつれき》は起きているでしょうし」

「もちろんだ。だが、必然だからといって無下《むげ》にはできない問題が当行にはあるからな」

それが暗に、エリア51のことを指しているのだと気づくのに、わずかな時間が必要だった。

「本来なら、棺桶《かんおけ》まで持っていくべき秘密のはずだが――」

紀本が疑念を抱いているのは、役員を外される側の忠誠心に他ならなかった。「秘密を作るのは簡単だが、守るのは難しい。関わる者が多ければ多いほど、難易度は上がり、ひいてはその組織のレベルを問われることになる」

この東京第一銀行は果たして、秘密を守り通せる高度な組織たり得るのか。まさに紀本の自問が聞こえるようだ。

「そして、取引には必ず相手方が存在する」

紀本は呻くようにいった。「ここで試されているのは当行内部だけではなく、その相手方との信頼の度合いだ。果たして、秘密を共有するのに足る相手であったのか――」

そして東東デンキと東京第一銀行との関係を問う最初の試金石《しきんせき》となったのは、やはりというべきか、その翌日に発表された調査報告書であった。

9

その日の午後五時過ぎ、相馬と舞のふたりは、自由が丘《じゆうおか》支店での臨店初日を終えたところであった。自由が丘駅前のロータリーに面した支店からなら、おしゃれなレストランも居酒屋も、選《よ》り取《ど》り見取《みど》りである。

「相馬さん、せっかく自由が丘に来たんですから、たまには小洒落《こじゃれ》たイタリアンとかどうですか」

舞の提案を、「そんな若い婦女子ばかりいる店には行きたくないね」、と相馬はすげなく却下した。

「もっと大人の店にしようぜ。釜飯とかどうよ」

「釜飯がなんで大人なんですか。なんかオヤジ臭いなあ、相馬さん」

「オヤジだから仕方ないだろう。なにか問題あるか」

相馬の携帯電話が鳴ったのは、ふたりでそんなやりとりをしている時である。

「あ、芝崎次長だ」

ひと言いって電話に出た相馬の表情が、みるみる強《こわ》ばっていく。

「おい、花咲。飯は中止だ。本部に戻るぞ」

「どうしたんです、相馬さん」

足早に歩き出した相馬を追いながら、舞が尋ねた。

「つい先ほど、東東デンキの調査委員会が中間報告を出した」

一瞬だけ足を止め、相馬は振り返る。「その中で、東京第一銀行から隠蔽工作の提案があったとの報告がなされたそうだ」

「私たちが報告書で書いた通りじゃないですか」

舞の口調に非難めいたものが混じった。「だからいわんこっちゃない」

いち早く事実を公表すれば、まだなんとかなったかも知れないが――。

「後手に回ったな」

相馬の言うとおりであった。ふたりで自由が丘駅の改札を抜け、入線してきた電車に飛び乗る。

「午後七時から当行が緊急の記者会見を開く。――もしかしたら、広報室が発表原稿を作るために、我々のヒアリングを必要とするかも知れない。そのために待機してくれと辛島部長からの命令だ」

「今さらですか？」

暗澹たる気分で舞はいった。「事前に調査していたとでも応えるつもりですか」

「そんなところかもな」

相馬もどこか投げやりだ。

かくして急ぎ本部に帰還したふたりは、臨店指導グループの小部屋にいて、声がかかるのを息を詰めて待った。

だが、午後六時を過ぎ、さらに午後六時半を過ぎても、「話を聞かせてほしい」という声は、行内のどこからもかからない。

「いったい、どんな発表をするつもりなんだ」

腕時計を見ていた相馬がひとりごちたのは、午後六時五十五分を回った頃だ。

「テレビで生中継してるみたいです、相馬さん」

午後七時過ぎ、その情報を聞きつけた舞が室内にあるテレビをつけると、東京第一銀行本部内に設けられた記者会見場が映し出されていた。

ニュース番組で生中継するほど、この問題に対する世の中の関心が高いということだろう。

壁際に設置されたらしいカメラから、まだ空席の会見用テーブルが映し出された。準備された記者席はすでに満杯で、会見前の人いきれに溢《あふ》れている。その雑然とした場内がすっと静かになったのは、右手から銀行関係者が現れたときであった。

先頭を歩いているのは、副頭取の羽田《はた》。続いて広報室長の上野《うえの》、営業第三部の吉原部長の三人だ。

「お待たせいたしました。これより、皆様に事前にお知らせしました通り、東東デンキ第三者調査委員会による中間報告に関しまして、記者会見を始めさせていただきます」

真っ先にマイクを持って発言したのは、広報室長の上野であった。上野は手短に記者会見の進行について説明すると、「それでは、本件につきまして、副頭取の羽田重《しげ》康《やす》よりお話をさせていただきます」、と中央にかけている羽田に話を振った。

「副頭取の羽田です。このたびは東東デンキ様への当行の対応につきまして、皆様に多大なご心配をおかけしましたことを、まずはお詫び申し上げます」

羽田が立ち上がり、深々と腰を折ってみせる。

「本日午後、東東デンキ様が設置された第三者による調査委員会の中間報告が行われました。この中で、同社で惹起《じやつき》した不適切会計問題について、当行が新聞報道の数ヵ月前に事実を摑みながら公表を差し控え、さらに同社に対し隠蔽するよう働きかけたとのご指摘をいただいております。これを受け、同社および同社傘下《さんか》のグループ企業を担当いたしております営業第三部にも確認いたしましたが、当行としてそのような事実は一切ございません」

疑惑を一蹴してみせた瞬間、記者会見場に割り切れない空気の淀《よど》みが生まれた気がした。羽田は続ける。

「当行では頭取直轄《ちよつかつ》のコンプライアンス室を設置しており、日頃より法令遵守《じゆんしゆ》を徹底しておるところでございます。今回の東東デンキ様の第三者調査委員会がどのような経緯で誤認されたのか、当行といたしましては同社に再度の調査の申し入れをしていく考えです」

羽田の後を継ぎ、営業第三部長の吉原がさらに詳しい経緯について語り始める。

「東東デンキ様は半世紀以上に亘《わた》る親密なお客様でございます。その結びつきは強く、取引も広範に及ぶことから、私ども担当部門の担当者が、財務の細かな数字を拝見させていただく機会も多々ございます。東東デンキ様の財務内容に関しまして、従前より、関係部門へのヒアリングを通常業務の一環として行っておりました。その中で、現場での担当者レベルの打ち合わせの場においてですが、売上げ計上基準などについてのやりとりがあった、との事実があったようです。それをもって当行が不正の事実を把握し、さらに隠蔽を働きかけたと勘違いされたのではないかと推察しております。当然ですが、現場での忌憚《きたん》のない意見交換の場での発言ですので、それはあくまで担当者個人のものであり、当行からの正式な申し入れとは次元の違うものであります。どのような経緯で誤解が発生したかは今後、東東デンキ様と検証していく準備はございますが、調査委員会の中間報告を踏まえ、取り急ぎご報告させていただく次第です」

その後質疑応答に移った。

担当部門はどこなのか、いつどのような打ち合わせの場で発言があったのか、東東デンキ側の担当部門はどこか、といった細々《こまごま》とした質問が相次いだが、それには営業第三部長の吉原が応えていく。

吉原は、元来がキレ者で通っている男だ。頭脳明晰《めいせき》、口八丁手八丁、いかにも東京第一銀行の精鋭部隊を率いるに足る論客だ。一方の記者たちも、会見内容には端《はな》から疑いの目を向けているようにも見えたが、いかんせん役者が違う。

金融の現場に疎《うと》い記者の質問など、吉原の手にかかれば赤子《あかご》の手をひねるようなものなのだ。どうだとばかり発せられた質問がいとも簡単に撥《は》ね返され、さらりとかわされ、ついでに納得させられてしまう。ああいえばこういうで、つけいる隙《すき》もない。

かくして緊急記者会見は、四十分ほどの時間で大過なく終了したのであった。

その一部始終を、テレビを通して、相馬と舞が言葉もなく見ていた。

ニュースの画面がスタジオに戻り、さらに話題が変わっても、舞はなおテレビの画面を睨み付けている。その目は、恐ろしいほどに真剣で、そしてどこか悲壮感に満ちているのであった。

その脇でため息がひとつ洩れた。相馬だ。

「よお、花咲。いつまで見てるつもりだよ」

ふと我に返った舞は、ようやくテレビのスイッチを切ると、放心したように椅子の背にもたれた。そしてなんでもない壁の一点に目を向ける。

「隠蔽じゃないですか、これ」

舞の乾いた声が洩れた。ひどく疲れ切った表情が動き、相馬に向けられる。「あのひとたちがいったこと、みんな嘘です。これでいいんですか」

相馬は応えず、重く震えるため息をひとつ洩らした。それから、二、三歩歩いて自分の椅子に乱暴にかけると、両手をデスクに置いて頭《こうべ》を垂れる。

重苦しい気配が臨店指導グループの部屋に漂い始めた。

「期待した私がバカでした」

舞がいった。「結局、私たちの報告書、ただ握りつぶされただけじゃないですか」

相馬からの返事はない。

「だいたい、こんな嘘、通用するわけがありませんよ」

静かになった部屋で、舞が続ける。「こんな嘘ついて、それで世間を騙《だま》せると思ってるだなんて。それで……それで本当にいいんですか」

しばしの沈黙の後、

「いいわけないさ」

顔を上げた相馬が吐き捨てるようにいい、腕組みをしたまま動かなくなる。「ただ、真実が知れたら、当行の立場が危うくなる。だから、その場しのぎに隠した。それこそが、お客様を裏切る行為なのに、連中はそれに気づいてない。内向きで保身しか頭にない連中には、こんな記者会見が精一杯なんだろうよ」

副頭取の羽田にせよ、部長の吉原にせよ、見るからに誠実そうで嘘の欠片《かけら》も匂わせなかった。報告書は誤解に基づくものであり、我々は思いがけないとばっちりを受けて迷惑しています、とでもいわんばかりの会見だった。

だがそれはすべて嘘だ——。

目の前で堂々とつかれた嘘に衝撃を受け、いまや舞の心は濃い霧の中でさまよう小舟のように翻弄《ほんろう》されている。

「どうしたらいいんですかね、私たち」

脱力し、ぼんやりとした声で舞がいった。その言葉は、相馬に問うているようでもあり、自問のようでもある。

「さて、どうしたものかな」

相馬が応じたが、なにか答えがあるわけでもない。

「以前……相馬さんがいったこと覚えてますか……」

やがて出てきた舞の言葉は、寄る辺《よるべ》なく水面に漂う木の葉のようである。

「オレがいったこと？」

相馬がぼそりときいた。頭の後ろで両手を組み、目は天井に向けられたままだ。

「銀行員ってのは、何かを知ってしまったら責任が発生する商売だって、そういったじゃないですか。一旦、知ってしまったら、見て見ぬフリをした者もまた、責任を問われると。であれば、私たちはどうなんでしょう」

相馬の目だけが動き、舞を見た。舞は続ける。「いま、あの人たちは、私たちの前で平然と嘘をつきました。それを黙っているってことは、銀行員として正しいと言えますか。私たちが黙っていれば、それはあの人たちの隠蔽に荷担するのと同じことになる。違いますか」

「どうするつもりだ、花咲」

相馬の問いには答えず、舞は静かに立ち上がると、行き先も告げずに部屋を出ていった。

10

昇仙峡玲子は、副頭取以下が出席した記者会見の模様を、紀本とともに会見場の片隅から見ていた。

羽田副頭取の、いかにも大銀行の経営者然とした風貌は見る者に信頼感を与えるに違いないだろうし、吉原営業第三部長の対応も、完璧だった。その発言のほとんどが虚偽《きょぎ》で固められているということを除けば。

羽田の会見場退出と同時に紀本が背後のドアからそっと出ていき、玲子もそれに続いた。

「調査委員会の報告を否定したからにはそれなりの追及を覚悟する必要があると思いますが、根回しは大丈夫なんでしょうか」

「さあな」

紀本は不機嫌にこたえた。東東デンキの件には手を出すなと言われて以来、紀本は静観の構えを崩していない。当事者である営業第三部と役員連中のお手並み拝見といったところだろう。

「高橋会長の〝預かり〟というんだから、東東デンキと口裏を合わせるぐらいのことはするだろう。東東デンキも、今後の資金繰りを視野に入れれば、当行からの根回しをはねつけるわけにはいかないだろうさ」

副頭取の羽田は高橋会長一派の旗頭だ。営業第三部の吉原もまた羽田とは近しくしている。一方の紀本はといえば、牧野頭取の懐刀《ふところがたな》のような存在であり、高橋や羽田とは微妙な温度差がある。銀行の内部事情は盤根錯節《ばんこんさくせつ》で、一筋縄でいくものではない。

「大芝居に打って出た以上、責任をもって幕引きをしてもらう。失敗は決して許されない」

鋭い眼光を一閃《いっせん》させた紀本はそう言い放ち、玲子に厳しさを滲ませた背を向けると、部長室へ消えた。

玲子の胸に押し寄せたのは、言い得ぬ危機感だ。合併を目前にして、この東京第一銀行という巨大組織がばらばらに割れてしまいそうな、不気味な予感がする。

自席に戻ろうとしたとき、玲子を追いかけるようにしてこちらに向かってくる人影があった。

「昇仙峡調査役」

声をかけられて振り向いたとたん、玲子は警戒して表情を消した。近づいてきたのは、臨店指導グループの花咲舞である。

黙って立ち止まった玲子に、

「東東デンキの件で、お話があるんですが」

対峙《たいじ》した花咲の目には、決然としたものが漂っていた。

「生憎《あいにく》、東東デンキは、企画部の担当ではないので」

取り付く島もないひと言とともに歩き出そうとする玲子を、

「先ほどの記者会見は嘘です」

明確なひと言が押し止めた。花咲は続ける。「虎ノ門支店に臨店したとき、東東デンキの経理部にいた方から話を聞きました。問題が発覚する二ヵ月前に当行は情報をつかみ、隠蔽を検討していたそうです」

まるで舞の言葉など聞こえていないかのように、昇仙峡からの返事はない。舞に向けた横顔は強ばっているが、それが怒りなのか驚きなのかはわからなかった。

「それで私にどうしろと？」

やがて昇仙峡は問うた。

「このままではこの銀行はダメになってしまいます。いま、ここでなんとかしないと」

必死に訴える舞の言葉にも、昇仙峡は顔色ひとつ変えない。相変わらず感情の読めない冷徹な目がじっとこちらを見つめているだけだ。

「なにか勘違いしているようだけど、あの記者会見は、私とは関係ない。あなたがあれは嘘だというのなら、報告書にして上司に回すのが本筋でしょう」

「それはもうやりました。でも、報告書は役員の判断で突き返されてきた。目の前で組織ぐるみともいえる隠蔽が行われようとしているのに、それを黙って見過ごすことはできません」

「そういうことは私にではなく、あなたの上司にいいなさい。──失礼」

歩き出した昇仙峡に、

「お待ちください」

なおも舞は訴える。「あなたは、合併準備委員会のスタッフとして、この銀行の将来のために頑張っているんじゃないんですか。たしかにあなたと私では、地位も立場も違うでしょう。でも、東京第一銀行の一行員として、この銀行を良くしようという思いは一緒のはずです。だからお願いしてるんです」

悔しくて声が震え、胸の底から熱いものがこみ上げてくる。だが、

「この件で私に出来ることは何もない」

昇仙峡は冷然と言い放った。「あなたの気持ちはわかるけど、これはあなたひとりでどうにかなる問題じゃない。これ以上、この件には関わらないほうがいいでしょ

う」

「私は、真実を知っているんです」

舞は挑《いど》むようにいった。「知っていながら、それを黙っていることはできません。それでは隠蔽に荷担しているのと同じです」

昇仙峡からの返事はなかった。

「——忙しいので」

昇仙峡は、それ以上の会話を拒絶するかのように、さっと背を向ける。それで話は終わりだった。

為《な》す術《すべ》もなく立ち尽くす舞の胸に込み上げてきたのは、悔しさや腹立たしさではなく、悲しみであった。

同じ会社に勤めているという親近感も連帯感もない。あるのは、複雑に絡み合った組織の事情と縦割りの縄張り意識、損得ずくの考え方ばかりだ。

このままでは、この銀行は本当に行き詰まってしまう。

呆然と立ち尽くす舞の胸に巣くった危機感は、いま絶望的な勢いで膨《ふく》らみはじめた。

11

昇仙峡玲子が、紀本に随行して菊川春夫《きくかわはるお》との会食に出たのは、記者会見のあった数日後のことであった。

「先日の記者会見は、何かと物議を醸《かも》しているようですね、紀本君」

六本木《ろっぽんぎ》にあるフレンチの店、そこの半個室である。シャンパンで乾杯し、シェフのお任せで旬の食材が楽しめるという高級店だ。それぞれの料理に合わせてワインも出る。長く国際畑を歩み、ワイン通として知られる菊川は、時折こうして人を誘って食事に行くのを半ば趣味としている。無論、この日、紀本が誘われたのも、その文脈でのこととも考えられなくはない。

紀本から、玲子に声がかかったのは昨日のことだ。

「予定がなければ君も一緒に来てくれ。男だけでは味気ないからな」

もちろん、男ばかりだから女を誘うなどという発想は紀本にない。それはあくまで表向きの冗談めかした理由に過ぎず、紀本は菊川とサシで食事をするのを避けたかったのではないか。

玲子がそう思うのには、それだけの理由がある。

菊川は、東京第一銀行という組織において、「負け組」だからだ。専務取締役にまで上り詰め、長く東京第一銀行で顕要《けんよう》の職にあった菊川だが、新銀行の合併準備委員会のメンバーには選ばれなかった。事実上の戦力外通告である。

菊川とは店で待ち合わせ、ここまで来る道すがら紀本が語ったところによると、菊川の残留には会長の高橋が強い難色を示し、新銀行の役員から外すよう牧野頭取に迫ったらしい。それまで行内では、ゆくゆくは菊川が頭取の座に就《つ》くだろうと目されていただけに、高橋との間になんらかの軋轢があったのではないか、というのが紀本の見立てであった。

フルコースの食事は、豪勢であった。

菊川は、新たなプレートが出るたびに、驚いてみせたり、ときに「ここはもうひとつだ」などといかにも食通らしい感想を述べたりしている。

仮にも専務との会食の席だから紀本もそれに合わせてはいるが、玲子にしてみれば味を堪能《たんのう》するだけの余裕もない。この難しい時期、単に食事が目的で菊川が声をかけてくるはずもないからだ。

「ところで、東東デンキ問題のあの記者会見なんだがね、各方面の反応はどうですか」

そのひと言は、メインディッシュを食べ終え、ナプキンで口元をぬぐいながら何気ない口調で繰り出された。

「賛否両論——でしょうか」

慎重に紀本はこたえる。自分はあくまで中立——言葉にそんな雰囲気が出ているのは、菊川への警戒心故《ゆえ》かもしれない。

「東東デンキの調査委員会からは反論が出ているそうだね。それに対する反論の記者会見をまた開くつもりなのだろうか、あの連中は」

「むこうの最終報告書次第でしょう」

白ワインのグラスをそっと口に運びながらいい、紀本は菊川の表情をうかがった。

この男が果たして何をいいたいのか、忖度《そんたく》する目だ。

「降りかかる火の粉は払わねばならぬ、と？」

面白がってでもいるかのような口調で菊川はいうと、ふと紀本の目をのぞき込み、

「君は東東デンキと営業第三部との件については、知っていたんじゃないかね」

そう尋ねてきた。

紀本の表情に微《かす》かな逡巡《しゅんじゅん》が過《よ》ぎるのがわかった。話すべきか迷っている。だが、

行内に様々な情報源を擁《よう》する菊川は、誤魔化《ごまか》しのきく相手でもない。

「小耳に挟《はさ》んではおりました」

紀本がこたえると、

「君はあの記者会見を、どう思いました」

間髪を入れず問うてくる。

「正直——不安がないといえば嘘になります」

慎重な受け答えである。「ただ、本件には関わるなということでしたので、口出しするのは控えております」

「関わるな、と？」

丁寧な男の視線が、針のように光った。「それはどういうことですか」

「高橋会長からのご指示です」

「高橋さんの……」

菊川の視線は思案とともに斜め下に落ち、再び持ち上げられた。「理由は、聞きましたか」

「いえ。はっきりとは」

紀本はこたえ、「専務はこの件については、ご存じでしたか」、逆に尋ねる。

「内々には聞いてはいましたよ」

菊川は、知っていた。

「それは、どちらから」

紀本が問うと、「東東デンキの梶田《かじた》さんですよ」、と意外な名前が出てきた。

紀本の目が微かに見開かれ、戸惑いが伝わってくる。

梶田貴一《きいち》は東東デンキの副社長だ。銀行では国際畑一筋の菊川だが、それがどこで東東デンキの役員と結びついたのか。

その疑問を察したか、

「梶田さんとは大学時代のテニス部仲間でしてねえ。ただ――」

菊川は明かすと、右手のワイングラスをゆっくりと回し始める。「私は、発覚した時点ですぐに公表すべきだったと思いますよ」

公表できない何らかの事情があることは、当然、菊川も承知しているはずだ。

「取引先が粉飾していようと、不適切会計であろうと、それは当行の過失でもスキャンダルでもない。本来、銀行の信用とは関係はない」

菊川はいった。「要するに、公表したところで当行に不都合などないですよ、紀本君。そこに不都合があったのは、高橋さんのほうでしょうねえ」

表情はにこやかなのに、唐突に、高橋への冷え切った怒りが吹きこぼれた気がした。その激しさに、紀本も玲子も息を呑む。

「高橋会長の不都合、ですか」

ひとり言のように紀本が繰り返した。

その高橋の不都合とはなんなのか――。

無論、それを菊川は知っている。

そして、いま紀本がそれを尋ねれば、秘密が明かされるのではないか。しかし――。

紀本はきかなかった。あえてきかなかった。そうとしか思えない。

理由は簡単である。それをきいてしまえば、傍観者から当事者側へと引きずり込まれるからだ。――エリア51の内側へ。

「私は、じき銀行からお払い箱になる身ですから言わせてもらうが、いかに高橋さんとはいえ、身勝手な一方的都合で取引先と銀行を振り回したことは、容易に許されるものではないと思いますね。それだけじゃない」

高橋への怨嗟《えんさ》の声はさらに続いた。「世間を騒がせ、大勢の人に迷惑をかけてしまったのに、責任を一切取ろうとしないどころか、舞台裏に隠れてのうのうとしている。東京第一銀行という組織は、いつから高橋さんの私物になったのか。そう問いたいですよ」

あからさまな非難。そして、恨《うら》み。戦力外通告を受けた男の怒りは凄《すさ》まじかった。

菊川は続けた。

「この問題のややこしいところは、世の中の正義と組織の正義が一致しないことにあるんです。高橋さんの不正を暴けば銀行が傷つく。暴かなければ銀行は傷つかないが、本来罰すべき者を罰することができなくなる。この何年間か、私は常にその葛藤《かっとう》の中にいました。果たしてこの秘密を暴くべきか暴かざるべきか。だがしかし、ついにそれを暴くことはできなかった」

「それは、なぜでしょうか」

ようやく、紀本が口を開いた。きかないではいられない。そんな衝動に駆られてしまったように見える。

ゆらりゆらりと回り続けるワイングラスに向けられていた菊川の視線が上がった。

「それは、私が銀行員だからですよ」

菊川の答えは、玲子には意外だった。

「私は、世の中の正義より、銀行の利益を常に優先してきました。正義に損得はない。そして損得に正義もない。私たち銀行員は常にその境界線上にいて戦っているんだ。違いますか」

「おっしゃる通りだと思います」

重々しく紀本が応じ、玲子も無言でうなずき同意を示す。

「銀行員として、私は実に多くの利益を守ってきた。だが、そのお勤めもまもなく終わりだ。その役目は、私の後任に譲《ゆず》り、さらに近い将来、紀本君、君が継ぐことになるやも知れない」

菊川は、そういって紀本を見据《みす》える。「そのとき君は、果たして正義を取るだろうか、利益を取るだろうか」

「それは、そのときになってみないとわかりません」

紀本の答えに菊川はうなずいた。

「そうだろうな。だが、ひとつ忘れてはならないことがある」

右手の指を一本立てた菊川は、剛直な視線を紀本に向けた。

「どんな秘密であれ、それはいつか暴かれる。銀行とはそういう組織だということだ。それは合併後何年かしてからかも知れないし、もっと後かも知れない。あるいは――意外に近い将来かも知れない」

不穏《ふおん》なひと言に、玲子ははっと顔を上げた。

同時に気づいたことがある。

菊川は自らがその秘密を守った理由を〝銀行員だから〟といった。だが、菊川はまもなく深い恨みとともに銀行の外に出る。そのとき菊川に、秘密を守り続ける意味はなくなるのではないのか。

これは菊川による、それとない予告かも知れない。そのことを、合併交渉に臨《のぞ》む紀本に忠告する。これこそが、この会食の意味なのではないのか。東京第一銀行という組織に長年仕え、そして最後にハシゴを外された男の逆襲だ。

同じことを紀本も考えたのだろう。

「銀行員は、いつまでも銀行員であり続ける。そういうものではありませんか」

やんわりとした牽制《けんせい》にも聞こえる。しかし、

「そうかな」

菊川から出たのは、否定的な反応だ。「銀行から出てしまえば、ただの人。違うかね？」

その瞬間、玲子は強烈な疑問とともに、菊川の表情をまじまじと見てしまった。いったい、菊川にとって銀行員とはなんなのか。銀行員がただの人でないのなら、果た

してなんなのか。まさに唾棄《だき》すべきエリート意識、選民思想そのものだ。

「おっしゃる通りです」

そっと目を閉じた玲子に、紀本のこたえる声が聞こえた。

玲子は目を開け、ふたりのバンカーに改めて視線を向ける。うなずくことはできなかった。

「ひとつお伺いしてもよろしいでしょうか」

遠慮がちな口調で紀本が尋ねる。「専務は、ご存じの秘密をいつか暴かれるおつもりではありませんか」

その瞬間、

「私が？」

驚いたように菊川は紀本を見ると、

「まさか」

笑い飛ばしてみせた。「私はね、秘密は守る主義ですよ。徹底的にね。そういえば──」

ふと思い出したように、菊川はいった。「東東デンキと営業第三部の関係について、それを暴こうとした報告書が最近、上がったそうです」

玲子は、ワイングラスを持ち上げようとした手を止めた。臨店指導グループの報告書の件だと気づいたからだ。

「きっと高橋さんは、その報告書も握りつぶしたでしょう。ですが、私はそれでは手ぬるいと思う。そんなデリカシーのない報告書を出してくるような者どもは、さっさと異動させ、切り捨ててしまうくらいのことはするべきだ。そのくらいのことをして、秘密はようやく守られる。小耳に挟んだ時点で林田常務には、それとなく伝えておきましたけどね」

恐ろしい男だ。玲子は畏怖《いふ》とも軽蔑ともつかぬ目でこの男を見た。

善でもなく、悪でもない。

正義でもなく、利益でもない。

地位でもなく、保身でもない。

銀行やそこでの人間関係を、愛しつつも憎んでいる。

この男の精神構造は玲子の理解を超えている。妖怪《ようかい》だ。正常であり、異常である。

そして玲子は、この会食に同席したことを心から後悔したのであった。

12

かつて勤務していた支店の集まりに出るというので、花咲が早めに銀行を出た、二月半ばの金曜日の夜のことである。

「相馬君、ちょっと行かないかい。神保町にいい和食の店があるんだ。ここも、以前ぼくが神保町支店にいたときからの馴染みなんだけど」

珍しく芝崎が、相馬に声をかけた。神保町といえば、つい先日、『かと勘』という寿司屋でちょっとした出来事があったばかりだ。

たしか、かと勘の勘定もそれなりのものだったと思い出した相馬は、

「おっ、いいですねえ」

と反射的にこたえたものの、すぐに探るような目になった。「あんまり高いところは勘弁してくださいよ」

「そんな高い店にぼくが行くと思うかい。それに、今日はぼくのおごりだ」

珍しくそうこたえた芝崎に、相馬は目を丸くする。

「おごり？　なにかあるんですか、次長」

「まあまあ」

それ以上は語らず芝崎も帰り支度を始め、大手町から地下鉄に乗ると、ほどなくして神保町はすずらん通り近くの小さな料理屋ののれんをくぐったのであった。

六十過ぎと見える主人が料理を作り、娘さんがひとり手伝っている、カウンター一本だけのこぢんまりした店だ。金曜とあって店は混み合っていたが、芝崎に気を利《き》かせたか、カウンターの真ん中の席が空《あ》けてあった。

ぷりぷりの蛍烏賊《ほたるいか》の酢味噌和《あ》えに、寒ヒラメの薄造りにしたものをもみじおろしとポン酢で食している。

「美沙《みさ》ちゃん、熱燗《あつかん》、もう一本」

馴染みの芝崎はその娘さんに声をかけてから、「いやあ、おやじさん。いつもながら旨いよ」、そうカウンターの内側にいった。

「ありがとうございます」

口数の少ない主人が笑顔で礼をいう。それにうなずいた芝崎は、「どうだい、相馬君」、と相馬に感想を求めた。

「いや、旨いのなんの。芝崎次長はさすがにいい店をご存じですねえ。馴染みにさせてもらっていいですか」

お世辞でもなく、相馬は真顔でそんなことをいって舌鼓《したつづみ》を打っている。「神保町ならウチの職場から近いですしね」

すると、どうしたわけだろう、そのひと言で芝崎の表情が変わった。楽しそうにしていた表情が曇《くも》り、お猪口《ちょこ》を右手に持ったまま、ぐっと目に力を込めてカウンターの上を睨み付ける。

「どうしました、次長」

その様子に気づいた相馬がきくと、芝崎は手にした酒を置き、両手でぽんと膝《ひざ》を打った。相馬の顔を見ると、

「あのな、相馬君。君、まもなく転勤になるから」

いきなり切り出したのである。

「な、なんですって?」

お猪口を口に運びかけていた相馬の手から酒がこぼれた。「て、転勤? 私が」

同時に、そういうことか、と相馬は悟ったのである。芝崎が相馬を誘ったのは、転勤の内示をするためだったのだ。

「あの、それで私、どこへ行くんでしょうか」

美食と酒に酔っていた気分が一気に吹き飛んだ。

「君は実によく頑張ってくれたと思う」

相馬の質問にじかには答えず、芝崎はそんなことをいった。「いままで臨店先の面倒事をいくつ解決してくれたかわからない。君の働きは辛島部長もよく理解されている。そのことはわかってくれ。だがね……」

相馬を持ち上げたかと思いきや、そこで芝崎の話はすっと失速した。「上層部にその働きを十分に伝えられたかというと、少々私の力不足だったかも知れない」

芝崎の話に最初、大きくうなずいていた相馬からも、笑顔が失せていく。代わりに不安そうな色が浮かび、「あの、私はいったいどこへ……」、という最初の質問が再び口をついて出た。

「君の行き先はね、希望《きぼう》ヶ丘《おか》出張所になると思う」

「出張所、ですか」

相馬は肩を落とした。あまりがっかりしたところを見せまいとしたが、ダメだった。異動するのなら本部のどこかか、普通の支店に行くだろうと思っていたからだ。それがまさか出張所とは……。

「希望ヶ丘というのは、どこにあるんですか」

「横浜《よこはま》市だ」

芝崎はこたえた。「相鉄《そうてつ》線の横浜駅から十五分ほどかかる希望ヶ丘駅が最寄りでね。その辺りの個人客相手に、出張所が出されたのが二年前。横浜支店の傘下店という位置づけだ。そこで君には、融資担当の課長をやってもらう。職級は変わらないが、実質、栄転といっていいいんじゃないか」

　これが栄転のはずはない。

その証拠に、芝崎が見せているバツの悪そうな表情といったらどうだ。課長職になるから栄転というのは、単なる言い訳に聞こえる。

出張所の課長といっても、今の職級と変わらないのなら中身は一般的な店舗の係長と同格ということだ。つまりは横滑りである。仕事が評価された者が配置される場所とは到底思えない。

「君はずっと融資畑を希望していただろう。その希望が叶ったんだ。悪くない話だと思うよ。小さな場所だが、今度こそ君の実力を人事部に認めさせてほしい」

芝崎の味気ない励ましを聞き流しながら、相馬は、臨店指導グループとして過ごした日々を回顧した。

　臨店に行けば煙たがられ、口出しすれば嫌な顔をされる。そんな中でも、どれほど不正をただし、過《あやま》ちを指摘してきただろう。もっとも、その多くは花咲の暴走によるものではあったが、それなりの実績を上げてきたつもりである。

その結果が、これか――。

出世がすべてとはいわない。だが、この数年間のオレの働きはなんだったのか。銀行からはまったく評価されず、ダメ出しされたも同然の人事ではないか。

そんな思いが、

「私のようなものは、銀行にとって価値がないんですよ」

卑屈《ひくつ》な言葉になって相馬の口をついて出てきた。

「なにいってるんだ、相馬君。そんなことはない。君の仕事ぶりはすばらしかったと思ってるよ」

「そうですか」

相馬はため息混じりにいった。芝崎と、こんな会話を続けたところでわびしいだけだ。

「次長、本当のところを教えていただけませんか。なにがいけなかったんです」

そうきくと、芝崎はやりきれないといったため息とともに視線を逸らした。カウンター席の上を見上げ、気持ちに踏ん切りをつけるかのような軽い舌打ちをひとつ。それから、ちらりと相馬へ目をやると、

「上から、ちょっとした圧力がかかってね」

そう声を潜めた。「君たちの働きをこころよく思っていない役員がいる。そういうところから、人事部になんらかの口出しがあったらしい。辛島部長はかなり抵抗されたと聞くが、最終的に君を守ることができなかった。すまん」

芝崎はカウンターで頭を下げ、詫びた。

「もしかして、先日の報告書の件ですか」

思い当たるフシはそのくらいしかない。どうやら自分は虎の尾を踏んだらしい。

「いったい役員の誰なんです、圧力をかけてきたというのは」

「それはわからんよ」

芝崎は、悔しげに唇を強く引き結ぶ。「いずれにせよ、こういう結果になってしまったということだ。受けてくれるか」

「それは愚問ですよ、次長」

相馬は力ない笑いを浮かべる。「辞令一枚でどこへでも行く。それが銀行員ってものですよ。それに私なんぞ、出世だなんだって話はとっくに見切りをつけてるんです。とって食われるわけでなし。どんな職場でも楽しみはある。そういうもんです」

手元の酒をぐいと呷《あお》った相馬の目は、まっすぐ前を向いていた。

権力に屈した。しかし、程度の差こそあれ組織など所詮こんなものではないか──。

胸に湧《わ》いたのはそんな諦《あきら》めだ。負け犬根性だといわれればそうかも知れない。だが、考えてみると、いままでの銀行員生活で、勝ち組になったことなどただの一度もないのだった。

「君がそういってくれて、ほっとしたよ」

芝崎はいうと、空いた相馬のお猪口に酒を酌《く》んだ。「新しい職場での健闘を期待してる。乾杯しようか」

不思議なものだ、と相馬は思う。さっきと同じ酒が、なぜこんなに苦いのだろうか。

「それで、辞令はいつですか」

相馬がきいた。

「来週中にも」

「そんなに早く？」

役員の誰かは、よほど相馬の仕事ぶりが気にくわなかったらしい。間違っていることをしたとは思わない。だが、正しいことをしていれば出世できるというものでもない。

「申し訳ないが、心づもりだけはしておいてくれ」

それにしても――。

相馬の自宅は、門前仲町《もんぜんなかちょう》にある。

横浜から十五分かよ。通うのに遠くなるな。

酒を口に運ぶ相馬の脳裏を過《よ》ぎったのは、そんな仕事とは無関係な思いだった。

13

「相馬君」

その朝、芝崎次長のひと声で相馬が立ち上がったとき、それが何か特別なものだと舞はつゆほども思わなかった。

日々繰り返される日常のひとコマであり、記憶の奥底に蓄積し埋没《まいぼつ》していく運命のささやかな風景――であるはずだった。

しかし、なんとはなしに見た相馬が思い詰めた顔で椅子の背にかけた上着を着込んだとき、舞は瞬間的に芝崎を振り返り、そこに似たような表情を見つけてしまったのである。

まさか——。

「——相馬さん」

芝崎とともに無言のまま部屋を出ようとする相馬に声をかけると、振り返ることもなくひょいと右手が挙がる。

やっぱり、異動の辞令だ。

ふたりの姿を見送った舞は、まるでそれが自分のことのように落ち着かなくなり、書類の上を視線が滑って仕事が手に付かなくなった。

相馬がいなくなる——。

銀行員だからいつかは異動するとわかっていても、まだ先の話だと思っていた。不意打ちを食らったような驚きと不安、それだけではなく、この事実に少なからずショックを受けている自分を発見して戸惑う。

いつも弱腰で、ここぞという場面にはからきし弱い相馬だが、実は舞の一番の理解者だった。考えてみれば、舞がともすれば暴走に近いことができるのも、それはいつも相馬が傍らにいて支えてくれたからこそだ。

お互い憎まれ口をたたいていても、心のどこかで信頼している。だからこそ、臨店指導グループとして、この数年やってくることができた。理不尽な対応をされたときも、失敗して落ち込んだときも、相馬は舞と一緒にいてくれた。

「バカだな、私は」

相馬を失いそうになって初めてその存在の大切さに気づくというのも、考えてみれば随分間抜けな話だと思う。

だけど、これだけ頑張ってきたのだ。辛島部長や芝崎次長の信頼だって得て、きっと次はいいポジションに就くに違いない。

それだけは舞も信じて疑わなかったから、それから二十分ほど後になって戻ってきた相馬から、希望ヶ丘出張所融資課長と聞いたときには愕然《がくぜん》とし、心底、落胆したのであった。

用意していた「おめでとうございます」という言葉がふさわしいかどうか判断できず、「相馬さん……」、といったきり後の言葉が続かない。

やっと出てきたのは、「遠くなっちゃいますね」、というひと言だ。

「まあな。とりあえずそういうことだからよ、花咲。これでお別れだぜ」

相馬は何かを吹っ切るかのように、やけに明るい声で続ける。「いやあ、いままでお前には散々な目に遭《あ》わされてきたからなあ。これで肝を冷やすこともなくなるかと思うと、ほんとせいせいするぜ」

いつもの憎まれ口に泣けてくる。込み上げてくるものをなんとか抑え込んだ舞は、

「いままで、ありがとうございました」

相馬に向かって深々と頭を下げた。

「こっちこそ、ありがとうな」

照れくさそうに鼻の頭を指でひとつさすった相馬はちょっと下を向き、それから無理矢理笑顔を浮かべてみせる。

「相馬君。新しい場所でも頑張ってくれ。なっ」

真顔でいった芝崎の言葉に、舞は唇を噛んだ。東京第一銀行では、部署や支店のことを「場所」と呼ぶ。

なんでもっといい場所に転勤させてあげられなかったのか。

たしかに、相馬が出世コースから外れた男だということはわかっている。だけど、この数年の働きはそれなりに評価されてしかるべきものであったはずだ。

都心でなくてもいい。せめてちゃんとした支店の、しかるべきポジションで送り出したかった。出張所であれ、融資課長だからよかったと単純にいえるほど舞はお人好《ひとよ》しではない。

「なんだなんだ、花咲。そんな顔すんなよ」

舞の心中を察してか、相馬は笑い飛ばしてみせる。相馬がこの転勤を事前に承知していたのではないかと思ったのはこのときだ。きっと芝崎あたりから内示されていたのだろう。

だからなのか、相馬はむしろ諦めにも似たさっぱりした表情だ。

少し滲む視界の中でその顔を見ていると、

――組織なんてのはな、所詮こんなもんさ。

という相馬の心の声が聞こえるような気がする。

ふと、先日の報告書のことが舞の脳裏を過ぎった。

努力をしても、それをこの銀行という組織が評価するとは限らない。

そうかも知れない。そうかも知れないのだが――悔しい。そのとき、

「そうだ。芝崎次長、私の後任はどこから来るんですか」

相馬がきくと、

「そのことなんだがねえ」

芝崎は困ったように顔を歪めた。「後任はいない」

「いない？」

「いないですって？」

相馬と舞が声を上げたのは、ほぼ同時だった。

「臨店指導グループは、花咲くん——これからは君、ひとりでやってもらうことになる」

芝崎のひと言は、まさに青天の霹靂《へきれき》だ。「だが、それも長くはない。産業中央銀行との合併を見据えて、当行の組織も大幅に変わる。ふたりには改めて話さなければと思っていたんだがね、近い将来、この臨店指導グループは解散することになると思う」

「この銀行にとって、私たちは必要ない、そういうことでしょうか」

きっとして、舞が問うた。

「そんなことは言っていないよ。言えるわけがない」

そういうと、芝崎は唇を嚙んだ。「私だって悔しいんだ。必要がないなんて、とんでもない。いまだからこそ必要なんだ。いまだからこそ……」

舞が息を吞んだのは、ふいに声を詰まらせたかと思うと、芝崎がいつも汗を拭くハンカチで目頭を押さえたからだ。

芝崎もまた、苦しんでいる。

相馬や舞と同様に、心の底からこの銀行を良くしたいと思っているのだ。その事実に思い至ったとたん、舞は鼻の奥がつんとなるのがわかった。

「働く場所は違っても、我々の気持ちはいつも同じだ」

涙目を上げ、芝崎はまっすぐに前を見据えた。「たとえウチが解散になっても、我々がやってきたことは決して間違ってはいないと胸を張ろう」

芝崎を見つめた舞は、そのときはっとなった。

もしかすると、あの報告書が──東東デンキと営業第三部の秘密を暴くあのレポートが、相馬の転勤の、そして臨店指導グループ解散への引き金を引いたのではないか。

それはいかにも舞らしい、鋭い直感としかいいようがなかった。

この裏には、何か大きな力が動いている。その生々しい感触を、いま舞ははっきりと感じ取った。

だが、その力に対抗する手段は、芝崎にも相馬にも、まして舞にもない。

強大な力の前にただひたすら屈し、押し流されていく。何が正しくて、何が間違っているのか。そんな尺度すら、この組織では無意味だ。世間では当たり前のことが、否定されねじ曲げられる。

そんな組織に明日はあるのだろうか。
押し寄せる圧力に為す術《すべ》もなく立ちすくみながら、舞はそう思うのであった。

第七話

小さき者の戦い

1

「相馬君、ちょっとちょっと」

　呼ばれて振り向くと、所長の小安明《こやすあきら》が神経質そうに眉間《みけん》に皺《しわ》を寄せていた。普通の手招きではなく、欧米風の右手の人差し指をちょいちょいと動かすあの動きで相馬を呼んでいる。

「君さあ、こんな分析、必要ないでしょう。なに余計なことやってんの」

　デスクの前まで行くと、小安は、出張所のフロア中に聞こえそうな大きな声で非難めかした。

　水曜日の開店直後である。

狭い店内には白髪《しらが》の目立つ老婦人とローンの相談に来たらしいベビーカーの若い主婦のふたりしかいないが、そのふたりの視線がいま自分の背中に向けられているのがわかる。

「はあ。申し訳ありません」

指摘に納得しようがしまいが、とりあえず詫《わ》びる——これは、この一ヵ月で相馬が学んだ処世術のひとつである。

なにしろ、小安所長は自分に刃向《はむ》かう者を極端に嫌い、異常なほどの敵愾心《てきがいしん》を見せるのだ。そして一旦《いったん》スイッチが入るや、その日一日、あらゆることに否定的な言動を繰り返す傾向がある。

長く本部畑を歩いてきた小安は、相馬にとって年下の上司であった。

四年前に本部の調査役から融資《ゆうし》課長として横浜支店に異動。その後、この希望ヶ丘出張所が開設された折、所長として抜擢《ばってき》されてきた。これから数年の内に、希望ヶ丘を「出張所」から「支店」に昇格させるだけの実績を作れという命題を背負って。仮にそうなれば、小安は同期で最年少の支店長になる。出来る男の金看板《きんかんばん》をひっさげて本部のしかるべきポジションに凱旋《がいせん》しようというのが、小安の描いている将来設計なのであった。

相馬がそれを知っているのは、着任早々に開かれた歓送迎会——という名の小安の独演会——で誰あらん当の本人がかく語ったからである。

そのために、相馬に求められているのはただひとつ——業績向上への一途《いちず》な献身というわけであった。

出張所の所帯は小さいからさぞかし暇だろうと思ったら大間違いで、これがなかなか忙しい。取引先の会社の多くは、母店の横浜支店なら相手にしないような零細《れいさい》企業ばかりで、とにかく仕事が細かい。個人向けのローンはいまのところ出張所にとって収益の柱だが、なにしろ件数が多すぎて手が足りない。そのため毎朝八時前には出社し、夜は終電近くの電車に飛び乗る毎日だ。

さらに、ただでさえ忙しいその仕事をややこしくしているのが、この小安の気難しさであった。

「君さあ、なにやってんだよ、まったく」

小安は、キツネ目をつり上げた。「ぼくが君に頼んだのは、花房《はなぶさ》産業への稟議書《りんぎしょ》を書いてくれってことなんだよ、稟議書を。ぼくが融資するって決めたらするんだよ。なんでそんなことがわからないんだよ」

「はあ。申し訳ありません」

また、相馬は詫び、小安のデスクに広げられたままの、「財務内容に不安はあるが諸般の経緯により支援すべし」と結論づけた稟議書を見下ろした。どうやら、〝財務内容に不安がある〟という相馬の分析に小安はカチンと来ているらしかった。

「書き直せ」

有無を言わせぬ口調で、小安は命じた。「今日中に提出するからね。もし遅れたりしたら、君のせいだぞ、相馬君。わかってるな」

相馬はすごすごと目と鼻の先の課長席に戻った。

狭い出張所である、やれやれとため息を吐《つ》きたくても、すぐ後ろに小安のデスクがあるから、うかつな嘆息もできない。取引先との電話も、部下との会話も、すべて小安に聞き耳を立てられているような圧迫感がある。

自席に戻ってみると、未決裁箱にクレジットファイルが一冊、入っていた。

数少ない取引先の一社、緑川《みどりかわ》建設のファイルだ。開けてみると、継続期限の切れた査定書が挟《はさ》まっていた。

「舟木《ふなき》君」

声をかけると、目の前のデスクにいた舟木翔太《しようた》が頭を上げ、くるりと椅子を回した。

「なんでしょ」

立ち上がるでもなく、座ったまま椅子を転がして相馬の前までやってくる。

「あのな、舟木君。上司に呼ばれたら、ちゃんと立ってくるもんだ」

そんなふうに、この一ヵ月に何度注意したかわからないが、改まるのは数日で、しばらくするとまた元に戻ってしまう。この日のように。

「おい、どうしたんだ、これ」

小安の耳を気にして、相馬は小声できいた。「ダメじゃないか、査定書の期限を守らないと」

「すんません、ちょっとローンで忙しかったもんで」

舟木の言い訳はいつも同じである。

「忙しいのはわかるけど、だからって遅れていいことにはならないだろう」

「すんません」

頭の後ろを掻《か》きながらひょいと頭を下げる舟木には、反省の欠片《かけら》もない。花咲のような跳《は》ねっ返りも困ったもんだが、舟木の場合は暖簾《のれん》に腕押しで、なんでオレはこうも部下に恵まれないんだろうと嘆きたくなる。

そのとき、

「課長。ちょっとよろしいでしょうか」

窓口で客の対応をしていた木村恵理香《きむらえりか》がやってきて相馬に声をかけた。見れば、さっきのベビーカーの若い主婦が少々不安げな顔でこちらを窺《うかが》っている。

「ローンのお客さんなんですけど」

恵理香は声を潜《ひそ》めた。「旦那さんと離婚するのに慰謝料《いしゃ》が三百万円いるそうなんです。それってローンで出しても大丈夫なんでしょうか」

「おいおい」

思わずのけぞりそうになって、相馬はベビーカーの女を見た。「あのお客さん、仕事は？」

「無職だそうです。でも、離婚したら、いま交際している彼氏がちゃんと働くんで返済できるっていうんですけど」

「そんなローンの審査が通ると思うか？　お断りしてくれ」

本当は、「そんなローンが通るわけねえだろう！」、と怒鳴りたいのをこらえて相馬はいった。

恵理香は、「やっぱりダメですよね」、などといって戻っていく。

この舟木と恵理香では、本部から課せられたノルマを達成することは到底、不可能だ。だが、ノルマ必達が小安の厳命である。では、その矛盾をいかに穴埋めするのかといえば、それはひとえに相馬の働きにかかっている。

果たしてこれをやりがいがあると捉《とら》えるか、中間管理職の悲哀と捉えるかは人様々に違いないが、

「ああ、臨店《りんてん》指導グループは良かったなあ」

改めて相馬は思い、上司にも部下にも聞こえないよう気を遣《つか》いながら、秘《ひそ》かに嘆息するのであった。

2

「ちょっと面倒なことになった。話せないか」

昇仙峡玲子の出社を見計らったかのように営業第三部の木口から切迫した声で内線電話がかかってきたのは、東東デンキに関する記者会見から五週間ほどした日のことであった。

「八時半から打ち合わせが入ってるからその前なら」

「すぐ行く」

その言葉通り、電話を切って数分もすると木口が企画部のフロアに顔を出した。

空《あ》いている小会議室へ通して改めて向き合うと、木口の顔面は蒼白《そうはく》で落ち着きがなく、ただならぬ気配を漂わせている。

「実は、東東デンキとの関係が悪化していて、当初の見込み通り事が運ばない可能性が出てきた」

震える声で木口はいったが、最初、玲子は意味がわからなかった。東東デンキとのどんな関係が悪化して、事が運ばないとはどういうことなのか。木口自身、狼狽《ろうばい》し、支離滅裂《しりめつれつ》だ。

「話が見えないんだけど」

玲子のひと言に、「すまん」、と木口は左手のひらを見せると、自分を落ち着かせようと唾《つば》を飲み込む。

「先日の記者会見で当行が不適切会計との関連を否定したのは、君も知っての通りだ。実は、その件について東東デンキ役員には口裏を合わせてもらうことで根回しができていたのに、一部の役員が裏切った。調査委員会の最終報告で当行の関与があったと盛り込まれることになると思う」

玲子は冷ややかな眼差しを、木口に向けた。

あのとき――不適切会計について完全否定してみせた自信はなんだったのか。

「要するに、東東デンキに口裏を合わせてもらって嘘《うそ》をつき通せると思ったけど、ハシゴを外されたと、そういうこと？」

玲子の問いに、

「そういうことだ」

木口は顔をしかめて認めた。

「あの記者会見で話したことが真っ赤な嘘だったことが世間にバレそうだと、そういいたいわけ？」

玲子にこみ上げてきたのは、木口に対するというより、営業第三部に対する怒りだ。

「それで何？　いまさら私になんの用があるの？」

「とりあえず、君には事前に知らせておく必要があると思って」

歯切れも悪く、木口はこたえた。「というのもその……合併《がっぺい》準備委員会でのやりとりもあるだろう。後手《ごて》に回ったらマズいかと」

「ふざけないで」

鋭い一声で木口を遮《さえぎ》ると、玲子は怒りを滲《にじ》ませた。

「いまさらなにいってるの？　そんな話が通用すると思ってるわけ？　ここまで無責任にやっておきながら、この期《ご》に及んで私にどうしろっていうの。そんなのどうしようもないでしょ」

玲子は、怒りのあまり震える声で続けた。「東東デンキに根回しできると判断したのは、そっちでしょ。ウチが頼んだわけじゃない。関係が悪化したですって？　だったら何なの？　関係が悪化したのなら修復してきなさいよ、あなたたちの責任で。これは企画部の問題じゃない。あなたたち営業第三部の問題でしょう。甘えるのもいい加減にして」

玲子の剣幕に、木口の顔から血の気が引いていくのがわかった。反論の言葉は、なにひとつ出てはこない。

「わかってると思うけど、これは新たな謝罪会見ひとつで手仕舞《てじま》えるような簡単な話じゃない。不適切会計に気づいたところまではいい。ところが、それを正すどころか隠蔽《いんぺい》しようとしたのは大問題よ。事実を認めず、嘘をついて全否定してみせたあの記者会見は、もはやなんの言い訳もできない。もし、東東デンキの調査報告書であの記者会見の嘘が暴《あば》かれれば、当行は確実に世間の猛バッシングを受ける。いまさらどんな言い訳も通用しない。いまあなた方がやるべきことがあるとすれば当初の計画通り話をまとめることだけでしょう。それ以外の何があるわけ？」

「申し訳ないが、もう無理なんだ……」

木口が絶望にも似た薄笑いを浮かべた。玲子が嫌悪感を抱いたのは、そこにある種の諦観《ていかん》を感じ取ったからだった。

「君には失望したよ、木口君。紀本部長には、私から報告しておく」

冷然と言い残し、玲子はその部屋を後にした。


「先ほど営業第三部の吉原部長から正式に、東東デンキ不適切会計問題について連絡があった。調査委員会に対して東東デンキの一部役員が、当行行員とのやりとりを記録したメモを提出したらしい。不適切会計に対する営業第三部の対応、さらにいうと隠蔽指示を含めた具体的な内容が書かれているそうだ。結果的に、記者会見で主張した当行の見解との矛盾が露呈することになる」

企画部内で緊急に開かれたミーティングは重苦しい気配に包まれた。紀本は「矛盾」といったが、要するに「虚偽《きょぎ》」である。

「その記録メモにある当行行員というのは誰ですか」

副部長の徳原《とくはら》がきいた。

「吉原部長だ」

紀本のひと言で、さらに空気が重くなる。部長が言質《げんち》を取られたとなれば致命的だ。

「東東デンキとの交渉余地は——」

会議室のテーブルを囲んでいる次長から質問が出たが、

「ない」

決然とした紀本のひと言に、場が凍り付いた。

ふいの胸騒ぎを、玲子は感じた。

昨年頃から立て続く大型の倒産と不良債権の発生、大口取引先のスキャンダルの連鎖。そして今回の虚偽会見——。

いまの東京第一銀行は、まるでピサの斜塔だ。そしてピサの斜塔より遥かに猛烈なスピードで、不気味な傾きの度合いを増している。

胸の中で急速に膨《ふく》らんだ危機感に耐えきれなくなった玲子は、

「よろしいでしょうか」

気づいたときには発言を求めて挙手していた。

「もし、営業第三部に反論の余地がなく、東東デンキ調査委員会の報告書を容認して当行の虚偽を認めるのであれば、不適切会計発覚からいままでの経緯について当行内にも調査委員会を設置すべきではないでしょうか」

玲子の提案はしかし、

「それは、我々が提案することではない」

紀本によって言下に却下された。「我々が考えるべきことは、この結果を踏まえ、合併交渉をどう進めていくかだ。本件の真相が果たしてなんであるか、どう対応するかは、しかるべき者に任せればいい」

紀本が言い切ったとたん、室内に緊張が走った。

突き放した言い方に、紀本の激しい苛立《いらだ》ちが滲んでいたからだ。当初、虎ノ門支店長からの報告で事実を把握していたにもかかわらず、みすみす営業第三部による愚策の傍観を余儀なくされた。口には出さないまでも、怒りの矛先にあるのは会長の高橋であり副頭取の羽田であり、営業第三部長の吉原に違いない。

企画部が仕切ればこんなことにはならなかった――。それはここにいる全員に共通した意見であるに違いない。

この窮状《きゆうじよう》を招くに至った原因は、複雑な行内政治の弊害《へいがい》以外の何ものでもなかった。

「当調査委員会では、東東デンキ役員から打ち合わせメモ等の物的証拠も入手しており、社内関係者のヒアリングにより、不適切会計を事前に察知した東京第一銀行が、当初隠蔽工作を提案したと断定するものであります」

その記者会見を、舞は職場のテレビで見ていた。東京第一銀行に言及する発表はさらに続く。

「同行は先日、当調査委員会による中間報告に関して、事実無根との反論をされましたが、その記者会見そのものが虚偽であり、隠蔽のまた隠蔽であったのは明らかであります。当調査委員会は同行に対し、可及的速《かきゆうすみ》やかな事実究明を求めるものであります」

部屋には舞ひとりで、芝崎次長は、この記者会見が始まる直前、辛島からの呼び出しがあって慌《あわ》ただしく出ていったきりだ。

3

調査報告書の内容は、記者会見の直前になって東東デンキ側から銀行に知らされたらしい。内容が銀行の見解と真っ向から対立するだけに、対応を協議しているのだろう。とはいえ、この会見内容に果たしてどんな反論をするつもりなのか、そもそも反論などできるのか、舞にはとんと想像がつかなかった。

「いやあ、花咲君、とんでもないことになったよ」

打ち合わせに出ていた芝崎が戻ってきたかと思うと、そういって額に浮かんだ汗をぬぐった。

「いま本件の対応に関して緊急役員会で話し合われているんだが、どうも行内に調査委員会を設置する動きになりそうなんだ」

「調査委員会？　いまさらですか」

舞たちが上げた報告書は封じておきながら、世間的に逃げられなくなったら慌てて腰を上げる。なんて愚かで憤《いきどお》ろしいことだろう。

「東東デンキ側の調査結果と当行の見解に著《いちじる》しい差があるだろう。このままではマスコミを納得させられないという、牧野頭取の判断なんだ」

「マスコミを納得させるための調査委員会ですか」

あまりのことに、舞は腹の底から込み上げてくる怒りそのままに言い放った。「いま当行がやるべきは、あの記者会見がすべて虚偽であったと認め、詫びることじゃないんですか」

「まあまあ」

舞の剣幕に、芝崎は再び汗が噴き出した額にハンカチを押し当てた。「実は副頭取の羽田さんが、これは事実誤認だと主張されていてね。虚偽とは認めていないんだよ」

認めてしまえば、自分の立場が危うくなるからだ。「どうやら東東デンキ側が示したメモによると、不適切会計を隠蔽できないかと吉原営業第三部長から東東デンキの役員に申し入れをしたことになってるというのでね。羽田副頭取は、その行動そのものが吉原部長の独断だと説明されているらしい」

「誰かに詰《つ》め腹《ばら》を切らせて一件落着ですか」

あきれ果てて舞は吐き捨てた。「そんなの何の意味もないですよ」

「羽田副頭取は、この隠蔽が組織ぐるみではなく、担当部長のスタンドプレーだったと結論づけて幕引きを狙ってるんじゃないかな」

「どうせ調査委員会といっても、行内のお手盛りってとこですか」

予定調和の結論を出すのが見え透いている。そう思った舞であったが、

「いや、そこなんだけどね」

芝崎は少々予想外のことをいった。「今回の件、調査委員会を設置するのなら調査

委員を出させて欲しいと産業中央銀行からいってきてるらしい」

合併予定ではあっても、いまは立場としてはそれぞれが独立行だ。本来なら、突っぱねるべき提案である。

「それを受けるんですか？」

「ウチの内部調査委員会の結論だけでは、合併準備委員会でむしろ不利になるだろうという見方があってね。ほら、こういう調査委員会ってのは、東東デンキがそうだったように第三者のメンバーのみで構成することのほうが多いくらいだ。そう考えれば、産業中央銀行を参加させることでお手盛りじゃないかという批判はかわせるし、うまくやれば相互信頼の向上に寄与するんじゃないかと」

「当行内部のことをすべて曝《さら》して、信頼が向上するとは思えないんですが」

疑わしげに、舞はいった。「どうせ都合のいい部分だけ見せて、都合の悪いところは隠すつもりなんじゃないですか。現に私たちが提出した報告書だって、まだ次長の手元にあるじゃないですか」

「そういわれると反論もできないが、逆に調査委員会が設置されることで、あの報告書が日の目を見ることもあるだろう。そう信じようじゃないか」

舞はひそかに嘆息するしかなかった。次長の芝崎は、どこまでも人が好《よ》すぎる。

「それにね、これがきっかけで、もしかするとこの臨店指導グループも継続されるかも知れない。私としては、その一縷《いちる》の望みに賭けてみたいと思う」

舞は深く嘆息した。

報告書を受け取ることすら拒絶し、挙げ句、相馬を場末の店に飛ばした上層部をいまさらどう信じればいいというのか。東京第一銀行という組織に対して、いま舞の中にあるのは、根深い不信感のみだ。

果たして何のための調査委員会なのか。そんな茶番が通用するのか——。

「調査委員会のトップは誰になるんですか」

「ああ、そのことなんだけどね。牧野頭取のご指名で、どうやら菊川専務になるらしい」

舞は、行内誌でしか見たことのない、人を食ったような菊川の顔を思い出した。

「なぜ、菊川専務が」

問うた舞に、芝崎が見せたのはなんとも複雑な表情である。

「本来、副頭取の羽田さんあたりが調査委員会を仕切るのが順当だとは思うが、なにしろ羽田さんは先日の記者会見に出た当事者だ。高橋会長を調査委員長にという案もあったようだが、羽田副頭取は高橋会長の右腕と呼ばれた男で近すぎる。そこで牧野頭取が菊川専務に白羽の矢を立てたということらしい――」

芝崎は声を潜めた。「それにここだけの話だが、牧野頭取にとって、高橋会長は目の上のたんこぶというか、煩《うるさ》い存在だといわれてるんだ。会長に退いたのにもかかわらず、なにかと牧野さんの経営判断に口を出すというのでね。そこで、高橋会長とそりの合わない菊川専務を調査委員長に任命して、牽制《けんせい》する意図が裏に隠されているのではないかというのが辛島部長の見立てだ」

「行内政治ここにあり、ですね」

皮肉めいた口調で舞はいった。「そんな内向きのことばっかり考えてるから、この銀行は良くならないんですよ」

「君のいいたいことはわかるよ」

芝崎は腫《は》れ物に触るような口調でいった。「だがね、ここはひとつ、ぐっとこらえてくれないか、花咲くん。いずれ君にも力になってもらうことがあるかも知れない。そのときを待ってくれ」

だが、そんなときが来るとは、到底、思えないのであった。

4

「忙しいところ、お呼び立てしてすまないね、紀本君」

菊川はそういいながら優雅な身のこなしでデスクを立ってくると、紀本に応接セットのソファを勧《すす》めた。

秘書を通じて空き時間の問い合わせがあったのが朝方のこと。多忙の紀本が、ようやくこうして菊川の執務室を訪問したのは、午後五時過ぎのことであった。ブラインドを開け放した執務室の窓から、大手町界隈《かいわい》のビルが夕日を受けて輝いて、息を呑《の》むほど美しい。

その日差しを横顔に受けながら相手と対峙《たいじ》した紀本は、黙って一礼すると緊張した面持ちで用件を切り出されるのを待った。

「君も知っての通り、例の東東デンキ問題で当行内部に調査委員会が設置され、私がそのリーダーに任命されました」

熱を感じない、乾いて淡々とした口調でいい、感情の読めない目が紀本に向けられる。菊川は続けた。

「その調査委員会のメンバーについては私に一任されることになっていましてね。当行内で五人を選ぼうと思っています。そこで君に頼みがあるんだが、そのメンバーに加わることを承諾してくれないだろうか」

紀本は、話の先を読んで身構えていたが、それでも表情には微《かす》かな当惑が滲み出ていたに違いない。

「私でお役に立てるでしょうか」

やんわりとだが、紀本は消極的な姿勢をアピールして見せた。

この話にはリスクが多すぎる。

まず、菊川が率いることになる調査委員会の目的が判然としない。お手盛りなのか、徹底的に調べるつもりなのか。

前者であれば後々社会の批判を浴び、調査委員としての責任を問われかねない。また後者であれば最終的に通称「エリア51」と呼ばれる秘密の壁にぶちあたることになる。

つまりこの調査自体は、お手盛りでもなく徹底的な真相究明でもない。その中途半端なところを狙ったものにならざるを得ないだろう、というのが紀本の読みであった。そのような調査結果を発表したところで世の中の信頼を回復できるかは、甚《はなは》だ疑問である。

「今回の件、君は事前に情報を得ていたといいましたね」

そのことは、先日の会食で菊川に話した。余計なことはいわず、黙っていれば良かったと密《ひそ》かに後悔した紀本に、そのとき意外なひと言が続く。

「紀本君、今回の件、そもそも不思議に思いませんでしたか」

発言の意図を汲《く》みかねた紀本に、菊川は続けた。「君が本件について報告したとき、なぜ高橋会長が口を出したんでしょうねえ。そして高橋さんはなぜ、不適切会計問題を表沙汰にしなかったのか。こんなものはね、君、いずれ明らかになるものなんです。いずれ誰かがそれを指摘する、ないしは告発する。ましてや東東デンキは上場企業です。隠しおおせるはずはない。そういうものだと思いませんか」

菊川の言うとおりである。「なのに営業第三部は――いや高橋会長は、不適切会計を発見した後、隠蔽を求めた。そして東東デンキの役員もそれに従った。しかし、彼らの隠蔽はわずか二ヵ月で破綻《はたん》したことになります。いったい、その二ヵ月にどんな意味があったのか。私はそれが知りたいと思っています」

「二ヵ月の意味、ですか」

紀本は、腹の底が見えない男の表情をしげしげと眺めた。そんなことは考えてもみなかった。もっとも、考えようにもこの事案は紀本の手元からさっさと取り上げられてしまったわけだが。

「ひとつお伺《うかが》いしたいのですが」

紀本は切り出した。「専務はこの問題の本質をどの程度まで掘り下げられるおつもりですか」

「どの程度までとは」

菊川の目が細められて、紀本に向けられる。「どういう意味ですか」

「ですから――」

あの会食のときとは何かが違う。そんな違和感を覚えながら、紀本は説明する。

「この問題は当行にとってデリケートな部分に根ざしているようです。この前、専務はその秘密を銀行員として守り抜くとおっしゃられました」

「ああ、そのことですか」

菊川はどうでも良さそうにいった。「それとこれとは別の問題ですよ」

その返答に戸惑った紀本に、

「問題は発見されて初めて問題になるんですよ、紀本君」

菊川はねじ込むような眼差しを向けた。「そして、問題の存在が公《おおやけ》になったとき、それは組織の秘密という枠組みから外れ、我々にとって厄介なだけの、ただの現実になる。厳正に対処すべき現実にです」

そのとき菊川は笑顔を浮かべて見せた。口調は軽くよどみない。調査委員長という立場を得、誰はばかることなく高橋を追い落とす。いまの言葉はその決意表明だ。

これはお手盛りどころの騒ぎではない。徹底抗戦だ——。紀本は密かに戦慄《せんりつ》した。

菊川の調査委員会は、ともすれば東京第一銀行の信用を大きく失墜《しっつい》させるばかりではなく、行内を分断するほどの結果をもたらす可能性がある。

事情を知らぬ第三者ではなく、内部に詳しい菊川だからこそ踏み込める領域が存在するからだ。

おそらく、牧野頭取が菊川を調査委員会のリーダーに指名したときは、経営に口出しする高橋への単なる牽制のつもりだっただろう。そのことは、牧野を知悉《ちしつ》する紀本にはよくわかる。

実際、それまでの菊川は、銀行員である以上、秘密は守ると自らが口にしていたはずだ。それがまさかこんな形で豹変《ひょうへん》するとは——。

いま紀本は、疑わしげに菊川を見た。

菊川は調査委員会が設置されるまでの流れを、すでにあの会食の時点で読んでいたのではないか。そして、自らが調査委員長に収まるための根回しをしていた。

牧野頭取と近しい存在である紀本を会食に誘った真意も、実はそこにあったとは考えられないか。実際、紀本は、菊川との会食の様子を牧野に話している。

かくして、胸に隠し持った思惑通り、いま菊川は調査委員会のリーダーとなった。

果たして菊川が暴こうとする闇とはなにか。

大げさではなく、そのさじ加減ひとつに、東京第一銀行の看板がかかっているといっても過言ではなかろう。

私怨《しえん》に絡め取られ、狂気をはらんだ男の手中に、この銀行は落ちたも同然であった。

この調査委員会に加わるのは本意ではない。だが、自分の与《あずか》り知らぬところで銀行にとっての重大事が決まるのは、何があっても避けたいところだ。

いま、紀本の脇のあたりを、冷たいものが一筋流れ落ちた。

「他に誰を、調査委員に任命されるんでしょうか」

紀本は問うた。

「いま考えているのは、業務統括部の山内《やまうち》君、人事部の小池《こいけ》君、審査部の浪岡《なみおか》君――といったところです」

東京第一銀行の、いってみればスター行員揃いだが、それは同時に、この調査委員会の重要性を行内に知らしめる効果も狙っているように思える。

「来年誕生する新銀行で、君たちは東京第一銀行の行員たちの声を代弁する存在になるでしょう。その君たちが自らの手で旧弊《きゅうへい》を断ち切るところに意味がある。産業中央銀行からすれば、そんな君たちだからこそ信頼に足ると思うでしょう。この調査によってどんな結論が出ようと、それが君たちにマイナスになることはひとつもない。万が一、何かがあった場合、すべての誹《そし》りと責任はこの菊川ひとりが引き受けましょう」

失うものがない男の凄《すご》みが伝わってくる。

「お話はわかりました」

もとより断ることはできない。菊川を見据えた紀本は、

「まず関係者からのヒアリングからですか」

一歩話を進めてそう尋ねた。

「彼らにも言い分はあるでしょうからね。ですが、真相は別のところにあるんじゃないですか」

菊川の返事に猜疑《さいぎ》心が入り混じる。

「ヒアリングした内容の検証をする必要があります」

「もちろん検証は必要だが、果たして、それだけで真相に行き着けるほど簡単ですかねえ」

そういって菊川は、意味ありげな笑いを浮かべた。

「何か、お考えでも」

老獪《ろうかい》な男の胸中は、紀本をもってしても測りかねる。そもそも、菊川はこの東東デンキの問題に関して、紀本は知らない何かを掴《つか》んでいる可能性もあった。

「さっきの調査委員だがね、もうひとり声をかけようと思っている男がいます」

菊川は続けた。

「誰ですか」

「事務部の辛島君ですよ」

「辛島を、ですか」

事務部長の辛島は、紀本よりも若いが、やり手と評判の男だった。「先日のお話では、事務部が上げてきた報告書がお気にめさなかったとのことでしたが」

「立場が変われば意見も変わる。それが銀行員というものですよ、紀本君」

あきれたことに、菊川はきっぱり断言してみせた。「使えるものは何でも使う」

「辛島は使えますか」

思わずきいた紀本に、曖昧《あいまい》な笑いを浮かべただけで菊川は答えなかった。

いったい、この男が何を企んでいるのか、腹の底が見えない。

笑みを浮かべた菊川の目には、底の知れぬ思惑が渦を巻いているようであった。

5

「花咲くん、来週の臨店なんだがね、予定していた蒲田《かまた》支店で大口の倒産が出たらしいんだよ」

「また倒産ですか」

書類から顔を上げた舞は、芝崎のひと言に眉を顰《ひそ》めた。いま、倒産という言葉を耳にすることのない日はほとんどないといっていい。こうして新たに発生する不良債権が、じわじわと銀行の業績を蝕《むしば》んでいく。

「なにしろ、この景気だからねえ」

バブル崩壊から間もなく十年になるというのに、日本経済は出口のない長いトンネルにすっぽりと入ってしまったかのようだ。多くの会社が業績悪化に苦しんでいる状況で、銀行だけが例外でいられるはずもない。だからこそ、生き残りをかけて産業中央銀行との合併の道を選択したはずだ。

「辛島部長に報告したところ、それなら仕方がないということで、代わりに希望ヶ丘出張所に行ってもらいたいんだ」

「希望ヶ丘出張所って、相馬さんのいる――？」

舞はきいたが、これは愚問であった。もとより希望ヶ丘出張所がふたつあるわけもない。

「そう、その希望ヶ丘なんだよ。まだ開設して間がないんで、業績や人事面も含めて手探りのところもあると思うんだ。相馬君もそんな中で頑張っているわけだし、君が見に行ってくれたら改善に一役買えるんじゃないかと辛島部長がおっしゃってね。どうだ、行ってくれるか」

「もちろんです」

相馬が異動してかれこれ二ヵ月。それまでは毎日、嫌になるほど顔を見ていたから、その二ヵ月が何年にも感じられる。舞としても相馬との再会は楽しみであり、新しい職場でどんなふうに仕事をしているのかという興味もあった。

「じゃあ、よろしく頼むよ、花咲くん。あ、それと――」

軽い口調でいった芝崎は何か思い出したかのように右手の人差し指を立て、「ひとつ言い忘れたんだがね、希望ヶ丘出張所の所長をしている小安君。彼はちょっとクセのある人物なんで、そこだけ注意しておいてね」

そう気になるひと言を告げたのであった。

「事務部の臨店、ですか」

嫌な予感がして、思わず相馬は聞き返した。

所長のデスクの前には相馬ともうひとり、営業課長の園山敏幸《そのやまとしゆき》が立っている。

園山は、出張所の営業課——つまり預金口座への預け入れや支払い、それに振り込みや各種料金の支払いを担当するグループのリーダーだ。年齢は相馬より上の四十代後半。相馬もひとのことはいえた義理ではないが、いわゆる万年課長でおそらく次の異動ではどこかの取引先へ出向を命じられるに違いない。

「そうだよ、臨店だ臨店」

小安は苛々した口調でいい、相馬を睨《にら》み付ける。「だいたい君の古巣だろ、臨店指導グループって。なんとかならないのかよ、このクソ忙しい時期に」

忙しい最中、臨店で時間を潰《つぶ》されることが小安には耐えられないのだ。

「は、申し訳ありません」

頭を下げながら、相馬は嘆息した。

自分が謝る筋合いのものでもないだろうに、いったい、オレは何で謝っているのか……。

「とにかくだ、相馬君。臨店指導グループなんかに、ウチの事務についてああだこうだ言われたくないんだよ。そんなことで妙なケチを付けられてはたまったもんじゃない。間違いのないように、園山さんをフォローしてくれないか」

小安は、相馬のことは「君」付けなのに、園山は「さん」付けで呼ぶ。理由はわからない。小安の頭の中には、そう呼ばせるだけの何かの理屈が働いているらしい。

「かしこまりました」

相馬がいうと、

「相馬課長、よろしくお願いします」

と園山は、いつもの鯱《しやちほこ》張った口調でいうと相馬と小安に頭を下げ、少し離れた自席へと戻っていく。その歩き方はまるで油の切れたブリキのおもちゃのようでぎこちなく、要するに園山はどう見ても変人の類《たぐ》いだ。

自分も小安に一礼して自席に戻りながら、ひそかに相馬は深いため息を吐《つ》いた。

ようやく、あの跳ねっ返りの花咲とおさらばできたっていうのに、また再会かよ。このクソ忙しいときに、なにもウチに来なくたっていいじゃねえか……。

そんな恨《うら》み節《ぶし》が腹の底でぐるぐると渦を巻き始める。

とはいえ一方で、これは面倒なことになったぞ、というのが相馬の本音でもあった。

出張所長となって二年近くとなる小安の鼻息は荒いが、相馬の見たところ行員の実力は皆今ひとつで、事務の水準はかなり低い。仕事は粗《あら》くミスは多発。それに加え、園山だけではなく、相馬の前任者もまた事務に疎《うと》い御仁《ごじん》だったと見え、過去の書類を繙《ひもと》けば融資課の書類も事務過誤のオンパレードだ。ここまで行くと、単に事務方だけの問題ではなく、事務疎漏《そろう》を見抜けず放置してきた所長の小安の能力にもまた疑問符が付く。とはいえ、今さらそれをいったところで仕方のないことではあるのだが。

ここはひとつ、花咲に頼み込んで大目に見てもらうしかないか。

そんなことを考えていると、「課長、お願いします」、と部下の舟木が相変わらず座ったまま椅子を滑らせてきて、新たな書類を未決裁箱に放り込んでいった。

まったく、しょうがねえなあ……。あれほどちゃんと立ってこいっていってるのに。

もはや呆《あき》れて舟木の態度を注意する気になれず、苦々しい顔をしただけで、放り込まれたファイルを手にする。

株式会社シマタニ不動産と手書きされた表紙を開くと、一件の融資稟議書が挟まっていた。

おっ、二億円か。

内心、相馬は驚いて舟木の背中をちらっと見た。冴《さ》えない部下だと思っていたが、どこかで大口の案件をまとめてきたらしい。希望ヶ丘出張所の規模からすれば、二億円の融資はまさに大口以外の何物でもない。

だが同時に唐突感もあった。

これほどの案件であれば、事前に課長である相馬に相談があってしかるべきだ。そもそも相馬は、融資に関する様々な実績予測を管理しているのであり、二億円もの新規案件があるのなら事前に知らせて欲しかったというのが、正直なところだ。それが、いきなりである。

「おい、舟木君」

前の背中に声をかけると、椅子がくるりと回り、右手にボールペンを持ったままの舟木が半身《はんみ》で振り返った。「君さ、こういう大口の案件があるのなら事前に報告してくれなきゃダメじゃないか。今月の融資残高の読みとか、融資の実行目標とかいろいろあるんだからさ」

「あ、すんません」

ひょいと舟木が頭を下げたが、その視線が相馬にではなく、その肩越しに背後へと向けられているのに気づいたとき、

「相馬君」

小安から声がかかった。振り返った相馬に、小安は眉間に皺を寄せ、すでに不機嫌そうな表情を浮かべて右手の人差し指をちょいちょいと動かす。

「それはぼくの案件だ。黙ってこっちに回してくれ」

「所長の、ですか」

思わず相馬はきいた。「以前から、こんな融資案件があったんですか」

だったら事前に教えてくださいよ、というひと言を呑み込んだ相馬に、

「君たちがだらしないから、ぼくが営業してきてやったんだよ」

上から目線のセリフが投げつけられた。「ひと言礼ぐらいいったらどうなんだ」

出張所という小さな所帯で、別に融資を開拓するのが融資課だけの仕事であるはずはなく、所長の小安だって同様の責務を負っているのはわかる。しかし、このシマタ

ニ不動産という会社は、前任者からの引き継ぎすらなかった。従って内情もよく知らない。

「そうでしたか、それはどうもありがとうございます」

釈然としないものを無理矢理に押さえつけて相馬が浮かべたのは作り笑いだ。悲しいサラリーマン根性である。

「とにかく、早くこっちに回してくれ」

そういうと小安は、相馬のことなど無視して電話をかけ始めた。

仕方ねえなあ。

嘆息まじりにファイルを開けた相馬は、そこに記載された運転資金という名目と、それに続く舟木のつたない所見に目を通し始める。

シマタニ不動産という会社は業績も順調なようだし、まあいいか――そう思ってファイリングされた過去の書類に目を通していた相馬だったが、そのときふと手を止めた。

なんだこりゃ。

――運転資金三億円。

五ヵ月ほど前の融資であった。昨年の十一月で、相馬がこの出張所に転勤してくる前である。短期的な融資だが、書類のどこを見ても、具体的なカネの使い途《みち》すら記載されていない。

バブル時代にはこの手の杜撰《ずさん》な稟議書も珍しくなかったが、バブルが崩壊したいま、ろくな審査もせず、ザルとしか思えないこんな稟議書は珍しい。

稟議書の担当者欄には舟木の、そして検印欄には相馬の前任者の捺印《なついん》がある。

よくこんな融資が通ったものだ。

東京第一銀行では——いや他の多くの銀行も似たようなものだと思うが、融資の審査には、ふたつのパターンがある。

まず、支店や出張所の長が承認すれば実行できる比較的小口のもの。支店の大小によって決裁できる金額は違うが、この範囲であれば店内だけの審査で事足りることになる。

次が、その支店の裁量範囲を超えた金額の融資だ。これを実行するためには、本部のしかるべきセクションの承認が必要になるから話は大掛かりになる。

希望ヶ丘出張所のような小さな店になると、小安の決裁だけで実行できる融資額はさほど大きくはないので、三億円もの融資を行うためには本部の決裁が必要になるわけである。

それなのに、こんなザル稟議を上げたのか。

「舟木君」

一旦背を向けた舟木に、相馬は再び声をかけた。

椅子が回ったかと思うと、ごろごろと舟木を乗せたまま、相馬の前に転がってくる。

「なんでしょ」

「以前のこの融資、信用だよな」

背後にいる小安を意識して、相馬は声を潜めた。「よく通ったな、こんな融資」

「まあ、業績がいい会社ですから」

舟木は、さも当然という顔だ。

「きっと揉《も》めただろう」

揉めるのは当然だ。なにしろ、ろくな財務分析もない上に、「親密な取引をしている会社の運転資金だから融資したい」という、理由にもならない理由が書いてある。

簡単に通るわけがない。ところが、その相馬の予測に反して、

「所長の政治力で、軽くパスですよ」

舟木はこたえた。

「政治力だって？」

相馬が素《す》っ頓狂《とんきょう》な声を上げたとき、

「おい、そこでなにごちゃごちゃ言ってるんだよ」

苛立ち混じりの言葉が割って入った。振り向くと、コワい顔をした小安が相馬を睨んでいる。

「ぼくの仕事に何か文句があるのか」

小安が相馬に食ってかかった。「揉めなかったんじゃない、文句を言わせなかっただけだ」

小安は勝ち誇ったようにいった。本部に顔が利《き》くのだといいたいのだろう。小安の表情に得意げなものが浮かぶのを見、

「三億円もの融資を担保もないのに通すなんて、もの凄い力業ですね」

仕方なく、相馬はおべんちゃらを言った。

「当たり前だ。君にもそんな力があればねえ。そうすれば、もっと融資課の業績もぱっとするだろうになあ」

最後は嫌味になる。

「失礼しました」

相馬は一礼すると小安に背を向け、聞こえないほど小さなため息を洩《も》らした。そして思うのである。こんなテキトーな融資をしているから、ウチの銀行は不良債権塗《まみ》れになっちまうんだよ、と。いったいいつからこんな体質になっちまったんだ——そう嘆いてみたものの、自分に何ができるでもない。ねじ曲がった組織を正すには相馬の存在はあまりに小さすぎた。いま相馬に出来ることといえばせいぜい、これが現実なんだよと、ひたすら自分を納得させることぐらいだ。

やれやれとばかり、相馬はデキの悪い部下の稟議書に再び目を通し始めた。

6

テーブル越しに対峙している男の顔は青ざめ、重なる心労と肉体的疲労のためにやつれきって見えた。

「さっそくききたいんだが、いったい、誰が最初に、東東デンキの不適切会計に気づいたんだね」

テーブルに落ちたままだった男の視線が蹌踉《よろ》めくように上がり、紀本に向けられた。

「私です」

東東デンキ担当チームの木口は、ためらうようにこたえた。「売上げの傾向を詳細に分析していて、同社の実態が、有価証券報告書に記載された数字と乖離《かいり》していることに気づきました」

「それはいつのことだろう」

木口はおよそ五ヵ月ほど前の日付を迷わず告げた。このヒアリングに際し、事実関係をあらかじめ整理してきたとみえる。

「君はその数字の違いに気づいた。で、その後どうした」

「私の勘違いかも知れないと疑い、当日のうちに担当チームの高本《たかもと》調査役にチェックしてもらい、すぐさま吉原部長に報告いたしました」

「それは口頭で？　それとも文書で？」

「口頭です」

木口の口調に後悔が混じった。文書なら証拠になる。「部長に報告し、その後同社にヒアリングした上で報告書を作成しようと考えたものですから」

紀本は、弱々しくていまにも倒れそうな、「被告人」の目をのぞき込んだ。

嘘だとは思わない。

同時に、関係のないことだが、この男にはひとつ重要なものが足りない気がした。運だ。銀行員としての、いや社会人としての運——巡《めぐ》り合わせとでもいおうか。

そんな内面の鑑定はさておき、紀本は質問を続ける。

「それで、吉原部長はそれに対して君になんと？」

「東東デンキの担当者に、問い合わせて事実確認せよとのことでした」

「君たちの分析は確認した上での指示か」

「もちろんです」

当日のうちに東東デンキ経理担当者に連絡を取り、まずは木口と高本のふたりで同社を訪問。事実関係を確認したところ、先方は一旦、回答を保留。翌日になって、取締役経理部長の堀江《ほりえ》育生《いくお》が吉原を訪ね、不適切会計を認めて謝罪するに至る。その席には、木口と高本の両名も同席していたという。問題はその後だ。

「その後、吉原部長が同社を訪問し、隠蔽を申し入れたわけだな。それまでの経緯について、君の知っていることを話してくれ」

「それが——」

木口は頬を硬くして一旦俯《うつむ》き、それから訴えるような目を紀本へ上げた。「私には——いえ我々担当チームには何も知らされてはいませんでした。堀江部長から謝罪と報告があった翌日の午後、吉原部長から本件については同社の対応を待てと、我々担当チームに対して口頭で指示がありました」

「君はその間の経緯について報告書にはまとめなかったのか」

紀本の知る限り、そのような書類は存在しない。だが、東東デンキの企業規模や社会的影響、当行との関係を考えた場合、本来なら報告書としてまとめられてしかるべきだ。

「静観するとのことでしたので、そのままに……」

木口が唇を噛《か》んで言葉を切ってから続ける。「役員会などには部長から報告されるものと考えておりました」

「君も知っての通り、役員のほとんどはこの事実を知らされてはいなかった。知っていたのは高橋会長、羽田副頭取、そして吉原部長――他に誰かいるか」

「わかりません」

首を左右に振った木口を、紀本は見据えた。別に嘘をつく場面でもなく、嘘をつく理由もない。今回の不祥事において、この男が演じたのはただの端役《はやく》だ。

「不適切会計が発覚し、その後内部告発を契機にそれが公になるまでの間、君は何をしていた」

紀本の問いには、明確な非難が込められていた。

「申し訳ございません。静観せよとのことでしたので、特に何も……」

あくまで吉原の指示に従ったまで——そう木口はいいたいのだ。だが、不適切な事実を把握していながら二ヵ月近くも動かなかったことは問題だ。

だが、紀本の関心は木口のそうした怠慢《たいまん》にではなく、いま別なところに向いていた。

「君はその間、この問題を放置していた。そして君たちに静観を命じた吉原部長は、一方で東東デンキに隠蔽を申し入れていた。君はそれについてどう思う」

「どうといわれましても」

木口は戸惑いの表情を浮かべた。「部長には部長のお考えがあってのことかと……」

「矛盾していないか」

紀本は指摘した。「不適切な会計処理を指摘した当行が、逆にそれを隠蔽せよという。この判断の裏側には何がある」

「たしかに、おっしゃる通りですが……」

木口は考え込んでしまった。

「そもそも君は、この問題が隠蔽できるものと思ったか」

答えまでには数秒の間が挟まった。

「いえ。いつかは公になるだろうとは思っていました」

「じゃあ、なぜ隠蔽なんだ。なぜ公表しろと迫らなかった」

答えなし。紀本は困惑している哀れな男を見ていたが、この男から答えが得られないと知ると声を落として続けた。

「吉原部長とて隠蔽がいつまでも続くとは思っていなかっただろう。だが、彼はそれを指示した。私は吉原部長のことは古くから知っているが、実にクレバーなバンカーだ。つまり、こうした経緯を辿《たど》るには吉原部長なりの理由があったはずだ」

恐怖に取り憑《つ》かれたような木口の目が、紀本に向けられている。紀本は続けた。

「いずれ公になることを承知の上で、なおかつ隠蔽を申し入れた吉原部長の狙いとは果たしてなんだ」

その問いに対する答えは木口からは出てこない。だが、紀本の疑問がどうやら吉原の行動原理に向けられていると知って、木口はどこかほっとした表情を浮かべた。その木口に対し、

「上司の指示だからなどという子供じみた理由で、免罪されると思うなよ。担当調査役としての君の責任は、極めて重大だ」

嫌悪感も露《あら》わに、紀本は言い放った。

7

「相馬さん、相馬さん」

駅の改札を抜けようとしたとき、背後から声をかけられた。

「なんだ花咲か」

そこに立っている花咲を見ていった相馬に、

「なんだはないでしょう。元気だったかとか、会いたかったぞとか、そういうひと言はないんですか」

花咲はふくれっ面でいった。「私は久しぶりに相馬さんに会えると思って楽しみにしてきたんですよ」

「臨店を楽しみにする奴なんかいるもんか」

「なんてことというんですか、自分だってついこの前まで臨店する側だったのに」

あきれ顔の花咲に、

「立場が変われば意見も変わる。それが銀行員の習性ってもんだ」

相馬はしれっといってのけた。「それにしても花咲、なんでウチなんだよ。他に行くところはいくらでもあるだろうに。こんなところに来てもうまいもんはないぞ」

「相馬さんじゃないんですから、別にご飯を食べに来たわけじゃないですよ」

花咲はいった。「本当は蒲田支店に行くはずだったのに大口の倒産が出ちゃったんです。それで辛島部長が、相馬調査役——あ、失礼。相馬課長の力になってくれって」

「それはな、花咲、一方的な理由ってやつだぞ」

相馬は歩きながらいった。「いったいこの臨店に、オレがどれほど迷惑してると思ってるんだ。所長からは元臨店だってだけで睨まれるし、担当外の営業課を見てやれなんていわれるしな。本当にロクなことはない」

「所長さんは小安さんとおっしゃいましたよね。どんな感じですか？　芝崎次長からは少々クセがあるからというような話を聞いたんですけど」

相馬は思わず足を止め、

「その通りなんだ、花咲よ」

我が意を得たりとばかり、顔をくしゃっとさせた。「クセがあるし、嫌味だし、おまけに出世のことしか考えてない。オレはな、そんな所長の踏み台みたいなもんよ。

どうだ、オレの苦労がわかるか」

「まあ、なんとなく」

「おい、花咲。よく聞け」

花咲と連れ立って歩きながら、相馬は続けた。「そんなわけだから、くれぐれも所長を刺激するような言動はするなよ。それとな、ウチの出張所は開設して間がない。多少のことは大目に見てくれ。そこんとこ、よろしく」

「つまり事務がボロボロってことですね」

「そういう言いにくいことをはっきりいう癖、直したほうがいいぞ」

相馬の言葉にうなずくどころか、花咲を見れば笑みを浮かべているではないか。

「何がおかしい」

「だって、なんやかんやいって、相馬さんは相馬さんだなと思って」

駅前の好立地にある希望ヶ丘出張所、その通用口に立った花咲は、改まっていうと頭を下げた。

「これから三日間、どうぞよろしくお願いします。相馬融資課長」

「相馬君、ちょっとちょっと」

その日の昼過ぎのことである。外出先から相馬が戻るのを待ち構えていたらしい所長の小安が、渋い顔で相馬のところにやってくると小声でいった。

「あの花咲とかいう女、どうなってるんだ」

「どうなってるとは?」

応じながら見れば、空いているデスクにかけた花咲がなにやら伝票の山と格闘しているところである。

「園山さんの話では、すでに事務過誤が三十件近くも発見されたそうだ。それじゃあ困るんだよ」

「いや、困るといわれましても」

困るのは相馬のほうである。事務ミスを発見されたら、発見したほうが悪いという理屈はないではないか。

「とにかく、なんとかしてくれ。ウチへの評価がかかってるんだからな」

反省するならともかく、そういう言い草はないだろう、と思いながらも、「わかりました」、と相馬はうなずくしかない。「後で話してみますから」

そういうと小安は、必ず頼むぞ、というひと言を残して自席に戻っていく。

嫌な予感はしていたが、案の定だ。

「くそっ、花咲の奴、本気出しやがって」

ちっ、と相馬は短い舌打ちを洩らした。

8

営業第三部長の吉原は、テーブルを挟んだ向こう側で苦虫をかみつぶしたような顔で腕組みをしていた。企画部内にある小さな会議室である。

テーブルのこちら側には肘掛《ひじか》け椅子が二脚置いてあり、奥の椅子に紀本、そして入り口側に事務部長の辛島がかけている。

質疑応答を続けながら、紀本は吉原の様子を静かに観察していた。視線の動き、口元や頬の微細な震え、脚を組んだり、腕組みをしたり——。浮かび上がってくるのは紛れもない苛立ちである。冷静さを保ちながらも、抑えきれない感情が、その言葉の端々、態度に見え隠れしている。

「吉原部長、あなたが東東デンキに対して隠蔽を申し入れた理由をお聞かせください」

いままでヒアリングした不適切会計発見までの経緯は、木口らから聴取《ちょうしゅ》した内容とほぼ一致していた。問題はここからだ。

「それは――」

吉原の瞳が揺れて、一旦足下に落ちた視線が再び紀本に戻ってきた。「私としてはこの会計処理は不正ではないと考えました。その意見を東東デンキの堀江経理部長に申し述べ、徒《いたずら》に世間を騒がすような対応はなされないほうがよろしいと、そうアドバイスさせていただきました。それが後日、隠蔽を申し入れたと解釈されたことについては、まことに遺憾《いかん》であると考えております」

「東東デンキの報告書によると、あなたははっきりと隠蔽という言葉を口にされたことになっています。どちらが正しいんでしょう」

「一言一句正確に思い出すことは不可能ですが、隠蔽とは申し上げておりません。ただ、私の話を聞いた堀江部長が、それは隠蔽せよということですかと、そうおっしゃったような気もします」

切れ者の吉原にしては、曖昧な発言であった。吉原が見せている苛立ちは、質問に対して明確な回答ができない自身へのフラストレーションも多分に含まれているのではないか。

では、なぜ明確にできないのか？

答えは容易に想像できる。

発言に、嘘があるからだ。

「吉原部長、単刀直入に伺いたいんですが」

紀本はまっすぐに吉原を見据えた。「この不適切会計を隠し通せると、あなたは本気で考えていらっしゃったんですか」

じっとりとした視線が、紀本に向けられる。

その視線にはいま、怒りでもなく悲しみでもない、あえて言えば悔《くや》しさに近いものが滲み始めた。

「もちろんです」

吉原はまた、嘘をついた。

「あなたの本当の目的はなんだったんです」

紀本は吉原の発言を無視して問うた。「あなたの部下が不正に気づいたのは決して偶然ではありません。しかも、あなたは堀江部長との面談の中で、内部告発の情報にも接しています。諸般の事情を鑑《かんが》みるまでもなく、隠蔽工作が成功すると確信したというあなたの意見には合理性がない。本当のことをいってもらえませんか」

吉原の目の奥で怒りが沸騰するのが見えた。紀本の指摘を侮辱と取ったのかも知れない。プライドの高い男だ。

「隠蔽が成功する可能性のことを論じられているようですが、そういう問題とは違います。当行の現状を考えたとき、主力取引先である東東デンキの不適切会計問題は経営を揺るがす事態に発展する可能性がある。それを回避したかった。ただそれだけのことです」

「隠蔽すればリスクを回避できるというお考えですか」

問うたのは、辛島であった。

普段温厚冷静な男だが、発せられた問いには、はっと身構えさせる鋭さがある。

「隠蔽に限らず、リスク回避のために出来ることはすべてやるしかなかった。そういうことです」

「隠蔽の申し入れは、あなたの意思ですか」

続いた辛島の質問に、吉原はすっと言葉を呑んだ。

自分の意思だと答えれば、すべての責任は最終的に吉原ひとりに押しつけられる可能性がある。

かといってうかつに第三者の名前——羽田副頭取や高橋会長の名前を出せば、彼らに対する裏切りになる。

いま吉原の中に渦巻く葛藤が目に見えるようだ。

「今さら考えることではないでしょう。ただ事実をお答えいただきたい」

辛島も容赦なかった。これは、真剣勝負だ。

「隠蔽は――」

いま吉原は、すさまじいまでの逡巡《しゅんじゅん》の渦に巻き込まれている。辛島の問いへの答えはおそらく、吉原の銀行員人生を決定づけるほどの重みがあるからだ。

自らが属する派閥の領袖《りょうしゅう》である高橋、そして羽田を、自らの銀行員生命を犠牲にして守るのか、はたまた彼らを裏切り、保身に走るのか。

究極の選択を、吉原は迫られていた。

「隠蔽は――」

再びいった吉原の額に浮かんだ大粒の汗に、紀本は気づいた。

わずか数分前までの虚勢が剝《は》がれ落ち、追い詰められた男の焦燥と恐怖が手に取れるようだ。

吉原の喉仏《のどぼとけ》がそのとき上下に動くのが見えた。生唾を飲み込んだのだ。生々しい言葉が絞り出されたのはその直後のことである。

「――高橋会長からの指示でした」

言い放ったとたん、吉原の首ががくっと落ちた。

俯き、静かに肩を震わせている男の様子を、紀本はしばし言葉もなく眺めやり、静かに椅子の背にもたれて吐息を洩らす。

吉原が陥落《かんらく》した瞬間であった。

辛島は微動だにせず、吉原の続きの言葉を待っているようだったが、何もないと悟ると続けて質問を発した。

「そのときのことを具体的に話してください」

返事はない。

質問が聞こえなかったのかと思うほどの、長い間が挟まった。

「あれは……東東デンキから謝罪があった日のことでした……」

俯いたままの吉原から、どうにか聞き取れるほどの声がした。「堀江経理部長の説明と謝罪を聞いた私は、すぐさま羽田副頭取と高橋会長のおふたりに本件について相談しました」

「相談した日時は思い出せますか」

おもむろに虚ろな表情が上がった。感情の欠片もない呆《ほう》けたような顔だ。

ぼそぼそとした声で、吉原は日時を述べ、「場所は会長室でした」、と付け加える。

「すべての話を終えた後、その場はただならぬ雰囲気に……なりまして……やがて、会長から、表に出すな、と……」

「もっと正確にお願いします」

紀本のひと言で、吉原は一旦口をつぐんだ。

「本件を、いま公表されては、マズい。……表に出さないよう、堀江さんに君から申し入れてくれ――と」

「高橋会長が隠蔽を指示した理由はなんですか」

辛島が問うたが、吉原はゆっくりと顔を横に振った。

「わかりません」

「いま公表されてはマズい、という真意は」、辛島は質問を続ける。

「産業中央銀行との合併のことがあるからだろうと思いました」

吉原の回答に、

「それは信じられないな」

思わず紀本は言い放っていた。

思いがけない反論に、微かな驚きを浮かべた吉原の目が、紀本に向けられる。

「吉原部長。実はね、報告書にこそしなかったんだが、私も本件についてあるところから情報を入手して知っていたんだ。そのとき高橋会長はこういいました。これは当行の秘密に関わるものだから君は手出し無用だと——それはどういう意味でしょう」

スーツのボタンのように丸く見開かれた吉原の目が、瞬《また》きも忘れて紀本を見ている。

いまその首が静かに横に動くのを、紀本は見た。

「私には……ちょっと……わかりません」

途切れ途切れの言葉が洩れてくるその一部始終を、憑かれたような表情で辛島が見ている。

そのとき紀本がのぞき込んだ吉原の目は、深海のように暗く、光すら見出せなかった。

「それは、本当ですか」

問うた紀本の言葉は、その闇の底へすっと吸い込まれ、重苦しい静寂だけが後に残った。

「吉原部長からの事情聴取はどうでしたか」

菊川が訪ねてきたのは、吉原へのヒアリングを終えた紀本が自室に戻ったときであった。

記録していた話の内容を説明した紀本は、

「正直、虚実入り混じったもののように思えました」

そう自分の感想をひとつ言い添える。

「吉原君には失望しましたねえ」

菊川はソファにもたれ、指を組んでいる。「自分を引き立てた男への忠誠をかなぐり捨てながら、かといってすべてを明かすわけでもない。中途半端すぎませんか」

そういう菊川の表情には、自分を追いやった高橋会長一派の中堅どころを陥落させた喜悦《きえつ》が浮かんでいる。

「おっしゃる通りです。もっとも、高橋会長がなぜ、隠蔽を指示したのか、その理由を本当に知らなかった可能性はありますが」

菊川は、そのひと言を咀嚼《そしゃく》するような間を置き、

「いや、彼は知ってますよ」

そう断言した。「東東デンキへの隠蔽の申し入れ、そしてあの疑惑の記者会見。そこまでのことに吉原君を巻き込むためには真相を語らねばならない。彼は、その守るべき真相を知ったからこそ、あそこまでのことをやったんだと思いますね」

「なるほど」

紀本も納得してうなずいた。たしかに、その説明は理にかなっている。同時に、あそこまで言いながら最後の一線で踏みとどまったからには、その真相には語るのが憚《はばか》られるだけの理由があるに違いない。

果たして、それが何なのか。

「結局のところ、高橋会長に直接、ヒアリングするしかないのではありませんか」

紀本はいったが、菊川はしばし押し黙った。

「いや――」

菊川の目に何かが忍び入り、険《けわ》しく、鋭い光が放たれた。「あの方は、きいて教えてくれるほど簡単ではありませんね」

だが――。

ではどうすればいいのか、という具体策について、菊川は口にしなかった。

調査委員会とはいえ、その秘密の壁を打ち破るのは容易ではない。

ヒアリングに頼るこのやり方には限界がある。いまそのことを、紀本はひしひしと感じ取っていた。

これでは、お手盛り批判という以前に、調査委員会としての能力が疑われてしまう。

——なんとかならないか。

紀本はいまはっきりと、胸中の焦りを自覚したのであった。

9

事務臨店の初日が終わる。

午後八時過ぎ。

定時に上がれるのが臨店指導グループのいいところだが、この日は事務ミスの指摘事項が多すぎた。それに、相馬の店とあっては放っておくこともできず、この時間まで営業課の園山たちを手伝っていたのである。

舞が声をかけたとき、相馬はやけに真剣な顔でデスクに広げた書類を読んでいた。

「相馬さん、まだ帰らないんですか」

「おお。お疲れ。随分暴れてくれたそうじゃないか」

相馬から唸《うな》るような声が返ってきた。

背後にある所長のデスクに、すでに小安の姿はない。ついでにいうと相馬の部下の姿もなく、融資課のシマには、ひとり相馬がいるきりである。

「別に暴れたわけじゃなくて、普通にミスを指摘しただけですよ」

なんら悪びれることもなく舞はいい、「それより相馬さん、ご飯食べて帰りましょうよ。この近くに美味しい店、ないんですか」

舞の誘いにデスクの書類を眺め、相馬は残業を続けたものか迷ったようだったが、さすがに疲れたとみえ、「炉端《ろばた》焼きでいいか」、という返事があった。

「そうだ、園山課長も誘ってやるか」

「それはいいですね。ぜひ」

舞の返事で園山に声をかけると、ブリキのロボットのような顔が振り返り、「すぐに追いかけますから、お先にやっててください」、という返事がある。

相馬に連れられて向かったのは商店街の奥まったところにある小さな店だ。路地を一本入ったところに看板を出している雰囲気のある構えで、店内に入ると中央に炉《ろ》があり、それを囲むようにカウンターがコの字形になっている。

「あっ、相馬さん。いらっしゃい!」

希望ヶ丘出張所にきて二ヵ月しか経《た》っていないが、すでに馴染み客となっているらしい相馬を、店の主人が威勢よく迎え入れた。

どうぞ真ん中へ、と主人が勧めるのを辞退し、炉を囲むコの字形のカウンターの壁際の席にかける。

生ビールをふたつ注文して、乾杯した相馬は、何か気になることがあるらしく、美味しいものを前にしたときの普段の元気がない。

「どうしたんです、相馬さん。いつもの元気がないですよ」

相馬はちょっと逡巡するような素振りを見せたが、相手が気の置けない舞ということもあってか重い口を開いた。

「実は、ちょっとばかし面倒なことを見つけちまってなあ」

「面倒なこと？」

「ああ、この近くにシマタニ不動産という会社があって、小安所長が担当しているんだが、どうも融資の中味がアヤシイんだよな」

店内の客は、舞たちの他に三人。ちょうど炉を挟んだ反対側にいて話に熱中しており、舞たちの話を聞かれる心配もない。

「怪しいって何がです」

「実は五ヵ月ほど前に、その不動産屋に三億円ほど融資しててな。名目は運転資金だ。で、三ヵ月ぐらいでぽんと返済されているからいいようなもんだが、実はさっき小安所長のデスクを開けたら、うっかりシマタニ不動産の月次試算表を発見しちまってな」

月次試算表というのは、その会社の損益や資産の内容を、月別に集計したものだ。それを見れば、月別の売上げや儲《もう》け、預金や不動産、借金の額がわかる。

「相馬さん、所長さんのデスクを開けたんですか」

舞の口調に非難の声が混じった。

「仕方ねえだろうよ。昼間オレが出した書類をちょっと修正したかったんだが、所長が自分のデスクにしまい込んだまま帰っちまったんだ」

「デスクの鍵はどうしたんです」

「所長はいつもデスクマットの下に入れるんでちょいと拝借して——やっ、そういやお前、臨店に来たんだったな」

「オフレコにしておきますよ。それでその試算表の何が問題なんですか」

舞がきいたとき、入り口の扉が開いて園山が顔を出した。「こっちこっち」、と相馬が手招きして舞の隣に園山がかける。

呑めないという園山はコーラを頼み、旨《うま》そうに突き出しを食べている。それが悪いわけではないが、やはりちょっと変わった男だ。

「なんの話をされてるんです？」

園山に話の経緯を簡単に説明した相馬は、「で、その試算表の件なんだが」、と続けた。

「五ヵ月前の三億円の融資は、運転資金って名目のはずだ。ところが、試算表を見ると、そうじゃないことがわかった——投資有価証券で計上している金額が増えててな」

投資有価証券というのは、平たくいえば株とかへの投資運用だ。一方の運転資金は、仕入れや在庫など様々な支払いに要するカネということになるから、これは使い途が違う。

「それは一大事ですね」

園山が表情を曇《くも》らせた。「運転資金と偽って株に投資していたりしたら、とんでもないことになりますよ、相馬課長」

「あ、あの——。そんなに大事なことなんですか、それが」

畑違いの舞には、その重大さが飲み込めない。

「あのな、花咲よ」

相馬が改まった口調でいった。「世の中にはカネに色はついていないなんて言葉があるけどな、銀行ってところはその色のついてないカネに色をつけて貸すところなんだよ。かくかくしかじかの目的で資金が必要だという申請に基づいて、審査して貸すのが銀行融資だ。資金使途《しと》を違《たが》えるというのは、参考書を買うといって親からもらったカネでマンガを買うようなもんだぜ。どうだ、心当たりがあるだろう」

「ありませんよ、そんなもの」

適切かどうか判断しかねる相馬の説明だが、とりあえず資金使途が重要らしいというぐらいのことはわかった。

「そもそも、いまのご時世では、株を買うための資金は融資してはならないということになっていますよね、相馬課長」

園山が指摘する。「つまり相馬課長の話が事実なら、融資の本筋から外れるばかりではなく、銀行ルールからも逸脱する問題貸出ということになります」

「小安さんは、あの融資が運転資金なんかじゃない、有価証券を買うカネに使われることを知ってたはずだ。これは問題以外の何ものでもない」

上司の不正に、相馬が難しい顔をして考えるのもわかる。

「でも、返済されてるということは、その株の投資は成功したってことですか」

舞が問うと、

「それが、大成功してたんだよ」

相馬から意外なこたえがあった。「ふた月後の試算表を見ると、株の売却利益として一億円も計上されてた」

「二ヵ月で一億円の利益？」

さすがに驚いて舞は聞き返した。「すごいじゃないですか。いったいどこに投資したんです」

「わかんねえよ。でも、もしかすると、舟木あたりが知ってるかもな」

「舟木君が、なんで知ってるんです？」

不思議そうな顔で園山が尋ねる。

「さっき調べてみたんですが、五ヵ月前の融資の後、シマタニ不動産から東京第一証券への振り込みがあることがわかったんです。で、実際にその依頼書を探して見てみたんですが、これがなんというかミミズが這《は》ったような、いかにも読みにくい筆跡で

――」

「あ、それは舟木君ですね」

即座に、園山も認める。

「しかし、そんな短期間に株で大儲けするなんて、そのシマタニ不動産っていうの

は、どういう会社なんですか」

　舞が問うた。

「島谷《しまたに》社長は、地元の顔役なんですよ」

　希望ヶ丘出張所の開設時からのメンバーである園山はそのヘンの事情に通じていた。

「島谷家は元々この辺りの地主で、かなりの土地持ちなんです。さらに地元選出の石《いし》垣信之介《がきしんのすけ》代議士の親戚筋で後援会長でもありますから、そうした政治的な後ろ盾もあって地元経済界のドンといっていいんじゃないですか。資金的な後ろ盾になっているという噂《うわさ》も聞いたことがあります。滅多なことはいえませんが――」

　園山は、四角い顔の前に手を当てると声を潜めた。「株売買の有力な情報を、石垣信之介から得ているかも知れませんね。なにしろ、与党幹事長を務める大物政治家ですから」

「それって、インサイダー取引じゃないですか」

　舞が驚いていった。「そんな取引を放っておいていいんですか、相馬さん」

「待て、花咲。たしかにシマタニ不動産が株で儲けたことは事実だが、それがインサイダーだという証拠はどこにもないんだ。今のところ、我々の推測にすぎん」

「でもそのうち、証券取引等監視委員会が動き出すかも」

園山の声には、ひそかにそれを期待しているような湿り気があった。

「小安所長が今の話をご存じなのは間違いないんですか」

問うた舞に、

「少なくとも、あの試算表を見ればだいたいのところは想像がつくはずだ。所長は気づいたものの見て見ぬフリをしている。ないしは、最初から知っていた可能性もあるとオレは思う。実績欲しさの融資だ」

相馬はジョッキのビールを傾けながら、裸電球に照らされた店の壁を見つめた。

「面倒なことになりましたね、相馬課長」と園山もため息をひとつ。

「そこまでわかってるのに、このまま放っておくんですか、相馬さん」

問い詰めた舞に、相馬は苦しそうな顔をした。

「正義を取るか、職場の人付き合いを取るか――」

「そんなこと迷ってる場合ですか」

優柔不断な相馬に、しびれを切らすように舞はいった。「明日、直接小安所長に聞いてみましょう」

「待てよ。直接聞くには手持ちの情報が少なすぎる。まずは舟木の話も聞いてみようや。何か知ってるかも知れないしな」

園山も、相馬に同意するかのようにそっと言葉を呑んだ。

なにしろ狭い出張所である。そこには、単なる善悪ではない別の尺度も見え隠れしているように、舞には見えた。だから難しいのだろう。

そしてこのときはまだ、これはちっぽけな出張所を舞台にした取引先と所長の癒《ゆ》着《ちゃく》、問題融資でしかなかった。その翌朝、相馬が舟木の話を聞くまでは。

「舟木君、ちょっと」

この日相馬はいつもより早めに来て、舟木の出勤を待っていた。少し離れたところには、これまた早出をしてきた花咲と園山がいる。敏感な人間であれば緊張した雰囲気を感じ取ったはずだが、舟木は一向に気づいた様子がない。

「はい、なんっしょ」

舟木はいつものように椅子を滑らせてくると、能天気にきいた。その鼻先に突き出したのは、五ヵ月前の振込依頼書だ。

振込依頼人はシマタニ不動産。振込先は、東京第一証券東京営業部。金額三億円――。融資額全額が投資に回された証拠である。

「これ、君の筆跡だよな」

舟木は、書類をのぞき込み、「ああ、そうですね」、という。実にあっけらかんとした態度だ。

「なんで君が起票したんだ」

「所長に頼まれたんで」

拍子抜けするほどあっさり、そんな答えがあった。「ちょうど社長が来店されていて、応接室に呼ばれまして」

「この三億円、ウチが融資したカネだってこと知ってたか」

相馬の声に非難めいたものがまじって、舟木は戸惑うような表情を見せた。

「知ってました。所長がおっしゃってましたから」

悪気の欠片もない口調で、舟木はしゃあしゃあという。

「それがルール違反の融資だってこと、君は知らないのか」

「知らないわけではないですけど、所長の案件ですし」

「だから関係ないと？」

惚《とぼ》けた男である。

「でも、ぼくが知ってるのは株に投資したってことくらいで、後は何も聞いてません」

少し離れた場所にいた花咲と園山が、じっとふたりのやり取りをうかがっている。

いまその視線を意識しながら、相馬は尋ねた。

「どんな株を買ったのか、投資の内容は聞いてないか」

「それでしたら東京第一証券の浜岡《はまおか》さんがいっていましたよ。ウチに出入りしている」

三十代半ばの男の顔を、相馬は思い出した。調子のいい愛想笑いを浮かべ、上がったためしのない推奨《すいしょう》株のリストを持ち歩いている男だ。

東京第一銀行の系列である東京第一証券もご多分に洩れずバブル崩壊で業績に打撃を受け、営業マンを頻繁《ひんぱん》に銀行に出入りさせて銀行の顧客《こきゃく》を取り込もうと必死だ。

「何ていってたんだ」

「小安所長の紹介で、シマタニ不動産さんに株を買ってもらったっていってましたから」

「それじゃあバブル時代の融資と同じじゃないか」

相馬は呆《あき》れていった。資金ニーズのない会社に、投資を持ちかけてその資金を融通する。その結果が、巨額の不良債権地獄を招いたことは記憶に新しいところだ。

「いえ、株を買いたいって話は島谷社長から持ち込まれたらしいです」

「本当かよ」

半信半疑の相馬に、

「本当ですって」

舟木はいった。「東東デンキ株で儲けるから、とりあえず三億円ほど融資しといてくれって」

相馬は思わず顔を上げ、まじまじと舟木を見据えた。

「いま、なんていった」

「は？　あ、その——東東デンキの株で儲ける、と……」

視線を移すと、目を見開いたままの花咲の視線とぶつかった。暗雲が垂れ込めた相馬の脳内で不穏《ふおん》な稲妻が一閃《いっせん》した——そんな瞬間だ。

「相馬さん——」

傍《かたわ》らにやってきた花咲が、真剣そのものの顔でいった。「これって、単なる偶然なんでしょうか」

「どうだか。ちょっとそのヘンのことを調べるまで、小安所長との話し合いは延期だぜ、花咲」

「でも、私にはどうにも納得がいかないんですが」

花咲は、疑問を口にした。

「そのシマタニ不動産という会社、株で大儲けしたっていいませんでした？　でも、東東デンキは不正経理問題で、株が暴落したはずですよ。儲かるんじゃなくて、本当は損したんじゃないですか」

「たしかに、そりゃそうだ」

すると、

「あ、それは信用取引だからですよ」

口を挟んできた舟木が意外なことをいった。

「信用取引？」

思わず聞き返した相馬に、舟木は真顔でうなずく。

「ええ。それも東京第一証券の浜岡さんがそんな話してたんで、間違いないと思います」

「要するに、空売《からう》りってことか……」

ようやく合点がいったらしく、相馬が腕組みをした。

「なんなんです、空売りって」と花咲。

「信用取引の一種でな、株が下がることによって儲かるっていうのがあるんだよ。普通、株は安く買った後に高く売って儲けるだろう。ところが、こいつはその逆で――」

まず、証券会社から株を〝借りて〟売る。その後、株価が値下がりしたときに買い戻して借りた株を返す。わかりづらい仕組みだが、その差額が儲けになるのである。

「だけどそれには、結構な証拠金がいるな」

相馬がいった。証拠金とは、こうした信用取引の担保みたいなものだ。「てことは、もしかするとこの三億円がそれか」

「ということは、シマタニ不動産は、東東デンキ株が下がると予想していたことになりますよ、相馬さん」

花咲が鋭く指摘してみせる。

「たしかに、その通りなんだが」

相馬は意味ありげにいって考えを巡らせる。「三億円を融資した五ヵ月前といえばちょうど東東デンキの不適切会計に営業第三部の連中が気づいた頃だ。当時、一般に公表されていた情報では東東デンキは計画を上回る増収増益の事業見通しだった。普通、あの状況で、誰も株価が下がるとは思わないはずだ。シマタニ不動産には、なにか特別な情報源があったと考えるのがスジだろうな」

「相馬さん、シマタニ不動産に行って話を聞いてみましょう」

突如《とつじょ》、花咲が言い放った。「こんなところで話していても埒《らち》があきません。私も行きますから」

「はあ？　お前も行くって——おい、臨店はどうするんだ」

「今日は暇だし、作業の指示は済ませてありますから大丈夫ですよ。ね、園山課長」

少し離れたところで話を聞いていた園山の四角い顔が、かくかくと縦に振られる。

「マジかよ」

相馬は困った顔で頭の後ろを掻いた。

「私たちのまとめた例の報告書にも関わることかも知れません。見過ごすわけにはいきませんよ。臨店指導グループの名誉のためです」

花咲は本気だ。一度言い出したら聞かない性格を知っているだけに、相馬は、ちっと短い舌打ちをすると、手元のファイルをぽんと舞に渡した。

「シマタニ不動産のクレジットファイルだ。行くんなら、会社の概要ぐらい頭に入れとけ」

「ありがとうございます、相馬さん」

やる気満々の花咲は、あてがわれたデスクでそのファイルに目を通していたが、どういうわけかすぐに相馬のところに戻ってきた。

「相馬さん、シマタニ不動産の融資部の担当、〝入江《いりえ》〟っていうハンコが捺《お》してありますけど、なんでですか？　このエリアの担当調査役は金森《かなもり》さんって、臨店資料には書いてありますけど」

「うん？　あ、たしかに」

指摘されて、相馬も初めて気がついた。「なんでかな。お前、知ってんのか、融資部の入江ってひと」

それにはこたえず、

「相馬さん、このシマタニ不動産の訪問、明日にしませんか」、花咲はいった。

「は？　どういうことだ」

「ちょっと気になることがありまして」

何のことか、花咲はいわなかった。

「勝手にしろ。今日だろうと明日だろうと、オレにとっちゃ同じだ」

そういうと、花咲は何事か考えながらデスクに戻っていった。

10

「いいか花咲。くれぐれも余計なことをいうんじゃねえぞ。わかったな」

コワい顔をして念を押す相馬に、

「わかってますって。私がいつ余計なこといいました？」

「つたく、よく言うよ」

花咲とともに出張所を出た相馬は、近くを通る厚木街道《あつぎ》のほうへ向かって歩いていき、それを越えた。

それから数分のところにある小綺麗《こぎれい》な五階建ての雑居ビルの一階に、シマタニ不動産は店舗を構えていた。「シマタニビル」というプレートが貼られているから、自社物件なのだろう。

「相馬さん、見てください」

花咲に言われて視線を向けると、雑居ビルの入り口脇の壁に、ポスターが貼り出されているのが見えた。

〝あなたの声で実現します。明るい日本、明るい未来〟——というキャッチコピーとともに見覚えのある男の顔が微笑んでいる。民政党《みんせいとう》幹事長、石垣信之介だ。

「なんだか、怒らせたらコワそうな顔だぞ、花咲。帰りたくなってきた」

腰が引けている相馬がいったのと、「何いってんですか」、とその背中を花咲がぐいと押したのは同時であった。

店内には接客用のカウンターが一本。その奥にデスクが四つあって向かい合わせに置かれ、若いが陰気な雰囲気の女性事務員がかけている。花咲たちが入っても、特に声をかけてくるでもない。その奥の壁際にはひときわ大きなデスクが置かれ、そこに恰幅《かっぷく》のいい六十歳前後の男が座ってパソコンのモニタを見ていた。

「こんにちは。東京第一銀行です。近くを通りかかったものですから、ご挨拶をと思いまして」

花咲がいうと奥の男が立ってきた。見慣れないふたりの顔を交互に見、

「あんた方は――」

と問う。

「あ、失礼しました。希望ヶ丘出張所で融資課長をしております、相馬と申します。こちらは、本部から来ました事務部臨店指導グループの――」

「花咲です」

相馬に続いて花咲が名刺を差し出すと、

「臨店……？」

怪訝《けげん》な顔が上がった。

「取引先に随行することもありまして。インターネットバンキングの操作方法とか、レクチャーすることなどがあるものですから」

花咲の説明に納得したか、相手の男は一旦デスクに戻ると、名刺を二枚持って戻ってきた。

「島谷です。まあ、どうぞ」

カウンターの端を撥《は》ね上げ、ふたりを中の応接室へと通してくれる。島谷は、ノーネクタイだがイニシャル入りのいかにも高級そうなシャツを着ていた。押し出しの良いその風貌といい、ドンというにふさわしい迫力だ。

殺風景なほど綺麗に片付いた応接室だった。

「それで、何かご用ですか。もしかすると、今回申し込んでいる融資の件かな」

相馬と花咲のふたりにソファを勧め、自分はテーブルを挟んだ反対側の肘掛け椅子に納まると、島谷はきいた。

「その融資はただいま稟議中ですが、その中でひとつお伺いしたいことが出てきまして。これなんですが」

相馬が出した月次の試算表を、島谷がじっと見下ろした。

「これは三ヵ月前の試算表です。ここに株式売買益が一億円ほど計上されていますね。これはどちらの株をお買いになったものでしょうか」

あえて、何も知らないような口ぶりで相馬は尋ねた。

「そんなこと、銀行さんに言わなきゃいけないの」

無遠慮な口調で、島谷はきいた。

「率直に申し上げますが、それ以前に実行した当行の融資を有価証券投資のためにお遣いになったのではないかと思いまして。具体的には、五ヵ月前にウチから融資させていただいた三億円の件です。全額ではないかも知れませんが、その一部を株の投資に回してらっしゃいますよね」

じっと探るような眼差しが相馬に向けられている。

果たして相馬がどこまで知っているのか、それを探ろうとでもする目だ。

「だからなんです。何か問題があるんですか」

島谷の口調がとげとげしくなった。

「もし、有価証券投資の元手、ないしは信用取引の証拠金といったことにお遣いになったのだとしたら、問題になるものですから」

「小安所長はそんなこと、何もいってなかったぞ」

テーブルに並べた相馬と花咲の名刺を改めて眺めながら、島谷はいう。株投資を認めたも同然の発言である。

「小安は、そのことを知っていたと？」

島谷は言葉を呑み込んだ。銀行内での小安の立場を考えたか、あるいはまともに答えること自体を逡巡したか。

「あんた融資課長だろう。私なんかにきかないで、直接、所長にきいてみればいいじゃないか。なぜ、私にきくんだ」

一瞬、返事に窮した相馬に代わり、

「小安所長には、後できちんと話をききます」

横から助け舟を出したのは花咲である。「その前に、島谷社長、あなたに事実関係を確認しにきました」

「そんなこと、お宅らで勝手にやってくれ。借りたカネを何に遣おうと、そんなことは私の勝手だろうが」

「社長、銀行というところは、資金使途が重要でして——」

口を挟んだ相馬を、島谷が遮った。

「そんなことは、銀行内の話だ。客に銀行のルールを押し付けないでくれ」

その剣幕に相馬が息を呑んだとき、

「東京第一証券と取引されていますね、島谷社長」

再び、花咲が割って入った。「東東デンキ株の空売りでひと儲けされたとか」

「誰がそんなことを」

怒りの滾《たぎ》った目が花咲に向けられたそのとき、

「おい、何をやってるんだ」

音をたててドアが開いたかと思うと、声がかかって相馬と花咲を振り返らせた。

血相を変えた小安がそこに立っている。運の悪いことに、取引先回りの途中に立ち寄ったらしい。

「あ、これはですね、所長――」

ソファから腰を上げ、慌てて言い訳の言葉を口にしかける相馬に、

「勝手なことをするな！」

小安が怒鳴りつけた。

「それに、臨店のお前まで、なんでここにいるんだ！　これは重大な職務違反だぞ。

出ていけ！」

ずかずかと部屋に入ってくるや、大声を出した。だが、激昂《げっこう》する小安に対して、花咲は動じる気配もない。

「おい、花咲。ここは引き揚げよう」

浮き足立つ相馬に、「相馬さん、ちょうどいいじゃないですか」、平然と花咲は言い放った。

「ばか。よせ、狂咲《くるいざき》――！」

おどおどする相馬には答えず、ゆっくりと立ち上がった花咲は、いまにも飛びかからんばかりに自分を睨み付けている小安と対峙した。

「昨日、シマタニ不動産のクレジットファイルを見て、気づいたことがあります。シマタニ不動産の融資部の担当は、〝特命〟の部長代理なんですね。希望ヶ丘出張所の一般的な融資とは別枠で管理されています。なぜですか」

小安からの返事はない。だが、怒り狂っていたその顔のスジが引きつったように動いたのは、相馬の目にも明らかだった。花咲が続ける。

「稟議書の、本部の審査担当者欄に捺してあったのは、〝入江〟というハンコでした。それでピンと来たんです。入江さんは融資部の部長代理ですが、知る人ぞ知る特命担当――つまり、〝訳あり〟案件を扱っていると噂されている人なんです」

果たして花咲が何をいわんとしているのか、小安も島谷も、言葉を発することなく身構えている。

「そこで、昨日、臨店を終えてから、本部に戻って、入江部長代理に会ってきました。そして、なぜ、シマタニ不動産を特命担当の入江さんが審査しているのか尋ねてみたんです。答えを知りたいですか」

返事はない。なにやらとんでもないことになりそうな気配に、相馬の目がピンポン玉のように、小安と島谷の間を何度も往復している。

「シマタニ不動産は、政治家案件だからだそうです。島谷社長、あなたは石垣信之介代議士の後援会長だそうですね。でも、政治家の後援会長なら皆、融資部特命部長代理が担当するかというと、そんなことはありません。シマタニ不動産を特命の部長代理が担当しているのは、他に大きな理由があるからです」

花咲はいい、いま怒りから不審と警戒のそれに変わった小安の表情を覗《のぞ》き込んだ。

「小安所長、あなたはご存じですよね」

小安は答えなかった。

「あなたのことも調べ直しました、小安所長」

花咲はさらに続ける。「入行して飯田橋《いいだばし》支店に配属。その後、田端《たばた》、池袋《いけぶくろ》と融資課を渡り歩きましたが昇格は遅れていた。そのあなたに目を掛け、昇格させてくれたのが、その後赴任した京都支店の支店長です。その京都支店長のおかげであなたは調査役への昇進とともに融資部に異動になり、さらに横浜支店の融資課長を経て、この希望ヶ丘出張所の所長になった。あなたにとって、当時、京都支店長だった高橋さんは、何があろうと恩に報いるべきひとのはずです」

「た、高橋って、まさか――」

目を丸くしている相馬を振り返り、花咲はうなずいた。

「そうですよ、相馬さん。当行会長の高橋さんです」

静まり返った部屋で、花咲は言葉を紡いでいく。「シマタニ不動産は、高橋会長があなたに紹介して、取引が始まった会社なんです。そうですよね、小安さん。そして、高橋会長と民政党幹事長石垣信之介は、親密な関係にある。普通なら通りそうもない稟議がなぜ融資部で承認されるのか。それは小安所長、あなたに力があるからではなく、それが高橋会長の息のかかった会社だからです」

いま――小安の目から、感情の欠片がはらりと剝がれ落ちていくのが見えるかのようだった。

「ここから先は、私の仮説です」

花咲の静かな声が室内に響いている。「ここまでの話は、実はそれほど珍しいことではありません。役員の融資案件が特別扱いで承認されることは、実際のところままあるからです。島谷社長、あなたは先ほど、株に投資されたことを認められました。しかし、その取引は、一般的には知られていない内部情報を元に行われた。東東デンキ株が暴落するという、確実な情報を根拠として」

花咲は、足下に置いていたバッグから書類を出し、テーブルの上に広げていく。

「これはシマタニ不動産さんの預金の動きを調べたものです。マーカーでアンダーラインがしてあるのは、シマタニ不動産さんから、石垣信之介の事務所への振り込みです。融資の形態をとっているのか、なんらかの名目で支払われたものなのかはわかりません。でも言えることは、シマタニ不動産の錬金術《れんきん》が、石垣信之介の有力な政治資金になっているということです。それは入江部長代理にも確認してあります。そして、ここから先は入江部長代理も知らなかったことですが、私にはその錬金術のカラクリには心当たりがあります。島谷さん──」

花咲は、地元の政財界のドンに厳しい眼差しを向けた。「あなたにインサイダー情報を提供しているのは、当行の高橋会長じゃないんですか」

「なにをバカな」

唾を飛ばし、島谷は否定してみせた。「根拠がないだろうが。どこにそんな証拠がある」

「証拠はありません。ですから、私の推測だと申し上げています。しかし――」

花咲は、決然として言い放った。「証券取引等監視委員会は、きっとインサイダー取引の証拠を摑むでしょう」

はっと、顔を上げた島谷の表情が強《こわ》ばっている。その目に浮かんでいるのは紛れもない狼狽だ。その隣にいる小安からは魂が抜け落ち、もはや反論する気力も失せて、ただ呆然《ぼうぜん》とそこに存在しているに過ぎない。

「私たちがここに来たのは、この事実を確認するためです、小安所長。相馬融資課長も私も、ひとりの銀行員としてここに来ました。それでも、職務違反といえるでしょうか。あなたには後ほど、シマタニ不動産との関係についてゆっくり話をうかがいます」

小安からの返事はない。

「行きましょう、相馬さん」

花咲は静かに一礼すると、すっと踵《きびす》を返し、相馬とともにその部屋を出た。

11

「例の、報告書の件でしょうか」

紀本の顔を一瞥《いちべつ》した途端、昇仙峡玲子は、その不機嫌を見抜いた。デスクの上には、いままで目を通していたらしい書類が一通、伏せられている。

その書類が果たしてなんであるか、玲子はすでに知っていた。事務部からその書類を手挟《たばさ》んできた同期に、聞いたからだ。

その質問には答えず、紀本は椅子の背にもたれ、両手を肘掛けに置いたまま玲子を見上げた。

「君、これをどう思う」

報告書の作成者は、事務部の花咲舞。

希望ヶ丘出張所の臨店報告書としての体裁を整えながらも、そこに報告されているのは、まさに東京第一銀行の根幹を揺るがしかねない、大スキャンダルであった。

「もし、事実なら、しっかりと対応すべきだと思いますが」

玲子の答えに、

「しっかりと対応するとは？」

紀本は聞き返した。「破邪顕正《はじやけんしよう》の徒《と》となって、悪を罰すると？」

上司の態度を冷静に観察した玲子は、要するにそれが紀本の葛藤《かつとう》であり、不機嫌の原因であることを瞬時に見抜いた。

「銀行的解決をされるということでしょうか」

具体的にそれがどういうことかは、きくまでもない。「それはお任せしますが、その報告書の内容は、とりあえず部長の疑問に対してひとつの回答を示していると思います」

上司の小粒だが鋭い眼が、何かを警戒するかのように光った。

「なぜ、東東デンキの不正経理を隠蔽しようとしたのか、か」

紀本がつぶやいた。「たしかに、その答えはここにある。親密な関係にあった政治家のために、情報を操作したと。空白の二ヵ月の意味が、錬金術のためだったとはな」

「それが事実である可能性があります」

「君はそれを信じるのか」

紀本の問いに、

「私は――」

玲子が言葉を呑んだのは、己の発言が適切か否か、斟酌《しんしゃく》すべきではないかと思ったからだ。が、それも束の間、玲子が発したのは忠実な銀行組織の一員としての言葉だった。

「現状では信じるに足らないと考えます。第一、証拠がありません」

返事の代わり、紀本の唇がきっと結ばれ、静かに瞑目《めいもく》する。

一礼して玲子は部長室から出ていく。

紀本に呼ばれた理由はわかっている。ただ、信頼できる部下の反応を確認したかっただけなのだ。求められている応《こた》えが果たしてなんであるか、もちろん玲子もわかっている。

が、この短い面談で、玲子には紀本が何を企んでいるのかも、同時に透けて見えた気がした。

紀本は、真相を求めている。

だが、真相を求めることと、それを公表することとは違う。

紀本は事務部長の辛島から回されてきたこの報告書を携え、菊川を訪ねるに違いない。

そして、落としどころを探るつもりだ。

銀行にとってさしたる痛みを伴わず、同時にほどよく体面を保つにしかるべき、ひとつのゴールを。

果たしてそれが何であるか、長年紀本の思考パターンを傍観してきた玲子には、それとなく察しがついた。

結論は、吉原営業第三部長の独断による隠蔽工作——だ。

そして、吉原ひとりが詰め腹を切らされて幕引きになる。

かくして、なんの代わり映えもしないまま、東京第一銀行の看板も企業文化も守られ、しばらくすれば何事もなかったかのように日常に回帰するのであろう。

「昇仙峡調査役——」

玲子が声をかけられたのは、そんなことを考えながら部長室から自席に戻る途中であった。

立ち止まった玲子は声の主を振り返り、そっと眉を顰《ひそ》めた。

「あの報告書、調査委員会でいつ議論していただけますか」

花咲舞の問いに玲子は思わず声を呑み込み、相手を見据える。

「さあ、それはわからない」

心の痛みを感じたのは、自分を見つめる相手の、痛いくらいの真剣さを目《ま》の当たりにしたからだ。

「握りつぶすのは簡単かも知れません」

花咲の声は、そのまま玲子の胸に突き刺さるようだ。「ですが、それでは当行は良くなりません」

立ち止まったまま、玲子はその訴えを横顔で聞いている。

「昇仙峡調査役、ぜひ、お力を貸していただけませんか」

なおも訴えかける花咲に、

「あなた、何か勘違いしてるようだけど」

玲子は、冷徹な視線を向けた。「私にはそんな力はない。この組織は、あなたが考えるほど簡単なものじゃないのよ」

そのとき、

「あなたは何のために仕事をしてるんですか」

鋭く、怒りに満ちた問いが放たれ、玲子の胸に突き刺さった。「簡単じゃないからあきらめるんですか。あなたはそれに見て見ぬふりをするんですか。本当にそれでいいんですか。そんなんだから、この銀行は良くならないんですよ」

花咲の剣幕に、周囲の部員たちが何事かとこちらを見ている。

悔しさと怒りに、玲子は頬を硬くし、花咲に背を向ける。

「昇仙峡調査役――！」

その花咲の声を無視して自席に戻った玲子の胸に、自己嫌悪の苦みが広がり始めた。

12

「まず、最初にお伺いしますが、高橋会長。東東デンキの不適切会計、吉原君に隠蔽するように指示されたそうですね。事実ですか」

役員会議室のオーバル形のテーブルの向こう側に着席した東京第一銀行会長の高橋は、平然とした様子で菊川の質問を受け止めた。

「事実無根だよ、君。羽田君もそれを認めたのか」

調査委員会で開いた審問の場であった。いま高橋が着席している「被告人席」には、少し前まで副頭取の羽田が掛け、菊川の質問を同じように否認したばかりだ。

「いいえ」

菊川は、じっと高橋の目の奥を見据えたまま、首を横に振る。

「ほらみろ。吉原の勘違いだ、そんなのは」

苛立ちを抑えきれない高橋は、菊川と、その両側に並んでいる調査委員の面々を睨《ね》め回した。

「隠蔽の事実は一切ないと？」

「一議に及ばずだ」

菊川に噛みつかんばかりに、高橋は反応した。気性の荒い暴君である。頭取時代はワンマン、さらに向こう傷は問わない経営姿勢で東京第一銀行の業績を飛躍的に向上させた男だ。

もっとも、高橋が主導したなりふり構わぬ業容拡大は、その後のバブル崩壊によって巨額の不良債権を生む土壌となったとの批判もある。それでも——自らの子飼いを重要ポストに引き上げ、行内の要所に配置した影響力は、行内でも指折りだ。

「言った言わないの話ほど、意味のない議論はありません」

菊川の口調は、淡々としていながら隠し持った熱を包んでいるようだ。「我々は調査委員会として関係者の行員にヒアリングをし、事実関係の確認に多大な時間と労力を費やして参りました。一方で、当行はこの問題で社会の信用を失うかどうかの瀬戸際に立っております。我々に必要なのは、一刻も早い真相の究明であり、その公表であることはいうまでもありません。高橋会長——」

いま菊川は椅子の中で座り直すと、改めてこの影の実力者と対峙するように顔を上げた。

「あなたがどのようなしがらみをお持ちになっているかはわかりません。しかし、あなた方の誤った行動によって、当行が難しい状況に置かれることになったことはきちんと認識されるべきだと思います。ひとりのバンカーとして、もしここで打ち明けるべき真実があるのなら、その誠意に基づき、いまこの場でおっしゃっていただきたい。これは、あなたにとっての最後のチャンスであり、この東京第一銀行にとっても事態を早急に収拾できる唯一のチャンスかも知れません。ひとりのバンカーとして、私はあなたにそれを期待します」

菊川は、バンカーの矜持《きょうじ》とでもいうべき熱量を、その全身から放っているかのようであった。

高橋もまた菊川も、東京第一銀行を代表するバンカーであることは間違いない。

それぞれにこの銀行に対する思いがあり、プライドがある。

菊川が問うたのは、バンカーとしての生き様そのものだ。

高橋の、燃えるような眼差しが菊川に注がれている。

菊川の放った問いへの答えを待って、会議室は緊迫した沈黙に沈み、ふたりのやりとりを見守る委員会のメンバーは全員、凍り付いたかのように動かない。

もっとも、この質疑応答そのものが、実は周到に準備された予定調和であることもまた、その場の全員が理解していた。

すべてはこのまま、なし崩しに終わる。現場の暴走というありふれたわかりやすい結論と共に。それでも高橋の権勢が本件によって失速することは容易に想像できる。罰せられずとも、誰もが高橋の罪を確信するだろうからだ。あえてリスクのある者に近づく行員などいない。この件で、高橋の時代は実質的な終焉《しゅうえん》を迎えるといっても過言ではないだろう。

「真実はひとつだ、菊川専務」

そのとき、高橋の言葉がその沈黙の中、放たれた。

「私が隠蔽を指示するなどということはあり得ない」

「それは、誠意あるひとりのバンカーとしての発言でしょうか」

菊川の問いには、高橋に対する嫌悪が透けて見えた。

「くどいな」

高橋は鼻に皺を寄せ、

「調査委員会の諸君には、偽証に惑わされることなく、賢明で公正な調査を期待している。この東京第一銀行のひとりのバンカーとしてな。まだ何か質問はあるかね」

座の一同を威圧するかのように見回した。

誰も発言する者はない。このまま閉会するかと誰もが思ったそのとき、

「よろしいでしょうか」

円卓を囲む中から手が上がり、この成り行きを静かに見守っていた紀本は眉を動かしてそちらを見た。

挙手しているのは、場にふさわしいとは思えない三十代前半の若い男であった。この調査委員会における唯一の産業中央銀行のメンバー、中野渡謙《なかのわたりけん》企画部長が代理として寄越した男である。

議事録を取りにきただけの飾り——紀本のみならず、その場の全員がそう判断していたから、その男が発言を求めるというこの成り行きに一驚《いっきょう》を喫《きつ》するのは当然である。

「どうぞ」

菊川の許可を得ると、男はわざわざ立ち上がって自己紹介した。

「発言のお許しをいただき、ありがとうございます。本日は中野渡の代理として出席しております、産業中央銀行企画部調査役、半沢直樹と申します」

半沢は場の全員に向かい深々と一礼した。

「そこで高橋会長にお伺いしたいのですが、会長は、御行《おんこう》希望ヶ丘出張所の取引先、シマタニ不動産という会社をご存じでしょうか」

高橋の不機嫌そのものの目が、じっと半沢に注《そそ》がれ、「さあ、知らんね」、というひと言が吐き出された。

「それでは、民政党幹事長の石垣信之介代議士とは、どのような関係でいらっしゃいますか」

「そんなことは、本件と関係ないだろう」

「いえ、関係があるからこそ、お伺いしております」

半沢の反論に、高橋が憤懣《ふんまん》の面差《おもざ》しになった。不機嫌そうにテーブル上の書類を意味もなくつまみ上げて、また元に戻す。

「友人のひとりだ」

高橋のこたえに、

「それだけでしょうか」

半沢が疑問を投げかける。

「他に何があるというんだね。質問の意図がまったくわからんよ、君」

東京第一銀行のカリスマ経営者だった男は、勃然《ぼつぜん》として怒りを露《あら》わにした。

「それでは申し上げます。そのシマタニ不動産の島谷社長は、石垣信之介の後援会長であり、資金担当です。そのシマタニ不動産は、五ヵ月ほど前、東東デンキ株を信用で空売りし、その後、不適切会計が発覚した後の暴落で大儲けをしました。おそらく、そのカネもまた石垣議員の政治資金になるのでしょう。でも、なぜそんな大儲けが出来たんでしょう」

「知らないね、そんなことは。関係ないでしょう」

高橋は怒りに紅潮した頰を震わせ、吐き捨てるように言い放った。

「そうですか。私が入手したこの報告書にはあなたがその情報源であると、書いてありますが」

その瞬間、テーブルを囲む委員の間から驚きと戸惑いの声が上がった。半沢は続ける。

「報告書の作成者は、御行事務部臨店指導グループの花咲舞さん。あなたがインサイダー取引に関与したことは、希望ヶ丘出張所の小安所長が証言したとあります」

紀本は驚愕《きょうがく》し、半沢が手にしている報告書から視線を剝がすことができなかった。

それ以上に驚いた顔をしているのは、報告書を捻《ひね》りつぶそうとした紀本の根回しに、最後まで抵抗していた辛島だ。その辛島の表情を目にした途端、紀本は悟った。これは辛島のリークではない。

握りつぶしたはずの報告書がなぜ、そこにあるのか。よりによって、産業中央銀行の人間の手に渡ったのか、まったく見当が付かなかった。

会議室に、声にならぬ動揺が広がった。

「どこで、そんなものを手に入れたんだね」

思わず、紀本は問うていた。

「情報源は秘匿《ひとく》します。私が知りたいのは、ひとつだけです。高橋会長、ここに記されていることは、果たして事実かどうか。いまこの場でお答え願いたい」

全員の視線が高橋に集中した。

「そんなものは知らん。証拠もないじゃないか」

嚙みつかんばかりに否定し、屈辱に顔を紅潮させる。

「証拠はありません。ですが、当行としてはこの報告書は充分に信用に足るものであるとの認識です。当然ですが、このような疑惑を抱えたまま合併準備交渉を継続することはできません。この報告書の存在を無視し、調査委員会がこのまま閉会されるのであれば、真相究明のため、当行はインサイダー取引の疑いありとして証券取引等監視委員会に告発する考えです」

喉元《のどもと》に匕首《あいくち》を突きつけられたような息苦しさと衝撃を、紀本は受けた。

紀本だけではない、調査委員会のメンバー全員が瞬きすら忘れ、その半沢という男を見据えている。

発言を終えた半沢は着席するや、端厳《たんげん》として言い放った。

「東京第一銀行の皆さんの良識ある判断を期待します」

逃げ道を塞《ふさ》がれたも同然の展開である。もはやお手盛りも予定調和もない、真剣勝負の場に調査委員会そのものが放り込まれたのだ。

いま問われているのは、東京第一銀行の見識そのものだ。

万事休すか——。

紀本は腕組みをして、強く瞑目した。

13

〝政治とカネ、ふたたび――〟

新聞の一面にそんな見出しが躍《おど》り、与党民政党の幹事長、石垣信之介の議員辞職が報じられていた。

東東デンキ株にからむインサイダー取引、東京第一銀行高橋会長との癒着の構造――そこに暴かれているものは、東京第一銀行の暗部そのものだ。

「エリア51って聞いたことあるかな、花咲くん」

それまで読んでいた新聞をばさりとデスクに投げ、ため息まじりに芝崎がきいた。

「なんですか、それ」

「当行の都市伝説みたいなもんで、役員がらみの裏融資があるっていう噂があってね。ほら、宇宙人の死体が隠されているっていうアメリカ軍の基地があったろ。あれだよ」

「要するに、今回のシマタニ不動産との取引がエリア51だったということですか」

臨店のない、比較的事務閑散《かんさん》とした日の朝である。「それならまだ宇宙人の死体のほうがマシですよね」

「まったくだな」

芝崎はいったものの、ふと表情を曇らせた。「でも、きっと他にもあると思うんだよね。誰も知らないまま、ひっそりと続いている別のエリア51が。今回のことで、それはますます人知れず、巧妙に隠蔽されてしまうかも知れない。そんな気がするよ」

東京第一銀行会長の高橋の更迭《こうてつ》が発表されたのが一週間前のことである。

「それにしてもさ、いったい、ウチの報告書を誰が産業中央銀行に渡したんだろうな」

芝崎はここのところ何度も口にしている疑問をまた口にした。

「さあ、誰でしょうねえ」

舞は首を傾《かし》げていった。「でも、誰だっていいんじゃないですか。結局、収まるところに収まったような気がするんです。あの報告書がもし握りつぶされてしまっていたら、ウチの銀行は本当に腐ってしまうところでした。どんな形であれ、それが回避できたんですから、私は感謝してます」

「感謝？」

芝崎に問われ、慌てて顔の前で手を横に振った舞は、

「そういえば、相馬さん、どうなるんですかね」と話題を変えた。

調査委員会が、東東デンキの不適切会計問題の真相と、高橋会長が関与したインサイダー疑惑を告発したのが一ヵ月前。副頭取の羽田の更迭、さらに希望ヶ丘出張所の

小安の、人事部付が発令された。いわばインサイダー疑惑解明のための懲罰《ちょうばつ》人事だ。

さらに数日前には、合併準備の一環という名目で、希望ヶ丘出張所の撤退が決定された。

同出張所のメンバーは一旦横浜支店に配属された後、再び新たな職場への辞令が下ることになっている。

実際、営業課長の園山の取引先への出向はすでに決まっており、間もなく相馬にも、なんらかの人事が発令されるに違いない。

「そういえば、相馬君を希望ヶ丘出張所に転勤させるように手を回したのは菊川さんらしいよ」

芝崎がそんなことをいった。「それが今回の不正を暴くことになったというのも皮肉だねえ。まあ、相馬君のことだ。どこへ行ってもきっと立派にやってくれるだろう」

芝崎の言葉に素直にうなずくことはできなかった。

どこに行ってもそれなりにやっていくのは大変なことだ。

日々苦労し、周りの人間関係に腐心《ふしん》しながら、何とかバランスを取って戦っているのが銀行員であり、ひいてはサラリーマンというものではないのか。

「そんなことより、我々の臨店指導グループがどうなるか、私はそのことを思うと夜も寝られないよ」

芝崎の心配性に、舞は笑みを浮かべた。

「心配したって始まらないじゃないですか。私は今回の事件で、まだウチの銀行も捨てたものじゃないなって思えました」

舞の胸に、あの日、臨店指導グループを訪ねてきたひとつの顔が浮かんだ。

「あなたの報告書、私に預けて」

足早に入ってくると、部屋に誰もいないことを見てとった昇仙峡玲子は、そういったのだった。

「どうするんですか」

問うた舞に、昇仙峡はこたえなかった。ただ、渡した書類を受け取ると、理由も言わず足早に部屋を出ていっただけだ。

それがまさかこんな顛末《てんまつ》を辿ろうとは、さすがの舞も思ってもみなかったが、そこにはバンカーとしての、昇仙峡玲子なりの矜持があったに違いない。

この組織のどこへ行っても、私は自分らしくあればいい。そのことを舞は、繰り返し思うのであった。

特別収録短編

犬にきいてみろ

1

テーブルを挟《はさ》んだ向こう側にいる男は、さっきから生真面目そのものの視線を舞に向けていた。

ひょろりと痩せた頼りない体つきに、きっちりと七三に分けた髪。育ちの良さそうな面立《おもだ》ちの中で、小さく円《つぶ》らな瞳がうっすらと緊張の色を湛《たた》えている。

「あ、あの、花咲さん。ご、ご趣味はなんでしょうか」

見かけ通りの、おどおどした声が問うた。

「はい、趣味は読書とドライブです。それにお料理も少々――」

着物姿の舞は、しとやかにこたえる。

読書といってもミステリからやおいな小説までが守備範囲で、控え目にいっても高尚とは言い難《がた》い。ドライブを楽しんだのは学生の頃の話で、それも友人のクルマで数回程度。本音をいうと、渋滞するのがわかっているのにクルマで出かける人の気が知れない。料理も年に数回作ればいいほうで、食事はもっぱら親任せである。

突っ込まれるとマズイと思ったが、

「たいへん、結構なご趣味だと思います」

男は感心したようにいい、かすかな罪悪感とともに舞をほっとさせた。

赤坂にある高級ホテルのラウンジである。

人生初のお見合いであった。

一週間前、見合いや縁談の世話を趣味としている叔母が、なんらかの事情で花嫁候補にドタキャンをくらい、「この通り。一度だけ」、と拝み倒されてきた形ばかりのものである。

さっきまで同席していた親たちは、食事が終わると同時に、「後はお若い方同士で」、とどこかへ行ってしまい、いま舞は、図らずも初の見合い相手となった男と向き合っているのであった。

「ええと、勇磨《ゆうま》さんはゴルフが趣味なんですよね。どのくらいで回られるんですか」

さして興味のあるわけではないが、その場つなぎの質問を繰り出す。

「いやその——百三十ぐらいですか」

平井《ひらい》勇磨は後頭部のあたりに手をやり、恐縮してみせた。「すみません。なかなか練習する暇がなくて」

「お仕事が忙しいですものね」

フォローすると、「その仕事の方も、なんといいますか……」、とぱっとしない返事があって、どうにも嚙み合わない会話である。

「大変なんですか」

遠慮勝ちにきくと、

「恥ずかしながら、順調とはいえない内容でして——いや、参ったな」いってしまってから勇磨は、顔をしかめた。「会社の話はあとでいいからと母に言われていたんですが、つい。すみません……」

勇磨は、家業の町工場の二代目社長である。叔母の情報によると、平井エンジニアリングは、勇磨の父が四十年前に品川区内で創業した優良企業とのことであった。

創業社長である父親が急逝したのが三年前。それに伴い、修業していた取引先から呼び戻された勇磨が社長に就《つ》いたのである。

「いえいえ」

舞は慌《あわ》てて顔の前で手を振った。「私、銀行員ですから、会社の話とかは聞き慣れてます。大企業だから安泰という時代でもないし、みんな大変なんですよ」

「そういっていただけると助かります」

安心した勇磨は、「今日のお見合いが、舞さんでよかったですよ」、と真顔でいうのであった。

「まだ社長になられて日も浅いし、いろいろご苦労があるんでしょうね」

「そうなんです。実はなにかと問題がありまして、どうしたものかと……」

俯《うつむ》き加減になった勇磨は、はっと顔を上げた。「そうだ、舞さん。私の相談に乗ってもらえませんか」

「えっ、私が？　それはちょっと、どうかな」

さすがに気後れする展開である。

「誰かに相談したくても、なかなか相手がいなくて困っていたんです。取引銀行の支店にいえば、あまり知られたくない内情を知られることになりますし……」

「内情を知られたくないこと、あるんですか」

舞がきくと、

「まあ、いろいろありまして」

歯切れが悪くなる。

「まあ、そういうことも含めて経営なんでしょうけど」

「その通りなんです」

我が意を得たり、とばかりに勇磨は体を乗り出した。「一度、詳しく話を聞いていただけませんか。お願いします」

舞は困惑した。

「力になりたいのは山々なんですが、経営のことは私の専門外だし。あ——」

舞の脳裏に、ひとつの顔が浮かんだ。「いや、もしかしたら、お役に立てるかも……」

「本当ですか」

ぱっと顔を輝かせた勇磨に、

「ええ。た、たぶん……」

舞は曖昧《あいまい》な笑みを浮かべる。

「よお、花咲！」

突如《とつじょ》、背後から声がかかったのは、まさにそのタイミングであった。

相馬健がその日、赤坂にあるホテルに居合わせたのは友人の結婚式に出席するためであった。

結婚式がめでたいのはわかるが、だからといって三万円のご祝儀は痛すぎる。いったい誰がこんな相場にしやがった――。

そんなことを考えながらチャペルでの参列を終え、披露宴会場へと向かうためにロビーを歩いていた相馬は、ふと聞き覚えのある声を聞いた気がして足を止めた。

ちょうど日本庭園に面したラウンジの前である。

好天に照らされて輝いている春の庭園が、目に眩《まぶ》しい。一瞬、その美しさに目を奪われた相馬だったが、

「ややっ。あれは――」

窓際の席にいる人影に気づいて傍《かたわ》らにあった植え込みに身を隠した。

見れば、柄にもなく着物姿の花咲が、テーブルを挟んでひょろりとした男とぎこちなく向き合っているではないか。

「おや？」

ふたりの様子を一瞥《いちべつ》した相馬は、顎《あご》のあたりをさすって首をかしげた。「どうも雰

囲気が妙だな。こいつはまさか——」

見合いか、と見て取ったとたん、相馬はほくそ笑んだ。

「こりゃいいや。ちょっくら驚かしてやるか」

何しろ、普段の仕事では散々肝を冷やされてばかりである。植え込みの陰からそっと出た相馬は、花咲の背後からそれとない様子で近づいていった。

花咲の斜め後ろに立ち、

「よお、花咲！」

声をかけると、振り返った花咲の目が驚愕《きょうがく》に見開かれた。

「そ、相馬さん！　なんでここに」

「いやなに、友達の結婚式でな」

相馬はとぼけた口調でいい、「そういうお前こそ、今日はどうした。珍しく、着物なんか着ちまって」

意地の悪い質問をした相馬に、案の定、花咲は少々口ごもった。

「まあ、これについてはいろいろと事情があるんですよ」

「ほお、事情とな」

相馬は笑いを浮かべてみせた。「まあ、いいからいいから。気にしないよ、オレは」

鷹揚《おうよう》に顔の前で手を横にふり、

「お取り込み中のところ、お邪魔しました——じゃあな、花咲」

右手をさっと上げ、ああ愉快愉快、とばかりにその場から離れようとする。ところが、その相馬の腕がぐいとつかまれ、歩きかけたところを引き戻された。

「な、なんだ、花咲！」

「お邪魔どころか大歓迎ですよ、相馬さん」

花咲が浮かべたにんまりした表情に、相馬は嫌な予感がした。

2

「やっぱりオレがお前の見合い相手の面倒をみるってのは、何か間違っているような気がするんだが」

釈然としない顔の相馬を、まあいいじゃないですか、と舞は宥《なだ》めた。「人助けだと思って、お願いします」

一週間が経った土曜日のことである。あの日——舞から勇磨の会社の事情を聞かされた相馬は、半ば有無を言わさずに協力させられる羽目になっていた。

「誰にも相談できずに勇磨さんも悩んでいるんですよ。銀行員として、助けられるのなら助けてあげたいと思うのが人情ってものじゃないですか」

山手線《やまのて》の大崎《おおさき》駅で降り、タクシーに乗るためにふたりは歩き出した。

「勇磨さんねえ。お前、その勇磨さんと結婚するのか？」

相馬が改まってきくと、「まさか」、と舞は首を横にふった。「ただ気の毒だから力になろうと思ってるだけですよ」

「ふうん」

さして関心があるとも思えぬ返事をしながら、相馬はやってきたタクシーに手を上げる。

ドライバーに住所を告げてしばらくもしないうちに、クルマは小さな会社や商店、住宅が混在する入り組んだ道路を縫って走り始めた。十分ほども乗っただろうか、

「お客さん、ここですかね」

タクシーの運転手がルームミラー越しに話しかけながらクルマを止めたのは、こぢんまりとしたビルの前である。やけに四角い印象の建物で、玄関脇に「平井エンジニアリング」というプレートが塡《は》まっている。

「ほう。なかなか小綺麗《こぎれい》なビルじゃんか」と相馬。

玄関を入り、「すみません」、と舞が声をかけると、来訪を待ち構えていたらしい勇磨が出てきた。土曜日ということもあって、他に社員の姿はなく、事務所の中はがらんとしている。

「相馬さん、舞さん。本当にありがとうございます」

勇磨は丁重に礼をいって、さっそくふたりを社長室に案内してくれた。

重厚なデスクに、艶のある黒革を張った応接セット。おそらく、父親の趣味で作った部屋をそのまま使っているのだろう。片付いてはいるものの、どこか古くさい感じのする部屋だ。

「相馬さんからいわれた、三期分の決算書や明細を用意しておきました。これでよろしいでしょうか」

「拝見します」

手慣れた様子で書類を開いた相馬が真っ先に見たのは、最新の損益計算書——会社の儲《もう》けがいくらなのかがわかる書類である。

「赤字、か」

相馬がぽつりとつぶやいた。前年、前々年の損益計算書を一覧し、「一昨年まではかろうじて黒だな」、といって顔を上げると勇磨を見た。

「去年と今年はなにかと環境が厳しくて……」

険《けわ》しい表情になった勇磨に相馬はひとつ頷くと、再び書類をぱらぱらとめくり始める。傍《はた》から見ると、えらくざっくりとした見方に見えるが、そこはかつて敏腕融資《ゆうし》マンとして鳴らした相馬である。あっという間に、三期分の決算書に目を通し、

「製造コストをもう少し見直さないと」

と指摘してみせた。「環境が厳しいといってる割に、製造原価を抑えようと努力しているようには見えないというか……。売り上げは減ってるのに、工場のコストはむしろあがってるじゃないですか。これはおかしいですよ」

「やっぱり工場ですかあ」

痛いところを突かれたという顔で、勇磨は頭の後ろに手をやった。どうやらそれが、困ったりしたときのクセらしいが、思い当たるフシもあるのだろう。

「なにかあるんですか」舞がきいた。

「どうも、工場長がワンマンでして」

勇磨は、言いにくそうに表情を曇《くも》らせた。

「つまり、ワンマンでなかなか口出しできないと？」と相馬。

「そうなんです」

「おいおい」

相馬があきれた。「赤字をなんとかしなきゃいけないってときに、社長が工場長に遠慮してどうするんです。製造コストも高くなっちゃってるし、ここは社長が陣頭指揮を執ってがんばらないと」

「そうは思うんですが、しかし……」

勇磨の様子は、なにやら訳ありである。

「もしよかったら、話してみませんか。私たちでお役に立てるかどうかはわかりませんが」

舞に背中を押され、「実は、工場長というのは父の代に大口取引先の大日《だいにち》マシナリーから迎えた男でして」

勇磨がいった。

「大日マシナリーというのは？」舞がきいた。

「ウチの取引の半分を占める大口取引先です。ウチは大日さんの下請けなんですよ」

「それで遠慮があって、いうべきこともいえないというわけですか」

「まあ、そんなところでして」

勇磨は、情けないとばかりまた頭の後ろに手をやった。「なにしろ、向こうは大日マシナリーの元幹部でこの道四十年のベテランです。一方の私はといえば、社長とはいえまだ駆け出しで……。大日マシナリーさんへの営業はその工場長がやっていまして」

「社長の出る幕じゃないというわけですか」

「ええまあ」

勇磨は顔をしかめ、「ただ、それだけならまだよかったんですが……」、と言葉を濁《にご》しながら続ける。

「実は先日、私のもとにこんなものが届きまして」

社長室のデスクの抽斗《ひきだし》から勇磨が取り出したのは、一通の封書であった。中から三つ折りにされた便箋《びんせん》を取り出すと、そこにはプリントアウトされた本文がたった一行――。

助川の不正に気をつけろ。

「助川《すけがわ》というのは？」相馬が質問した。

「その工場長なんです」

舞は思わず目を見開いてきいた。

「ってことは、この手紙は——」

勇磨は思い詰めた表情でうなずく。

「ええ——何者かによる、内部告発です」

3

差出人の名前は、どこにもなかった。日付は十日ほど前。高崎《たかさき》にある同社の群馬工場に近い郵便局の消印があるのみだ。

「差出人の心当たりはあるんですか」相馬がきいた。

「工場の誰かじゃないかと思うんですが、誰かはわかりません」

「じゃあ、どんな不正なのか、とかは」

きいた相馬に、勇磨は首を横に振った。

「私がもっと工場経営に関わっていれば何か気づいたかも知れませんが、先ほど説明した通り工場は助川がすべて仕切ってまして。仮に不正があったとしても、何がどうなっているのやら」

「それじゃあ、ダメだ。なんとかしないと」

「ごもっともです。面目《めんぼく》ない」

勇磨は頭を下げたが、かといって具体案が出るわけでもない。

「相馬さん、なんとかならないんですか」

見かねた舞がいった。「不正の手がかりでも摑《つか》めば、工場長に対してもやりようがあると思うんです」

「工場の経理書類ありますか。帳簿や伝票、領収書とか」相馬がきく。

「決算期にまとめた経理の元帳《もとちょう》はこちらにもあるんですが、伝票とか領収書の類《たぐ》いは工場で管理してるんです。こちらにあるのは本社分のものだけでして」

「それじゃあ、見ても仕方がないか」

勇磨の返事に相馬も嘆息した。「悪いことはいいませんから、一度、工場の帳簿や伝票に目を通したほうがいいですよ。任せっぱなしにしてるからこういうことになるんですよ」

「面目ない……」

弱々しい勇磨に、

「遠慮してる場合ですか、平井さん」

普段のんびりの相馬もつい苛立《いらだ》ったらしい。「こんな状態ではマズイですよ。遠慮してても前に進みません。まずは、工場長との関係を打破しないと。それが経営改善の第一歩ですよ」

「たしかに、おっしゃる通りだとは思うんですが……」

唇を嚙んだ勇磨は、やがて決意を秘めた顔を上げた。「相馬さん、お願いがあります。一度、ウチの群馬工場に足を運んでいただけませんか」

「えっ、オレが？」

思いがけない提案に、相馬もさすがに返答に窮した。

「お願いします、相馬さん。私は経理のシロウトですし、工場にある経理の書類を見て不正を見つけ出すなんて自信はありません。ここは相馬さんの力にすがるしかないんです」

「しかしなあ……」

渋る相馬に、

「私からもお願いします、相馬さん。力を貸してください」

と舞も頭を下げる。

逡巡《しゅんじゅん》していた相馬だが、ふたりの真剣な態度に、やがてため息をひとつ吐いていった。

「まあ、そこまでいわれちゃ、仕方ねえな。ここはひと肌脱ぐか」

「ありがとうございます、相馬さん」

勇磨は、表情をぱっと明るくしたかと思うと、テーブルに額をぶつけそうなほど頭を下げたのであった。

4

平井エンジニアリングの群馬工場は、高崎市郊外に造成された工業団地の一角にあった。

高崎駅まで迎えにきた勇磨のクルマに乗って二十分ほどの距離である。大型トラックが入れるような幅広の道路で整然と区画され、敷地には大きな看板が出ている。敷地に入るとすぐに駐車場があり、右手側が事務所だ。そこから敷地の奥へとカギ形に続く工場は二階建て。左端は搬入搬出のためのスペースになっており、いまも一台の大型トラックが待機しているところだった。

日差しの柔らかな五月の土曜日ということもあり、都会とは違うゆったりとした空気が流れているような気がする。

「こちらです」

事務所の入り口のほうへ勇磨に案内されていくと、玄関脇にむく犬が一匹、寝そべっていた。

「のどかだなあ」

それを見て相馬がいった。稼働音が幾重にも折り重なる工作機械のリズム感が、何かいっそう、その緩《ゆる》やかな雰囲気を増幅させているような気がする。

「いまのクルマのエンジンなどはコンピュータ制御になっているんですが、この工場ではそれに向けたセンサーの部品を作っているんです」

平井エンジニアリングの主力製品は、車載用電子部品だ。雰囲気こそのどかだが、製品そのものは時代の最先端といっていいのだろう。

そののんびりした空気がにわかに現実へと転じたのは、二階にある事務所へと足を踏み入れたときであった。

経理課のある部屋には、制服を着た年配の女性事務員がひとり。その後ろに、銀縁めがねをかけた、やけに鼻と口の小さい、ネズミ顔の男。さらに一番奥のデスクには六十前後の恰幅《かっぷく》のいい男がいて、椅子の背にもたれて声高に誰かと携帯で話していた。髪の毛が一本もない頭が、蛍光灯の光でてらてらと光っている。

勇磨は、その通話が終わるまで律儀に待って声をかけた。

「工場長、今日はよろしくお願いします。こちらが東京第一銀行の方です」

電話をしていた男が顔を上げ、大儀そうに立ってくる。工場長の助川幹夫《みきお》だ。

「東京第一銀行の相馬です。本日はよろしくお願いします」

相馬が差し出した名刺を一瞥することなく胸ポケットにしまった助川は、

「わざわざこんな田舎《いなか》まで、ご苦労さまですねえ」

皮肉っぽい口調でいった。

新たな融資のための工場視察に来た——というのがあらかじめ勇磨と舞とで考えた口実である。

「ちゃんと融資してくださいよ。大手の銀行さんは渋いからなあ——おい、多田野《ただの》」

呼ばれて立ってきたのは、さっきのネズミ男だ。

「経理課長の多田野です」

歳は四十前後、助川とは対照的に小柄で、やせこけた男である。名刺を交換すると、土気色の顔から陰気な眼差《まなざ》しを相馬と舞のふたりに交互に向け、

「事務部臨店《りんてん》班ってどういうことですか」

疑わしげにきいてきた。「融資審査というから、てっきりどこかの支店の融資課の人間が来ると思ってたんですがね」

助川もポケットにしまった名刺を取り出して一瞥し、「どういうこと」、と勇磨に問う。最初に感じたのどかな工場の雰囲気とは逆に、ギスギスしたものがふたりから漂ってくる。

「品川区内に計画している新店舗の開設準備中でして。将来の融資先としての事前審査です」

相馬による苦しい説明だが、なんとか信用されたらしい。

「まあいいや。多田野、面倒を見てやってくれ。会議室でいいか」

助川が先に立って事務所を出、廊下の一隅にある部屋に案内される。

「社長からは三年分の決算資料をいただいていますので、本日は過去三年間の帳簿類と伝票、それに領収書を拝見します」

長テーブルを合わせて作業スペースを作ると、早速、相馬がいった。

「は？　そんなものまで？」

多田野がどこか不満そうに唇をすぼめる。「融資の審査であれば、試算表で十分でしょうに」

銀行取引の知識と経験があるのだろう、なかなか手強い男である。

「いえいえ、今回の融資が最初の取引になりますから、経理の具体的な内容も拝見しようと思いまして。なにしろ昨年は、赤字でしたよね」

相馬は相手の痛いところを突いた。「どんな理由で赤字になったのか、また今後の業績を予測するためにも、ぜひお願いします」

赤字は事実だ。業績が悪化して先行きの資金繰りに不安を抱えている平井エンジニアリングにとって、新たな融資話がありがたいものであることは間違いない。

「見せてもいいですか、工場長」

最後の言葉は、助川に向けた言葉だ。

「融資がかかってるので、お願いします」

勇磨のひと言で、助川は何かいおうとした言葉を一旦《いったん》、呑《の》み込んだ。

「銀行さんがいってるんだ。見せてやれ」

助川は、赤字のことを言われたからか、少々むっとしている。その助川と多田野のふたりが会議室を出て行くのを見計らって舞は尋ねた。

「あの多田野さんという方は、どういう?」

「助川が昨年、前職の大日マシナリーの経理部にいたのを引っ張ってきたんです。それまでの経理は正確性に欠けるとか、そんな理由をつけて」

「たしかに経理を子飼いにすれば、数字の操作はどうにでもなるわな」

相馬がいって、刑事のような鋭い眼をしてみせる。「だとすれば、本当に不正があった場合、あの多田野氏も共犯だろうな」

「あの多田野氏と助川さんとはどういう関係だったんですか」

舞がきいた。

「多田野は大日マシナリーの調達部にいたときがあって、そのとき助川の部下だったそうです。その後経理部に異動になったんですが、いまひとつ力が認められずに不遇をかこっていたようで。助川がそれに目をつけて課長として迎えたものだから、助川にはひとかたならぬ恩義を感じているんですよ」

「かくしていまや助川工場長の右腕ってわけだ」

相馬が納得したとき、部屋のドアが開き、多田野が入ってきた。台車に載せて運び込まれたのは、山と積まれた経理資料だ。

それをテーブルの上に並べると、何かあったら内線でいってください、とだけ言い残して出ていった。

「さて、始めるとするか」

腕まくりした相馬は、舞と勇磨に指示を出した。「オレは三年分の元帳を見て、外注先や仕入れ先への支払い額に妙なところがないか見ていく。平井さんは、取引先からの請求書を見て、金額や内容をチェックしてください。それは仕事勘がないとわからないので。——それと花咲。お前は伝票と領収書の中身をチェックしてくれ」

三人で手分けしての膨大な作業が始まった。

5

「こりゃあ、ちょっとダメだな」

相馬が、疲労の滲《にじ》むため息混じりにそんなことをいったのは、三人で昼食に出たときであった。クルマで五分ほどのところにある洋食屋である。

「請求書とか発注書の金額が妥当かどうかというのは、なかなか見分けがつきにくいです」

勇磨も慣れない書類を見続けたせいで凝った首をぐるぐる回している。

意気込んで、おおかた三時間ほども書類に没頭しただろうか。眼を皿にして数字や内容を精査する作業も、なんの手がかりもなく過ぎてみれば徒労感ばかりが募る。

「まだ全体の五分の一も調べてないけれども、このやり方で果たして不正にたどり着けるか……？」

相馬は難しい顔で腕組みをした。

工場で帳簿や伝票を見れば不正が何かすぐにわかるだろう、という当初の読みが甘かったことは全員の表情に出ている。

「考えてみれば不正といっても様々ですからね」

相馬はいった。「もしかしたらすべての帳簿や伝票を調べてもわからないかも知れない。たとえば、外注先から裏でバックマージンをもらっているとか。そうなったら工場長の個人口座を覗《のぞ》いてでもみない限りお手上げだ」

「でも、少なくともあの経理書類のどこかには不正を暴《あば》くきっかけがあると思うんだけどなあ」

舞がいった。「じゃなきゃ、助川工場長が多田野さんをわざわざ引き抜く意味がないですよ。経理書類を調べるより、いっそ多田野さんを直接問いただすというのはどうですか、相馬さん」

「あの男が口を割るとは思えないね」

相馬は決めつけた。「動かぬ証拠でも突きつけない限り、シラを切り通すんじゃねえの」

「ほかに経理に携わっている方はいらっしゃらないんですか」

舞はいい、そういえば、と勇磨にきいた。「経理のシマにもうひとり、女性の社員がいたじゃないですか。彼女は？」

「ああ、葉山《はやま》ですか」

勇磨はいい、少し考えた。「たしかに、彼女なら何か知ってるかも知れないなあ。経理補助と庶務が彼女の仕事ですから」

「であれば、こっそり聞いてみませんか」

舞がいった。「告発文がくるということは、不正の事実を知っている者がいるということですよね。であれば、工場長や多田野さんの近くにいる彼女だって、何か知っているかも知れない」

「たしかにそうだ」

勇磨はうなずいた。「戻ったら、ちょっと話を聞いてみましょう」

「コーヒーを三つお願いします」

そんな勇磨の言いつけで、葉山征子《せいこ》が舞たちのいる会議室に入ってきた。

相馬と舞、そして勇磨の前にコーヒーをおいた征子が一礼して下がろうとしたとき、

「葉山さん、ちょっといいですか」

勇磨が声をかけ、傍らの椅子にかけるよう、手で示した。

「あ、はい」

突然のことに征子は少しどぎまぎした様子を見せながら、お盆を両手で持ったまま椅子に腰を下ろす。社長だけでなく、相馬と舞に見られていることもあって、横顔が緊張で強ばっているように見えた。

「実はね、葉山さん。私の元にこんなものが届いたんだ」

その征子の前のテーブルに、勇磨は、すっとあの告発文の手紙を差し出す。

一文を読んだ征子の目が、驚きに微かに揺れた。その目が手紙から勇磨に戻るのを待って、

「何か知っていることがあれば話してくれないか」、勇磨が尋ねる。

「はあ」

曖昧な返事とともに視線が泳ぐのを、舞はじっと観察していた。何か知っている顔

だが、話すべきかどうか迷っている、そんな雰囲気にも見える。

「葉山さんから聞いたことは内緒にしておく。どうだろう」

「どうといわれましても……」

征子は視線を落とし、まるで叱られてでもいるように肩をすくめたままだ。

「あなたから見て何かおかしなことはありませんでしたか。小さなことでもいいですから、気になることがあったんならおっしゃってください」

舞もいうと、

「私が見ている限りではそんなことはありませんでした」

どぎまぎした様子だが、それだけははっきりとした返事があった。

「パソコンへの伝票入力は葉山さんがされているんですよね」

相馬が質問した。「ということは、伝票の中身についても一通り確認されていると？」

「ええ、そうです」

俯き加減のまま征子がうなずき、相馬と舞、勇磨はそれとなく顔を見合わせる。

「そうですか。引き留めて悪かったね」

勇磨にいわれると、征子はほっとした表情を見せ、深く一礼してその場を離れていった。

「どう思いますか、相馬さん」

ドアが閉まるのを見届けて、勇磨が首をかしげた。「伝票の入力とか、実務をしている葉山さんから見て不正に気づかないとなると、いったい……」

「よほどうまいことやっているか、あるいは不正といっても経理がらみのものではないのかも知れないですね」と相馬。

「たとえば」舞がきいた。

「たとえば——そうだな」

相馬は少し考えた。「工場にある部品とか製品を勝手に転売してるとか。極秘情報を誰かに売り渡しているとか。そんな不正であれば、あの葉山さんが気づかないのもうなずける」

「だけど、それならお手上げです」

勇磨は落胆の表情を見せ、しばし沈黙が落ちた。

「仮にそうだとしても、いつまでも隠し通せる不正なんてない。こういうのは、いつか露見するもんなんですよ」

「そうですね」

勇磨はうなずき、「お忙しいところ、ありがとうございました」、と頭を下げる。

「まあ仕方ないな」

相馬も応じて、半ば終戦ムードになったそのとき、

「ちょっと。ふたりともなに言ってるんですか」

舞がいった。「まだ時間はあるんだし、諦めるのはまだ早いですよ。せっかく来たんだから、もう少し粘りましょうよ」

「粘るって、どうすんだ、花咲。まさかお前、この書類全部に目を通そうっていうんじゃないだろうな。そんなことしてたら日が暮れるぞ」

「そうじゃなくて、もっと調べる切り口があるんじゃないかっていってるんです」

「たとえばどんな」

相馬に問われ、舞も口ごもった。

「ほら見ろ。何もないだろう」

「でも、多田野さんが不正に絡んでいるんじゃないかっていう相馬さんの指摘は、正しいような気がするんですよ」

舞の脳裏に新たな考えが浮かんだのはそのときだ。

「そうだ、勇磨さん。多田野さんが新たに経理担当者になったということは、それ以

前に経理をされていた方、つまり前任者がいらしたということですよね。その方はどうなったんですか」

「ああ、そのことですか」

ふいに勇磨は表情を曇らせた。「菊池《きくち》という男が以前経理をやっていたんですが、多田野が来たんで、いまは製造課のラインに入ってもらっていまして……」

「経理の担当者が製造ラインに？」

驚いて目を見開いた相馬に、

「そうなんです」

こたえた勇磨の表情は微妙にゆがんでいる。「実は最近、その男が辞めたいといってきまして。助川はすぐにでも辞めさせようというんですが、なにせオヤジの代からかれこれ三十年も勤め上げてきた男なんで、なんとか引き留められないかと」

「その方に話、聞けませんか」

舞がいった。「多田野さんが入社するまで助川さんの下で経理をしていたわけだから、何かご存知なんじゃないですか」

「たしかに、それはいえますね。ちょっと来てもらいますか」

勇磨はいい、携帯を出して工場の誰かにかけた。

「菊池さんに会議室に来るよういってくれないか。頼むよ」

通話を終えると、相馬と舞に向かっていった。「まもなく来ると思いますから」

ところが、である。

それから数分してドアが開いたかと思うと、入室してきたのはその菊池ではなく、工場長の助川本人だった。

険しい顔に怒りを滲ませた助川は、ずかずかと勇磨の前まで来るや、

「勝手なことをしないでもらえるかな」

有無をいわせぬ厳しい語調でいった。「製造ラインに入ってる人間を、こんなふうに呼びつけられちゃ困るんだよ。何を考えてるんだ」

喧嘩腰の助川に、勇磨は顔を青ざめさせる。

「いや、すみません。ちょっと、話を聞こうと思いまして」

「話ってなんだ」

助川は、相馬と舞をにらみつけた。

「あ、その――経理の体制についてお話を聞こうと思いまして」

工場長の怒りの凄《すご》さに、相馬が口ごもりながらいうと、

「体制と融資とどういう関係があるんだよ、あんた」

助川が食ってかかった。「だいたい、そんなことは多田野に聞けばいいじゃないか」

さすがに相馬が返答に詰まったとき、

「多田野さんは昨年入社されたばかりで、昔のことはご存じありません」

舞がいった。「菊池さんでしたら、この三十年間の御社の話をお伺いできるはずです」

「ほう」

舞に向けられたのは、ぎらりと底光りする眼だ。「だがね、あいにく菊池は忙しいんだ。とにかく、勝手なまねはしないでくれ。迷惑だっ！」

そう言い放つと、反論するまもなく、助川はさっと背を向けて部屋を出ていってしまった。

「申し訳ない。私の配慮不足でした」

力ずくで閉められたドアから視線をはがし、勇磨が詫びた。

「先手を打たれたな」

相馬が、はっと短く嘆息した。「助川にしてみれば、あんまり話を聞かれたくない相手なんだろう。それにしても、ラインを止めるのかといわれちゃあね。お手上げだ」

「だったらラインを止めなきゃいいんじゃないですか」

舞のひと言に相馬が驚いた顔になる。

「止めなきゃいいって、お前、どうするつもりだ」

「工場なんだから休憩時間があるんじゃないですか。ラインが止まってるその時間に話を聞けばいいんですよ」

「なるほど、その手がありましたか」

勇磨が顔を上げ、壁の時計を振り向く。「休憩は午後三時からです」

いま午後二時を回ったところだ。

「そうと決まれば、それまでは書類のチェックでもして、待つとするか」

相馬が手元の帳簿を広げ始めた。

6

工場の裏手にある休憩所で、菊池一男《かずお》はひとり、仲間の工員達とは離れてベンチにすわっていた。ぼんやりと田んぼを眺めながらタバコをふかしている五十代半ばの男の髪は薄く、白髪《しらが》が目立っている。

「菊池さんですか。東京第一銀行の花咲と申します。こちらは相馬――」

タバコを持ったまま顔だけがふたりと、その背後にいる勇磨を向いた。「お話、よろしいでしょうか」

黙ってベンチの場所を動いて、三人が掛けられるだけのスペースを作ってくれる。愛想の欠片《かけら》もないが、かといって拒絶するでもない態度だ。

「ここだけの話ですが、実は、こういう手紙が平井社長のところに届きました」

舞は、コピーしてきた告発文を出して菊池に見せたが、一瞥しただけで視線は逸《そ》れていった。

「何か心当たりはありませんか」

返事はない。

「力を貸していただきたいんです」

舞は訴えた。「御社には、まだまだ改善の余地があると思います。でも、その裏で誰かの悪意があり不正が継続されていたら、本当の意味で会社は良くはなりません。それを許してきた会社の体制そのものにも問題があると思うんです。でも、平井社長はなんとか自分の手で工場を建て直したいと考えていらっしゃいます。お願いします、菊池さん。もし、ご存じのことがあれば教えていただけませんか」

「あのさ、聞いてると思うけど、私、もう会社、辞めるんですよ」

菊池の横顔から、ぼんやりとした言葉が出てきた。「いまさら会社を良くしようといわれてもねえ」

投げやりに聞こえるが、まっすぐ前を見つめたままの眼差しは、どこか哀しげだった。

「三十年、勤められたと聞きました」

「だからなんだい」

菊池の唇に皮肉な笑いが浮かぶ。「何年勤めようが、そんなことは関係ないだろ。会社にとって要らなくなった人間のいる場所なんてないよ」

菊池が口にしたのは、サラリーマンの悲哀だ。

経理は、中小零細《れいさい》企業にとって要である。

長年それを任されてきた菊池にとって、仕事を取り上げられ、工場のラインに入れと命じられたことは、辞めろといわれるのと同義だったに違いない。

「だいたい、若社長じゃ無理だ」

続けてそんな言葉が洩《も》れ出てくる。「助川工場長がいなければ、この工場は回っていかない。その現実がある限り、変わりはしない」

「いまはまだ、その通りかも知れません」

舞はいった。「でも、やってみないとわからないんじゃないですか。そのためには、菊池さんの力が必要なんです」

舞をみている菊池の瞳が小刻みに揺れている。

「菊池さん――」

なおも舞がいったとき、

「犬にきいてみろ」

いきなり、菊池の口から意外な言葉が飛び出した。

「なんですって?」

思わず舞が聞き返す。

「そんなに知りたいのなら、犬にでもきいてみな」

冗談でもいっているのか、あるいはからかっているのか。舞は菊池の顔をまじまじと見つめるしかない。

隣にいる相馬は、身動きひとつせず、息を呑んだまま菊池を凝視《ぎょうし》している。そのとき、

「菊池――」

突如、背後から声がかかって舞は振り返った。

いつの間に来たのか、助川が陰険な顔をして休憩所の入り口に立っている。

相馬と舞、そして勇磨の三人を交互ににらみつけるようにしながらおもむろに近づいてきた助川は、舞たちの退路をふさぐかのように仁王立ちになった。

「なにやってるんだ、お前」

低く鋭い声が菊池に放たれたかと思うと、やおらその矛先が舞たちに向けられる。

「勝手なことをするなっていっただろう！」

田んぼの苗も震えんばかりの怒声に、相馬が飛び上がった。

「いやその――」

真っ青になった相馬に、

「あんたたち、いったいこそこそと何を調べてるんだ」

助川が畳みかけた。「これは本当に銀行の融資審査なのか」

「助川さん」

怒り狂う工場長に、冷静そのものの舞がいった。「私たちは、平井社長の許可を得て、この休み時間に菊池さんにお話をお伺いしているだけです。それが何か問題なんでしょうか」

「社長は平井でも、工場長はこのオレなんだよ」

助川はその場に勇磨がいるのも構わず言い放った。休憩所にいる他の社員たちがこのやりとりを遠巻きにしているのも意識してのことに違いない。

「社長だろうが銀行だろうが、工場ではオレの許可なく勝手な真似は許さない。わかったか」

指先を舞の鼻先につきつけたとき、休憩時間の終了を告げるチャイムが鳴り始めた。

7

「失礼の段、なんとお詫びしていいか、言葉もありません」

会議室に戻った勇磨は完全に意気阻喪《いきそそう》していた。「気分を悪くされたと思います。申し訳ない」

「いえ、気にしないでください」

舞は、助川のことなど意に介さずといった口調でいった。「それより、さっき菊池さんのいったこと。どういう意味かおわかりになりますか」

「犬に、きいてみろ——ですか」

勇磨は、首をかしげた。「すみません、まったく見当がつきません。ガンコというか、クセのある男なので、あんな暴言を——」

「そうですかね」

舞が疑問を呈した。「あれ、本当に暴言なんでしょうか」

「とおっしゃいますと？」

勇磨はぽかんとしてきいた。

「いや、本当は菊池さん、何かを話したかったと考えたらどうですか。だけどあのとき、私たちの背後から助川工場長が現れたのが見えた。だから、あんなふうにいったんじゃないかと思うんです」

「しかしな、花咲。犬にきいたところで、人の言葉が話せるでなし。やっぱり、気難しいオッサンの捨て台詞《ぜりふ》じゃねえのか」

「あの人、そんな人じゃないですよ」

舞はいった。「職人気質《かたぎ》で、その意味でプライドの高い人だとは思いますけど、そんな捨て台詞を吐くような人じゃない。何か意味があるんじゃないでしょうか」

「意味ねえ」

相馬が顎のあたりをさすっている。「犬だぞ、犬。どんな意味があるっていうんだ」

「たとえば、工場内に犬が付く名前の人、いませんか、勇磨さん」

「いませんねえ」

上目遣いになって考えてから、勇磨は首を横にふった。「ついでにいうと、取引先にもそういうところはありません」

「地名とかはどうです」

舞がきいたが、首を横にふった。

「もしかすると、多田野氏にきけって意味じゃねえのか」

そんなことをいったのは相馬だった。「ほら、多田野氏は助川の番犬みたいなもんじゃないか。仕事を取り上げられた菊池さんにしてみれば、多田野さんを犬呼ばわりしたくなる気持ちもわからんではない。もしかすると、工員さんたちの間ではそんなふうに呼ばれているのかも知れないしな」

「多田野さんにきけばわかることぐらい、別に菊池さんに指摘されなくても、私たちだってわかってるじゃないですか」

「そりゃそうか」

あっさりと認めた相馬は、お手上げとばかり、両手を挙げて見せた。「オレが犬語が話せりゃ、あの番犬にでも聞いてみるんだがなあ」

番犬というのは、玄関脇にいたむく犬のことらしい。

「あの犬は経理のことはわからないと思いますよ」

人のいい勇磨がその冗談につきあったとき、ガタッという音がしてふたりははっと振り返った。

舞がいきなり立ち上がったのだ。

いま、その表情がきりりと引き締まり、壁の一点を見据《みす》え、何事か考えている。

「な、なんだよ花咲、いきなり」

気圧《けお》されたように問うた相馬には答えず、舞はテーブルに置かれた伝票の束を猛然と浚《さら》い、やがて中からひとつの束を探し出した。

いったい何事かと瞠目《どうもく》するばかりの相馬と勇磨を尻目に、今度は付箋を片手に、つづられた伝票をチェックしはじめる。何度か手を止め、伝票の束の綴《と》じ紐《ひも》のあたりを凝視し、さらに伝票をめくり、また何かを探している。

やがて、ぴたりと手が止まったとき、鬼気迫るほどの舞の視線がとある伝票にじっと注がれていた。

「ど、どうした、花咲。何か見つけたのか」

「相馬さん、これですよ」

わけがわからないとばかり、相馬も勇磨とともに伝票をのぞき込む。

「なんだそりゃ、雑費の伝票じゃねえか」

相馬はあきれていった。「なんだ？　犬のエサ代？　大丈夫か、花咲。そんなもん不正と関係あるはずが――」

顔を上げた舞が、相馬を遮《さえぎ》った。

「相馬さん、あの犬、松阪牛食べてます」

「は？　なんだと？」

言葉を失う、とはこのことである。

舞の言葉が脳裏にしみこむまで、相馬は舞の顔をただ見つめ、やがてはっと我に返ると、その伝票を改めて眺めた。

「ややっ、本当だ。なんてうらやましい犬なんだ。すげえな！」

「こんなときに冗談いわないでください、相馬さん」舞があきれた。

勇磨も伝票を見、改めて舞に尋ねた。

「どういうことでしょう、舞さん」

「あの犬が松阪牛を食べているはずはありません。これは、誰かが自分のために買った肉を、犬のエサ代として社費で落としているということです」

その意味を理解するまでに、さらにしばしの沈黙が挟まった。

「要するに、問題はその誰かが果たして誰なのか——だな」

やがて相馬がいった。「ここはひとつ多田野さんにきいてみようじゃねえか」

「ちょっと、呼んできます」

勇磨がいい、部屋を飛び出していく。

やがて現れた多田野は、急な呼び出しにさも迷惑そうな顔で現れた。

「なんですか、まだ何か足りない書類でもあるんですか」

「いいえ、書類は足りていますからご安心ください。それよりどうぞ、おかけください」

舞が椅子を勧《すす》めると、多田野は聞こえよがしのため息とともにかけた。

「多田野さん、実はひとつ謝らなければならないことがあるんです」

その多田野に、舞がいった。「実は私たち、融資審査のためにここに来たわけじゃありません。平井社長の依頼で、あなた方の不正の有無を調べるために今日はやってきました。ただ、そういう目的だったので、はじめから本当の来意を告げることができませんでした。そのことは最初に謝っておきます」

多田野が向けてきた視線は、驚きのそれとは違う、別なものだった。

「でも——」

舞は続ける。「私の勘ですけど、そのことはもう、おそらく葉山さんからお聞きになっているんじゃないですか」

その指摘に、驚きに目を見開いたのは相馬と勇磨のふたりだ。

「あの方は、あなた方の不正を知っていながら黙っていました。経理の伝票を入力する仕事をしていて、伝票にからむ不正に気づかないということはありえません。私たちの目的がなんなのか、すでにあなた方は葉山さんから聞いて知っていたはずです」

「不愉快だなあ」

多田野からそんな言葉が洩れた。狡猾《こうかつ》で底光りする眼差しが、じっとりと舞に向けられる。「銀行員が、銀行の名刺を使ってこんなマネをしていいのか。オレは、このことを東京第一銀行に抗議する。あんたたちのやったことは銀行の業務でもなんでもなく、業務妨害だぞ。わかってんのか」

「不正を調査することが、業務を妨害することですか」

静かに舞は問うた。「私にいわせれば、私利私欲のために会社を食い物にする行為こそ問題だと思いますが」

「ふざけるな。そんな証拠がどこにあるっていうんだよ」

吐き捨てた多田野の前に、先ほどの伝票が差し出された。

「では、この伝票がなんなのか、説明してください」

一瞥した多田野の怒りの表情を押しのけ、狼狽《ろうばい》が滲んだ。

返事はない。

その多田野を舞は真正面から見据えた。

「犬のエサ代。ご丁寧に裏に領収書がのり付けされています。中原精肉店、松阪牛一キロ、金額は二万二千円。店の電話番号が書いてありますね。誰が買い求めたのか、お店にきいてみましょうか」

多田野の表情から、血の気が引いていくのがわかった。追い詰められた男に、舞は問うた。

「この肉を買ったのは、あなたですか。多田野さん」

多田野の視線が左下の床に落ちた。追い詰められた男の脳裏で、猛烈な勢いで言い逃れの言葉が探されているのがわかる。だが、それが無駄な努力であることは、もはや誰の目にもあきらかであった。

「もう一度、伺います。あなたが肉を買って、それを犬のエサ代として落とした。そういうことでよろしいんでしょうか」

「違う」

反射的に、否定の言葉が返ってきた。「オレじゃない」

「じゃあ、誰ですか」

舞は、問うた。「いまここで、はっきりといってください。誰が肉を買ったのか」

「それは——」

逃げ場を失った多田野の目が落ち着きなく動き、やがてひとりの名前が告げられたのは直後のことであった。

8

「なんだ、まだやってたのかよ」

取引先から戻った助川を呼び出すと、会議室に入ってくるなり棘《とげ》のある声を出した。それから室内を見回し、「あれ？ 多田野はどうした」、ときく。

「多田野さんなら、先ほど帰ってもらいました」

勇磨がこたえると、

「帰っただと？　オレの許可も無くか」

不機嫌に言い放った助川は、近くにあった折り畳み椅子をひろげ、どっかと腰を下ろした。

「どういうことか、説明してもらおうか」

「では、ご説明しましょう」

そういって舞が助川の前に滑らせたのは、数枚に及ぶリストだ。

それを見たとたん、助川の表情がみるみる強《こわ》ばり、怒りをまぶした視線がさっと上がった。

「なんだ、これは」

低い声で、助川が問うた。

「見てわかりませんか、工場長。あなたの不正リストですよ」

返事はない。

舞は続ける。

「取引先からのバックマージン、個人的な飲食店の支払い、テレビやエアコン、その他自宅の修繕費から、挙げ句、松阪牛まで。去年一年間に、あなたが個人的な経費を会社に付け回した、総額二千万円に及ぶリストです」

「ばかばかしい」

助川は椅子にふんぞりかえって足を組み、リストを床に放り投げた。「こんなことを多田野から聞き出したのか。ご苦労なことだな」

狼狽するでもなければ、反省するでもない。助川は挑戦的な眼差しを勇磨にまっすぐに向けた。

「だからなんだっていうんだよ、勇磨」

助川は、平井のことを名前で呼んだ。「オレはな、お前の親父の代からここの経営を任されてるんだぞ。この平井エンジニアリングは、お前で持ってるんじゃない、オレで持ってるんだ。勘違いするな」

勇磨は青ざめ、口ごもった。助川は床に落ちたリストを拾い上げると、丸めて力任せに放り投げる。

「こんなもん調べたってな、意味がないんだよ！」

助川は鋭く言い放った。「お前の親父は、自分が死んだらオレを社長にするといったんだよ。だからオレはこの会社でがんばってきた。それがなんだ。死んでみれば、まだ右も左もわからないお前が落下傘《らっかさん》のように社長の椅子にすわって、オレとの約束なんぞ初めっからなかったかのように反古《ほご》にする。業界の経験がない若造が、こんな会社を仕切れるわけないだろうに、笑わせてくれるよ。それとも勇磨。お前が自分で大日マシナリーに行って営業できるっていうのかよ」

「そんな約束が、あったんですか……」

勇磨が唇をかんだ。打ちのめされたかのような表情は蒼白《そうはく》で、力ない視線は足下の床に沈んでいる。

「勇磨、お前の社長報酬はいくらだよ」

その勇磨を、助川はせせら笑った。「それと比べれば、こんなのは、工場長であるオレの福利厚生みたいなもんだ。この程度のことに目くじらを立てられたんじゃあ、こんな安月給で工場長なんかやってられないんだよ。それがいやなら、さっさとオレを工場長から降ろすんだな。できるもんならどうぞ。そして何の経験も信頼もない、勇磨、お前がやってみろよ」

助川は、完全に勇磨の足下を見ていた。開き直り、舐《な》めきった態度は、勇磨を論破することぐらい赤子《あかご》の手をひねるようなものだといわんばかりだ。

「どうせできやしないだろ？　まあそういうことだ。わかったら、とっとと帰れ！　尻に帆をかけてな」

憎々しげに言い放った助川が、立ち上がろうとしたとき、

「ふざけないでください」

静かな一声が飛び、その動きを止めた。

「なんだと？」

助川の目に怒りが浮かび、それが舞に向けられている。舞もまた、燃えるような眼差しを助川に向けていった。

「勇磨さんはこの会社のオーナー社長で、ひとりで銀行の借金の連帯保証人になり、社員の将来を考え、日夜努力しているんです。もし、この会社がこのまま赤字を続けて行き詰まったら、勇磨さんは会社だけでなく、預金も自宅も、すべて担保に取られて失うんですよ。社長業は、ただ取引先への営業力があればできるほど簡単なものじゃないし、気楽なものでもない。自分が食べる肉代を会社の経費で落とすような根性のあなたに社長が務まるはずはない。世の中のサラリーマンで、自分の待遇に満足している人なんか、ほとんどいません。あなたは、どんなに実力があろうとそもそも社長の器じゃない。社長どころか、工場長ですら失格です」

「なんだと」

立ち上がった助川の周囲から怒りのオーラが立ち上《のぼ》るのが見えるようだった。

「なにもわかってないのに、偉そうなことというんじゃない！」

「なにもわかってないのは、あなたです、助川工場長」

舞もまた立ち上がると、テーブル越しに助川とやおら対峙《たいじ》する。舞の表情に混じっているのは、決然とした意志だけではなく、一抹の悲しみだ。

「もしあなたが反省し、ここですべてを認めて謝罪してくれたら、どれだけいいだろうと思っていました。だけど、そうはならなかった。あなたが工場長でいる限り、この平井エンジニアリングはよくならないでしょう。あなたは、自分がいるから平井エンジニアリングが回っていると思っているようですが、それは勘違いです。どんなに実力があろうと、経験と人脈に優れようと、会社を私物化するような社員は、いつだって会社の敵です。まじめに働いている全ての人にとって、許し難い敵なんですよ」

「だったら、工場長を降ろせよ」

助川は、挑むようにいった。「勇磨、お前が工場長をやればいいじゃないか」

どうせできまい、と高をくくった態度の助川は、険しい顔のまま体を硬くしている勇磨にいった。「何もできないくせに。それとも、あんたが工場長でもやってみるか」

舞をせせら笑った助川は、

「工場長を降ろす？　そんなの、当たり前じゃないですか」

返された舞の言葉に、すっと目を細めた。舞は続ける。

「そんなんで済むとでも思ったら大間違いです。助川さん、ここに挙げたあなたの不正は、去年一年間だけでも二千万円近い。あなたはいままでいったいいくらの不正を働いてきたんですか。でも、それを私たちの手で調べるのはもうやめます。その代わり、あなたを警察に告発します」

告発というひと言に助川は激昂《げっこう》し、顔に朱が差した。

「そんなことをして、会社がどうなるかわかってるんだろうな」

それは、舞たちにではなく、勇磨に向けられたひと言だ。「オレを訴えたところで、誰も何も得をしない。そんな単純な損得勘定もできないのか、お前は！」

指を突きつけられ、勇磨が息を呑んだ。この成り行きに動揺しているのは勇磨もまた同じで、血走った眼に浮かんだ激しい逡巡がそれを物語っている。その眼に向かって、助川は声を荒らげる。

「オレを切れば、大日マシナリーもお前を切る。大日マシナリー無しでやっていけるのか。会社、潰れるぞ！」

会議室に、息苦しいまでの沈黙が落ちた。

勇磨は何か言おうとするのだが、言葉が出ない。両眼が閉じられ、葛藤《かっとう》が苦悩の表情となって勇磨を揺さぶっているのがわかる。だが——。

やがてその勇磨の目がふいに開いたかと思うと、

「あなたには辞めてもらいます。助川さん」

絞り出されるような声が出てきた。

助川から反応はない。

信じられないような、それでいてどこかおもしろがっているような表情が浮かんでいる。唇が小刻みに震えているのは、怒りのせいか、焦りのせいかわからない。

その助川に向かって、勇磨はおもむろに続けた。

「助川さん。あなたが工場長として、平井エンジニアリングに貢献してきた実績について、私は疑うべくもないと思っているし、それについてはここで礼を言いたい。だけども、あなたがどんな不満をもっていたにせよ、組織を運営する者としてこの不正を見逃すことはできません。今日はもうお帰りください」

助川から反論はなかった。

自分を納得させようとするかのように幾度も首が振られ、やがてあざ笑うような鼻息を洩らす。

「いったい、オレの人生とはなんだったんだ。最後にハシゴを外され、こんな形でおさらばか」

出てきたのは、そんな自問の言葉だ。そして助川はゆっくりと背を向けると、舞たちの前から姿を消した。

勇磨ががっくりと肩を落とし、テーブルに両手を突いている。うつむいたその顔から涙がこぼれ落ちたのを見て、思わず舞はかけようとした言葉を呑んだ。

「なんで、みんなを幸せにできないんだろう」

やがてでてきた勇磨の言葉は、誰に向けたものでもなく自分への疑問だ。「これが会社経営というものでしょうか」

「いいことも悪いこともあるさ」

その勇磨に、それまで黙っていた相馬が声をかけた。「でも、それが会社経営ってもんじゃないのか。いや、それが人生ってものじゃないのかな」

その言葉を咀嚼《そしやく》するかのように、勇磨は静かに瞑目《めいもく》し暫《しばら》くそのまま動こうとさえしなかった。

9

「平井エンジニアリング、なんだって？」

それから十日ほど後の午後、舞の携帯にかかってきた勇磨からの電話をそれとなく聞いていたらしい相馬が尋ねた。

「事情を話したところ、大日マシナリーとの取引はそのまま継続になったそうです」

来週には、助川と多田野のふたりを刑事告発するという。

「事務員の葉山さんは、シングルマザーで生活が苦しく、たまに助川から不正のおこぼれをもらうことがあったとか」

「要するに、口止め料みたいなものか。それはそれで、気の毒な話だな」

「勇磨さんの話では自分から退職を申し入れてきたので、知り合いの経営する会社を紹介してあげたそうです」

しばらくは勇磨が工場長を兼任し、経理課長には、退職を思いとどまらせた菊池を据えた。新体制の船出である。

「だけどわかんないのは、あの告発文だ。結局、誰が出したんだ――やっぱり、菊池さんか」

「それが違うんですって」

「違う？」

聞き返した相馬に、舞はいった。「実はあれ、大日マシナリーの調達部の人が見るにみかねて出したそうなんです」

「なんだそりゃ」相馬が驚いてきいた。

「助川は大日マシナリーの関係部署の人たちとよく酒を呑んでいたらしいんですが、関係のない私用の飲み会まで会社の領収書にしていたというんですよ。オレはなんでも落とせるって自慢してたとかで」

「つまり、それに眉を顰《ひそ》めた大日マシナリーの関係者が、平井さんに警告を発したってわけか。良心を感じる話じゃねえか」

「事情を説明にいったとき、告発文を出したのは自分だといった人がいたそうです。勇磨さんとは初対面で面識はないし、マズイとは思っても確実に不正だとはいえなかったので、あんな形にしたのだとか」

「なるほどね。でもよかったな。新体制でしばらくはバタバタするだろうが、今回の件でひと皮むけたよ、平井さんは。きっとうまくやり抜くだろうさ」

相馬は呑気《のんき》な口調でいうと、ふと思い出したように舞に尋ねた。「それで、あっちの話はどうなったんだ、花咲」

「あっちの話ってなんです？」

溜まっている書類に目を通していた舞はふと顔を上げる。

「見合いだよ、見合い。お前、結局、平井さんとこのヨメに行くのか」

「どうしようかな」

舞はいい、デスクで頬杖《ほおづえ》をつく。「犬にでもきいてみたい気分ですよ」

オフィスに夏めいた日射しが差し、ため息混じりに目を向けた舞は、そのまぶしさにそっと眼を細めた。

解説――今、この本で読むべき池井戸潤の小説

村上貴史（文芸評論家）

■不祥事

ときは二十世紀の終わり頃。

東京第一銀行事務部臨店指導グループに、ひとりの女性がいた。

ときとしてぶちキレることから〝狂咲《くるいざき》〟との異名を取る花咲舞である。

極めて有能な銀行員ではあるが、彼女には、上司を上司と思わない言動も多々あった。その点では〝問題社員〟である。しかしながら、銀行を良くしようというまっすぐな気持ちは人一倍強い。銀行内部でのみ通じる価値観やロジックに蝕《むしば》まれておらず忖度《そんたく》なしに突っ走るので、一部の人間からすると煙《けむ》たくて仕方がないのだが、その想《おも》いは本物なのだ。

そんな花咲舞が、上司である臨店指導グループ調査役の相馬健とともに、いくつもの謎を解きつつ、大きな〝敵〟と闘う姿を描いた小説が『不祥事』だった。

本書『花咲舞が黙ってない』は、その続篇《ぞくへん》である。続篇とはいえ、もちろん単体で

読んでも愉《たの》しめるように書かれているのでご安心を。

■花咲舞が黙ってない

花咲舞が所属する臨店指導グループとは、事務処理に問題を抱える支店を訪問し、指導を行う部署である。所帯は小さく、事務部次長の芝崎をトップとし、実際に現場に足を運ぶのは相馬と花咲という三人体制だ。

本書で最初に相馬と花咲が訪ねるのは、赤坂支店である。顧客の内部情報が東京第一銀行から外部に流出しているのではないかとの疑いがあるのだ。それが事実なら大問題である……。

第一話「たそがれ研修」で相馬と花咲は、臨店指導という名のもと、情報漏洩《ろうえい》の犯人を特定すべく動く。関係者を訪ね歩き、証言を求め、さらに別ルートでも情報収集を進め、そして考えるのである。さながら探偵のように。そう、この短篇《たんぺん》は、銀行と取引先を舞台とした短篇ミステリとして愉しめる構造になっているのである。もちろん構造がそうなっているだけではなく、解明に到る道筋もきちんと作られている。短篇ミステリとしての驚愕《きょうがく》、つまり見えなかったものが見えてくる瞬間の衝撃が、しっかりと宿っているのだ。しかも、驚愕と衝撃の先には、ある人物の物語が浮かび上がってくる様に書かれている。人間ドラマとして、その〝物語〟と対峙《たいじ》する花咲舞を含め、魅力的な一篇なのだ。

短篇ミステリとしての読み応えという点では、第二話「汚れた水に棲《す》む魚」も素晴らしい。花咲舞の銀行員としての有能さが、事件の謎を解くうえで有効に機能しているのである。これぞ銀行ミステリ、だ。

その花咲舞の探偵眼《がん》は、第四話「暴走」でも発揮されている。彼女は手掛かりに潜むある不自然な点に着目し、そこから〝なにがあったか〟に推理を拡《ひろ》げていくのだ。この不自然な点(花咲舞が着目した点)から結果(つまり事件として目に見えるかたち)までの飛距離が素晴らしい。ミステリファン要注目である。

その探偵眼の使い方も適切だと感じさせるのが第五話「神保町奇譚《じんぼうちょうきたん》」だ。ある銀行口座において、持ち主の死後もお金の出し入れがあったという奇妙な出来事の真相を追う作品なのだが、実に佇《たたず》まいがよい。保身やら出世争いやらではなく、誠実さが作品の中心に宿っているのだ。もちろん犯罪も作中に存在しているのだが、それでも伝わってくるのは、人の誠実さである。舞台設定も含め、素敵な短篇だ。この作品がこうした味わいを備えることに成功したのは、主な登場人物たちが銀行の外側の人々だったことが理由なのだろうか。つらつらとそんなことを考えさせられたりもする。〝突撃一辺倒〟ではない花咲舞の一面も知ることができて嬉《うれ》しい。

こうした具合にミステリとして魅力的な短篇の並ぶ『花咲舞が黙ってない』は、短篇を重ねつつも、全体としては一つの大きな物語になっている。前作の『不祥事』もそうだったし、『半沢直樹1　オレたちバブル入行組』や『シャイロックの子供たち』『七つの会議』など、池井戸潤が得意とする連作短篇のスタイルだ。

このスタイルの特徴は――特に池井戸潤がこのスタイルを用いる際の特徴は――それぞれの物語に費やすページ数に短篇と長篇で相違はあるものの、一人ひとりには、しっかりと重みがあるという点である。短篇パートに軸足を置く人物も、長篇パートに軸足を置く人物も、それぞれが確かに生きていると読み手に伝わってくることに相違はない。それを小説としてどう切り取るか、どう見せるかが異なるだけなのだ。だからこそ、短篇も心に刺さるし、その積み重ねである長篇も胸に響くものとなるのである。ちなみに本書では、第六話と第七話を、それまでの五話より長めの作品とすることで、より長篇としてのクライマックス感を味わえるようになっている。これは、新聞連載の途中で「もっと連載を続けて欲しい」と要望されたことの副産物ではあるが、結果としては、連作長篇としての嬉しい進化となった。

そんな具合に長篇として進化した本書は、もちろん、長篇ミステリとしての刺激を宿している。とりわけ第六話「エリア51」から第七話「小さき者の戦い」で示される問い（具体的には三九二ページ）の凄味《すごみ》は極上。目の前にありつつも、それが謎であることに気付かなかったことを思い知らされるのだ。ゾクゾクする。そこから先の決着は、人間関係も含めてそれまでの伏線をしっかり活《い》かしたものとなっており、満足度は極めて高い。

そんな長篇を花咲舞とともに支えるのが、東京第一銀行企画部の特命担当調査役、昇仙峡玲子《しょうせんきょうれいこ》である。本書で初登場したキャラクターだ。彼女は、いってみれば銀行のダークサイドに属する人物として登場した。なにしろ彼女が上司から指示された〝特命〟とは、銀行の不利益について探し出して潰す、それができなければ永遠に隠すという仕事なのだ。銀行を良くする、という花咲舞の想いとは、正反対の役割なのである。もちろん、玲子はそれを命じられるだけの有能さを備えた人物だ。そんな二人の女性が本書をグイグイと引っ張っていく。冷たい／熱い火花を散らしながら。ページをめくる手が止まるはずもない。

また、そうしたストーリーの動きのなかで玲子の人となりが少しずつ理解できていく愉しみも味わえる。さらに、そうして理解が深まるタイミングと、本書のクライマックスが同期するという造りは、いやはや流石《さすが》に池井戸潤。お見事である。

■半沢ロス

本書が刊行される二〇二〇年といえば、池井戸潤原作のTVドラマ『半沢直樹』(新シリーズ・主演：堺雅人)が、前作に引き続きお化けのような人気を博した年でもある。七月から九月まで、令和で最高の視聴率で人々を魅了したことは記憶に新しい。

その放送が終了し、いわゆる〝半沢ロス〟に陥っている方も少なくないと思うが、そんな方にも本書はお薦めだ。というか――ロスの今だからこそ、本書を読むべきである。

〝半沢ロス〟に陥るような方なら、香川照之演じる大和田暁《あきら》のライバルとして登場していた紀本平八(段田安則)という常務取締役のことをよく覚えていらっしゃるだろう。その紀本常務が、本書では東京第一銀行の企画部長として重要な役割を果たしているのだ。どれほど重要かといえば、前述した昇仙峡玲子への隠蔽《いんぺい》指示、それを出したのが他ならぬこの紀本なのである。彼が東京中央銀行の常務に出世するまでに銀行員としてなにを行ってきたのか、そしてこうした指示を出すに到る背後にどんな想いがあったのか。それを深く味わうという愉しみは、〝半沢ロス〟の方々ならではの特権といえよう。

そればかりではない。やはり『半沢直樹』(新シリーズ)に登場した牧野治(山本亨)も、本書に登場している。彼は本書において、東京第一銀行の頭取として、一つの極めて重大な決断を下している。『半沢直樹4 銀翼のイカロス』もしくはTVドラマ『半沢直樹』を通じて彼の最後を知っている方にとって、本書で牧野が下した決断は、より深いものとして心に刺さってくるであろう。本書は、牧野が、あの最後に到る道を歩み始めた第一歩を描いた作品でもあるのだ。これもまた是非味わって戴《いただ》きたいポイントである。

まだある。

〝半沢ロス〟に陥った方は、おそらく、本年九月に刊行されたシリーズ第五作『半沢直樹 アルルカンと道化師』に救いを求めたのではないかと思う。それによって渇きを癒やすと同時に、シリーズの新たな魅力にも気付いたのではなかろうか。江戸川乱歩賞を受賞してデビューした池井戸潤が、ミステリ作家としての才能を注《つ》ぎ込《こ》んだ、ミステリとしての魅力である。そして、この『花咲舞が黙ってない』も、前述したように、ミステリとしての魅力をたっぷりと備えているのだ。

目の前にある疑問。どんな角度から凝視しても解けない謎。ところが、そこに図形問題でいうところの〝補助線〟を一本引くだけでパッと視界が開け、真相が見えてくる。そうした鮮烈な刺激が、本書にはそこかしこに宿っているのだ。その〝補助線〟を、花咲舞は銀行員としての知識で見つけ、あるいは足で見つけ、あるいは忖度しない心で見つける。そんな彼女の〝探偵っぷり〟を愉しめるのだ。そしてそれと同時に、花咲舞が辿《たど》りついた真相を潰そうとする紀本・昇仙峡ラインに代表される組織内権力の怖さも、併せて実感することになる。この複雑な美味を、とことん堪能《たんのう》して戴ければと思う。

本稿では、〝半沢ロス〟の今だからこそ本書を読むべき理由について、三つほど記させて戴いた。この『花咲舞が黙ってない』を探せば、さらに理由が見つかるはずだ。読了された方なら、もうおわかりだろうが。

■犬にきいてみろ

さて、花咲舞の初登場作『不祥事』の刊行は二〇〇四年（最初の短篇が雑誌に掲載されたのは二〇〇三年）だった。続篇となる『花咲舞が黙ってない』が読売新聞に連載されたのは、前述の延長も含め、二〇一六年の一月一七日から一〇月一〇日にかけてのことであり、中公文庫から刊行されたのは二〇一七年九月であった。おおよそ一三年の間隔を空けて、続篇が発表されたことになる。

その間には、皆様ご存じの通りTVドラマ化が行われた。前作『不祥事』刊行から一〇年後の二〇一四年に『花咲舞が黙ってない』（主演：杏）として放送され、翌年には第二シーズンも放送されるほどの人気だった。その第二シーズン終了後に新聞連載が始まり、さらに小説『花咲舞が黙ってない』の刊行へと到るのである。つまり、このタイトルは『不祥事』のTVドラマの題名として先に誕生し、それを、『不祥事』の続篇の小説が採用したという流れなのだ。少々入り組んでいるが、誤解なきよう。

そうした来歴で世に送り出された『花咲舞が黙ってない』は、今回講談社文庫での刊行にあたり、もう一段階進化した。二〇一〇年一一月から翌年六月にかけて日本金融通信社『ニッキン』に連載され、その後大幅に改稿、電子書籍（Ｋｉｎｄｌｅ Ｓｉｎｇｌｅ）として刊行された短篇「犬にきいてみろ」が巻末に収録されたのである。これもまた一人の男の成長と、ダイイング・メッセージ的な謎解きの両方に花咲舞が関与するという一篇で、本書にしっくりと馴染《なじ》む小説である。

結論。

本書は、ミステリとして、人間ドラマとして、池井戸潤の小説を読む満足感を十二分に与えてくれる。

本書は、〝半沢ロス〟の今だからこそ深く味わえる愉しみを備えている。

本書は、特別収録短篇のお得感の備わった〝この本〟で読むべきである。

そんな一冊なのだ。

本書は二〇一七年九月に中央公論新社より刊行された文庫『花咲舞が黙ってない』に、Kindle Singleより配信されていた「犬にきいてみろ」を特別収録したものです。

|著者| 池井戸 潤　1963年岐阜県生まれ。慶應義塾大学卒。'98年『果つる底なき』で第44回江戸川乱歩賞を受賞し作家デビュー。2010年『鉄の骨』で第31回吉川英治文学新人賞を、'11年『下町ロケット』で第145回直木賞を、'20年に第２回野間出版文化賞を受賞。主な作品に、「半沢直樹」シリーズ（『オレたちバブル入行組』『オレたち花のバブル組』『ロスジェネの逆襲』『銀翼のイカロス』『アルルカンと道化師』）、「下町ロケット」シリーズ（『下町ロケット』『ガウディ計画』『ゴースト』『ヤタガラス』）、『BT' 63』『空飛ぶタイヤ』『七つの会議』『陸王』『アキラとあきら』『民王』『民王　シベリアの陰謀』『不祥事』『ルーズヴェルト・ゲーム』『シャイロックの子供たち』『ノーサイド・ゲーム』『ハヤブサ消防団』などがある。

新装増補版《しんそうぞうほばん》　花咲舞《はなさきまい》が黙《だま》ってない

池井戸《いけいど》 潤《じゅん》

2020年12月15日第１刷発行
2024年４月５日第４刷発行

発行者――森田浩章
発行所――株式会社　講談社
東京都文京区音羽2-12-21　〒112-8001
電話　出版（03）5395-3510
　　　販売（03）5395-5817
　　　業務（03）5395-3615

Printed in Japan

講談社文庫
定価はカバーに
表示してあります

KODANSHA

デザイン―菊地信義
本文データ制作―講談社デジタル製作
印刷―――株式会社KPSプロダクツ
製本―――加藤製本株式会社

ISBN978-4-06-521943-0

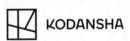

講談社文庫刊行の辞

二十一世紀の到来を目睫に望みながら、われわれはいま、人類史上かつて例を見ない巨大な転換期をむかえようとしている。

世界も、日本も、激動の予兆に対する期待とおののきを内に蔵して、未知の時代に歩み入ろうとしている。このときにあたり、創業の人野間清治の「ナショナル・エデュケイター」への志を現代に甦らせようと意図して、われわれはここに古今の文芸作品はいうまでもなく、ひろく人文・社会・自然の諸科学から東西の名著を網羅する、新しい綜合文庫の発刊を決意した。

激動の転換期はまた断絶の時代である。われわれは戦後二十五年間の出版文化のありかたへの深い反省をこめて、この断絶の時代にあえて人間的な持続を求めようとする。いたずらに浮薄な商業主義のあだ花を追い求めることなく、長期にわたって良書に生命をあたえようとつとめるところにしか、今後の出版文化の真の繁栄はあり得ないと信じるからである。

同時にわれわれはこの綜合文庫の刊行を通じて、人文・社会・自然の諸科学が、結局人間の学にほかならないことを立証しようと願っている。かつて知識とは、「汝自身を知る」ことにつきていた。現代社会の瑣末な情報の氾濫のなかから、力強い知識の源泉を掘り起し、技術文明のただなかに、生きた人間の姿を復活させること。それこそわれわれの切なる希求である。

われわれは権威に盲従せず、俗流に媚びることなく、渾然一体となって日本の「草の根」をかたちづくる若く新しい世代の人々に、心をこめてこの新しい綜合文庫をおくり届けたい。それは知識の泉であるとともに感受性のふるさとであり、もっとも有機的に組織され、社会に開かれた万人のための大学をめざしている。大方の支援と協力を衷心より切望してやまない。

一九七一年七月

野間省一

池井戸 潤 空飛ぶタイヤ(上)(下)
池井戸 潤 鉄の骨
池井戸 潤 新装版 銀行総務特命
池井戸 潤 新装版 不祥事
池井戸 潤 ルーズヴェルト・ゲーム
池井戸 潤 半沢直樹 1〈オレたちバブル入行組〉
池井戸 潤 半沢直樹 2〈オレたち花のバブル組〉
池井戸 潤 半沢直樹 3〈ロスジェネの逆襲〉
池井戸 潤 半沢直樹 4〈銀翼のイカロス〉
池井戸 潤 半沢直樹 アルルカンと道化師
池井戸 潤 花咲舞が黙ってない〈新装増補版〉
池井戸 潤 ノーサイド・ゲーム
池井戸 潤 新装版 BT'63(上)(下)
石田衣良 LAST[ラスト]
石田衣良 東京DOLL
石田衣良 てのひらの迷路
石田衣良 40《フォーティ》 翼ふたたび
石田衣良 sex
石田衣良 逆《さか》島《しま》断《たつ》雄《お》〈進駐官養成高校の決闘編1〉

石田衣良 逆島断雄〈進駐官養成高校の決闘編2〉
石田衣良 逆島断雄〈本土最終防衛決戦編1〉
石田衣良 逆島断雄〈本土最終防衛決戦編2〉
石田衣良 初めて彼を買った日
井上荒野 ひどい感じ―父・井上光晴
稲葉 稔 椋鳥の影〈八丁堀手控え帖〉
いしいしんじ プラネタリウムのふたご
いしいしんじ げんじものがたり
伊坂幸太郎 チルドレン
伊坂幸太郎 サブマリン
伊坂幸太郎 魔王〈新装版〉
伊坂幸太郎 モダンタイムス〈新装版〉(上)(下)
伊坂幸太郎 PK〈新装版〉
絲山秋子 袋小路の男
絲山秋子 御社のチャラ男
石黒 耀 死都日本
石黒 耀 忠臣蔵異聞〈家老 大野九郎兵衛の長い仇討ち〉
犬飼六岐 筋違い半介
犬飼六岐 吉岡清三郎貸腕帳

石川大我 ボクの彼氏はどこにいる?
石松宏章 マジでガチなボランティア
伊東 潤 国を蹴った男
伊東 潤 峠越え
伊東 潤 黎明に起《た》つ
伊東 潤 池田屋乱刃
石飛幸三 「平穏死」のすすめ〈口から食べられなくなったらどうしますか〉
伊藤理佐 女のはしょり道
伊藤理佐 また! 女のはしょり道
伊藤理佐 みたび! 女のはしょり道
石黒正数 外《げ》天《てん》楼《ろう》
伊与原 新 ルカの方《はこ》舟《ぶね》
伊与原 新 コンタミ 科学汚染
稲葉圭《よし》昭《あき》 恥さらし〈北海道警 悪徳刑事の告白〉
稲葉博《ひろ》一《いち》 忍者烈伝
稲葉博一 忍者烈伝ノ続
稲葉博一 忍者烈伝ノ乱〈天之巻〉〈地之巻〉
伊岡 瞬 桜の花が散る前に
石川智健 エウレカの確率〈経済学捜査と殺人の効用〉

講談社文庫 目録

上田秀人 密約〈百万石の留守居役(五)〉
上田秀人 使者〈百万石の留守居役(六)〉
上田秀人 貸借〈百万石の留守居役(七)〉
上田秀人 参勤〈百万石の留守居役(八)〉
上田秀人 因果〈百万石の留守居役(九)〉
上田秀人 忖《そん》度《たく》〈百万石の留守居役(十)〉
上田秀人 騒動〈百万石の留守居役(十一)〉
上田秀人 分断〈百万石の留守居役(十二)〉
上田秀人 舌戦〈百万石の留守居役(十三)〉
上田秀人 愚劣〈百万石の留守居役(十四)〉
上田秀人 布石〈百万石の留守居役(十五)〉
上田秀人 乱麻〈百万石の留守居役(十六)〉
上田秀人 要《よう》訣《けつ》〈百万石の留守居役(十七)〉
上田秀人 梟《ふくろう》の系譜〈宇喜多四代〉
上田秀人 竜は動かず 奥羽越列藩同盟顛末〈(上)万里波濤編 (下)帰郷奔走編〉
上田秀人 戦端〈武商繚乱記(一)〉
上田秀人 悪貨〈武商繚乱記(二)〉
上田秀人 流言〈武商繚乱記(三)〉
上田秀人ほか どうした、家康

内田樹 下流志向〈学ばない子どもたち 働かない若者たち〉
内田樹 釈徹宗 現代霊性論
上橋菜穂子 獣の奏者〈I闘蛇編〉
上橋菜穂子 獣の奏者〈II王獣編〉
上橋菜穂子 獣の奏者〈III探求編〉
上橋菜穂子 獣の奏者〈IV完結編〉
上橋菜穂子 獣の奏者〈外伝 刹那〉
上橋菜穂子 物語ること、生きること
上橋菜穂子 明日は、いずこの空の下
上野誠 万葉学者、墓をしまい母を送る
海猫沢めろん 愛についての感じ
海猫沢めろん キッズファイヤー・ドットコム
冲方丁 戦の国
上田岳弘 ニムロッド
上野歩 キリの理容室
内田英治 異動辞令は音楽隊！
遠藤周作 ぐうたら人間学
遠藤周作 聖書のなかの女性たち
遠藤周作 さらば、夏の光よ

遠藤周作 最後の殉教者
遠藤周作 反逆(上)(下)
遠藤周作 ひとりを愛し続ける本
遠藤周作 周作塾〈読んでもタメにならないエッセイ〉
遠藤周作 新装版 海と毒薬
遠藤周作 新装版 わたしが・棄てた・女
遠藤周作 深い河《ディープ・リバー》〈新装版〉
江波戸哲夫 新装版 銀行支店長
江波戸哲夫 集団左遷
江波戸哲夫 新装版 ジャパン・プライド
江波戸哲夫 起業の星
江波戸哲夫 ビジネスウォーズ〈カリスマと戦犯〉
江波戸哲夫 リストラ事変〈ビジネスウォーズ2〉
江上剛 頭取無惨
江上剛 企業戦士
江上剛 リベンジ・ホテル
江上剛 起死回生
江上剛 瓦礫の中のレストラン
江上剛 非情銀行

江上 剛 東京タワーが見えますか。
江上 剛 慟哭の家
江上 剛 家電の神様
江上 剛 ラストチャンス 再生請負人
江上 剛 ラストチャンス 参謀のホテル
江上 剛 一緒にお墓に入ろう
江國香織 真昼なのに昏《くら》い部屋
江國香織他 100万分の1回のねこ
円城 塔 道化師の蝶
江原啓之 スピリチュアルな人生に目覚めるために〈心に「人生の地図」を持つ〉
江原啓之 トラウマ あなたが生まれてきた理由
円堂豆子 杜《もり》ノ国の神隠し
円堂豆子 杜ノ国の囁《ささや》く神
NHKメルトダウン取材班 福島第一原発事故の「真実」〈ドキュメント編〉
NHKメルトダウン取材班 福島第一原発事故の「真実」〈検証編〉
大江健三郎 新しい人よ眼ざめよ
大江健三郎 取り替え子《チェンジリング》
大江健三郎 晩年様式集《イン・レイト・スタイル》
小田 実 何でも見てやろう

沖 守弘 マザー・テレサ〈あふれる愛〉
岡嶋二人 解決まではあと6人〈5W1H殺人事件〉
岡嶋二人 99％の誘拐
岡嶋二人 クラインの壺
岡嶋二人 ダブル・プロット
岡嶋二人 新装版 焦茶色のパステル
岡嶋二人 チョコレートゲーム 新装版
岡嶋二人 そして扉が閉ざされた〈新装版〉
太田蘭三 殺《さつ》・風《ぷう》景《けい》〈警視庁北多摩署特捜本部〉
大前研一 企業参謀 正・続
大前研一 やりたいことは全部やれ!
大前研一 考える技術
大沢在昌 野獣駆けろ
大沢在昌 相続人TOMOKO
大沢在昌 ウォームハート コールドボディ
大沢在昌 アルバイト探偵《アイ》
大沢在昌 調毒師を捜せ《アルバイト探偵アイ》
大沢在昌 女王陛下のアルバイト探偵《アイ》
大沢在昌 不思議の国のアルバイト探偵《アイ》

大沢在昌 拷問遊園地《アルバイト探偵アイ》
大沢在昌 帰ってきたアルバイト探偵《アイ》
大沢在昌 雪蛍
大沢在昌 夢の島
大沢在昌 新装版 氷の森
大沢在昌 暗黒旅人
大沢在昌 新装版 走らなあかん、夜明けまで
大沢在昌 新装版 涙はふくな、凍るまで
大沢在昌 語りつづけろ、届くまで
大沢在昌 罪深き海辺 (上)(下)
大沢在昌 やぶへび
大沢在昌 海と月の迷路 (上)(下)
大沢在昌 鏡の顔〈傑作ハードボイルド小説集〉
大沢在昌 覆面作家
大沢在昌 ザ・ジョーカー 新装版
大沢在昌 亡命者〈ザ・ジョーカー 新装版〉
大沢在昌／藤田宜永／堂場瞬一／井上夢人／今野敏／月村了衛／東山彰良 激動 東京五輪1964
逢坂 剛 十字路に立つ女
逢坂 剛 奔流恐るるにたらず〈重蔵始末(八)完結篇〉

逢坂　剛　新装版カディスの赤い星(上)(下)
オノ・ヨーコ　飯村隆彦編　ただの私《あたし》
オノ・ヨーコ　南風　椎訳　グレープフルーツ・ジュース
折原　一　倒錯の帰結
折原　一　倒錯のロンド〈完成版〉
小川洋子　ブラフマンの埋葬
小川洋子　最果てアーケード
小川洋子　琥珀のまたたき
小川洋子　密やかな結晶〈新装版〉
乙川優三郎　霧の橋
乙川優三郎　喜知次
乙川優三郎　蔓の端々
乙川優三郎　夜の小紋
恩田　陸　三月は深き紅の淵を
恩田　陸　麦の海に沈む果実
恩田　陸　黒と茶の幻想(上)(下)
恩田　陸　黄昏の百合の骨
恩田　陸　薔薇のなかの蛇
恩田　陸　『恐怖の報酬』日記〈酩酊混乱紀行〉
恩田　陸　きのうの世界(上)(下)
恩田　陸　七月に流れる花／八月は冷たい城
奥田英朗　新装版ウランバーナの森
奥田英朗　最悪
奥田英朗　マドンナ
奥田英朗　ガール
奥田英朗　サウスバウンド
奥田英朗　オリンピックの身代金(上)(下)
奥田英朗　ヴァラエティ
奥田英朗　邪魔(上)(下)〈新装版〉
乙武洋匡　五体不満足〈完全版〉
大崎善生　聖《さとし》の青春
大崎善生　将棋の子
小川恭一　江戸の旗本事典〈歴史・時代小説ファン必携〉
奥泉　光　プラトン学園
奥泉　光　シューマンの指
奥泉　光　ビビビ・ビ・バップ
折原みと　制服のころ、君に恋した。
折原みと　時《とき》の輝き
折原みと　幸福のパズル
大城立裕　小説 琉球処分(上)(下)
太田尚樹　満州裏史〈甘粕正彦と岸信介が背負ったもの〉
太田尚樹　世紀の愚行〈太平洋戦争・日米開戦前夜〉
大島真寿実　ふじこさん
大泉康雄　あさま山荘銃撃戦の深層(上)(下)
大山淳子　猫弁〈天才百瀬とやっかいな依頼人たち〉
大山淳子　猫弁と透明人間
大山淳子　猫弁と指輪物語
大山淳子　猫弁と少女探偵
大山淳子　猫弁と魔女裁判
大山淳子　猫弁と星の王子
大山淳子　猫弁と鉄の女
大山淳子　猫弁と幽霊屋敷
大山淳子　雪猫
大山淳子　猫は抱くもの
大山淳子　イーヨくんの結婚生活
大倉崇裕　小鳥を愛した容疑者
大倉崇裕　蜂に魅《ひ》かれた容疑者〈警視庁いきもの係〉

講談社文庫　目録

大倉崇裕　ペンギンを愛した容疑者〈警視庁いきもの係〉
大倉崇裕　クジャクを愛した容疑者〈警視庁いきもの係〉
大倉崇裕　アロワナを愛した容疑者〈警視庁いきもの係〉
大鹿靖明　メルトダウン〈ドキュメント福島第一原発事故〉
荻原　浩　砂の王国(上)(下)
荻原　浩　家族写真
小野正嗣　九年前の祈り
大友信彦　オールブラックスが強い理由〈世界最強チーム勝利のメソッド〉
乙　一　銃とチョコレート
織守《おりがみ》きょうや　霊感検定
織守きょうや　霊感検定〈心霊アイドルの憂鬱〉
織守きょうや　霊感検定〈春にして君を離れ〉
織守きょうや　少女は鳥籠《とりかご》で眠らない
おーなり由子　きれいな色とことば
岡崎琢磨　病弱探偵〈謎は彼女の特効薬〉
小野寺史宣《ふみのり》　その愛の程度
小野寺史宣　近いはずの人
小野寺史宣　それ自体が奇跡
小野寺史宣　縁《ゆかり》
小野寺史宣　とにもかくにもごはん
大崎　梢　横濱エトランゼ
大崎　梢　バスクル新宿
太田哲雄　アマゾンの料理人〈世界一の"美味しい"を探して僕が行き着いた場所〉
小竹正人　空に住む
岡本さとる　駕籠屋《かごや》春秋　新三《しんざ》と太十《たじゅう》
岡本さとる　質屋の娘〈駕籠屋春秋　新三と太十〉
岡本さとる　雨やどり〈駕籠屋春秋　新三と太十〉
岡崎大五　食べるぞ!世界の地元メシ
荻上直子　川っぺりムコリッタ
小原周子　留子さんの婚活
海音寺潮五郎　新装版　江戸城大奥列伝
海音寺潮五郎　新装版　孫子(上)(下)
海音寺潮五郎　新装版　赤穂義士
加賀乙彦　新装版　高山右近
加賀乙彦　ザビエルとその弟子
加賀乙彦　殉教者
加賀乙彦　わたしの芭蕉
柏葉幸子　ミラクル・ファミリー
勝目　梓　小説家
桂　米朝　米朝ばなし〈上方落語地図〉
笠井　潔　梟《ふくろう》の巨《おおい》なる黄昏《たそがれ》
笠井　潔　青銅の悲劇(上)(下)〈瀕死の王〉
笠井　潔　転生の魔〈私立探偵飛鳥井の事件簿〉
川田弥一郎　白く長い廊下
神崎京介　女薫の旅　放心とろり
神崎京介　女薫の旅　耽溺《たんでき》まみれ
神崎京介　女薫の旅　秘に触れ
神崎京介　女薫の旅　禁の園へ
神崎京介　女薫の旅　欲の極み
神崎京介　女薫の旅　青い乱れ
神崎京介　女薫の旅　奥に裏に
神崎京介　ＩＬＯＶＥ
加納朋子　ガラスの麒麟〈新装版〉
角田光代　まどろむ夜のＵＦＯ
角田光代　恋するように旅をして
角田光代　人生ベストテン
角田光代　ロック母

講談社文庫　目録

岸本英夫　死を見つめる心〈ガンとたたかった十年間〉
北方謙三　試みの地平線〈伝説復活編〉
北方謙三　抱影
菊地秀行　魔界医師メフィスト〈怪屋敷〉
桐野夏生　新装版 顔に降りかかる雨
桐野夏生　新装版 天使に見捨てられた夜
桐野夏生　新装版 ローズガーデン
桐野夏生　OUT (上)(下)
桐野夏生　ダーク (上)(下)
桐野夏生　猿の見る夢
京極夏彦　文庫版 姑獲鳥《うぶめ》の夏
京極夏彦　文庫版 魍魎《もうりょう》の匣《はこ》
京極夏彦　文庫版 狂骨《きょうこつ》の夢《ゆめ》
京極夏彦　文庫版 鉄鼠《てっそ》の檻《おり》
京極夏彦　文庫版 絡新婦《じょろうぐも》の理《ことわり》
京極夏彦　文庫版 塗仏《ぬりぼとけ》の宴《うたけ》―宴の支度
京極夏彦　文庫版 塗仏の宴―宴の始末
京極夏彦　文庫版 百鬼夜行―陰
京極夏彦　文庫版 百器徒然袋―雨
京極夏彦　文庫版 百器徒然袋―風
京極夏彦　文庫版 今昔続百鬼―雲
京極夏彦　文庫版 陰摩羅鬼《おんもらき》の瑕《きず》
京極夏彦　文庫版 邪《じゃ》魅《み》の雫
京極夏彦　文庫版 今昔百鬼拾遺―月
京極夏彦　文庫版 死ねばいいのに
京極夏彦　文庫版 ルー＝ガルー〈忌避すべき狼〉
京極夏彦　文庫版 ルー＝ガルー2〈インクブス×スクブス 相容れぬ夢魔〉
京極夏彦　文庫版 地獄の楽しみ方
京極夏彦　分冊文庫版 姑獲鳥《うぶめ》の夏 (上)(下)
京極夏彦　分冊文庫版 魍魎《もうりょう》の匣《はこ》 (上)(中)(下)
京極夏彦　分冊文庫版 狂骨《きょうこつ》の夢《ゆめ》 (上)(中)(下)
京極夏彦　分冊文庫版 鉄鼠《てっそ》の檻《おり》 全四巻
京極夏彦　分冊文庫版 絡新婦《じょろうぐも》の理《ことわり》 全四巻
京極夏彦　分冊文庫版 塗仏《ぬりぼとけ》の宴《うたけ》 宴の支度《したく》 (上)(中)(下)
京極夏彦　分冊文庫版 塗仏《ぬりぼとけ》の宴《うたけ》 宴の始末《しまつ》 (上)(中)(下)
京極夏彦　分冊文庫版 陰摩羅鬼《おんもらき》の瑕《きず》 (上)(中)(下)
京極夏彦　分冊文庫版 邪魅《じゃみ》の雫 (上)(中)(下)
京極夏彦　分冊文庫版 ルー＝ガルー〈忌避すべき狼〉(上)(下)
京極夏彦　分冊文庫版 ルー＝ガルー2〈インクブス×スクブス 相容れぬ夢魔〉(上)(下)
北森鴻　親不孝通りラプソディー
北森鴻　花の下にて春死なむ〈香菜里屋シリーズ1〈新装版〉〉
北森鴻　桜宵〈香菜里屋シリーズ2〈新装版〉〉
北森鴻　螢坂〈香菜里屋シリーズ3〈新装版〉〉
北森鴻　香菜里屋を知っていますか〈香菜里屋シリーズ4〈新装版〉〉
北村薫　盤上の敵〈新装版〉
木内一裕　藁の楯
木内一裕　水の中の犬
木内一裕　アウト&アウト
木内一裕　キッド
木内一裕　デッドボール
木内一裕　神様の贈り物
木内一裕　喧嘩猿
木内一裕　バードドッグ
木内一裕　不愉快犯
木内一裕　嘘ですけど、なにか？
木内一裕　ドッグレース
木内一裕　飛べないカラス

木内一裕　小麦の法廷
木内一裕　ブラックガード
北山猛邦　『クロック城』殺人事件
北山猛邦　『アリス・ミラー城』殺人事件
北山猛邦　私たちが星座を盗んだ理由
北山猛邦　さかさま少女のためのピアノソナタ
北　康利　白洲次郎　占領を背負った男（上）（下）
貴志祐介　新世界より（上）（中）（下）
岸本佐知子 編訳　変《ヘン》愛《アイ》小説集
岸本佐知子 編　変愛小説集　日本作家編
木原浩勝　文庫版 現世《うつしよ》怪談（一）　主人の帰り
木原浩勝　文庫版 現世怪談（二）　白刃の盾
木原浩勝　増補改訂版 もう一つの「バルス」〈―宮崎駿と『天空の城ラピュタ』の時代―〉
木原浩勝　増補改訂版 ふたりのトトロ〈―宮崎駿と『となりのトトロ』の時代―〉
喜国雅彦・国樹由香　メフィストの漫画
喜国雅彦・国樹由香　本格力〈本棚探偵のミステリ・ブックガイド〉
清武英利　石つぶて〈警視庁　二課刑事の残したもの〉
清武英利　しんがり〈山一證券　最後の12人〉
清武英利　トッカイ〈不良債権特別回収部〉

喜多喜久　ビギナーズ・ラボ
岸見一郎　哲学人生問答
木下昌輝　つわもの
黒岩重吾　新装版 古代史への旅
栗本　薫　新装版 ぼくらの時代
黒柳徹子　窓ぎわのトットちゃん 新組版
倉知　淳　新装版 星降り山荘の殺人
熊谷達也　浜の甚兵衛
熊谷達也　悼みの海
倉阪鬼一郎　八丁堀の忍
倉阪鬼一郎　八丁堀の忍（二）〈大川端の死闘〉
倉阪鬼一郎　八丁堀の忍（三）〈遥かなる故郷〉
倉阪鬼一郎　八丁堀の忍（四）〈隻腕の抜け忍〉
倉阪鬼一郎　八丁堀の忍（五）〈討伐隊、動く〉
倉阪鬼一郎　八丁堀の忍（六）〈死闘、裏伊賀〉
黒田研二　神様の思惑
黒木　渚　壁の鹿
黒木　渚　本　性
黒木　渚　檸檬の棘

久坂部　羊　祝　葬
黒澤いづみ　人間に向いてない
久賀理世　奇譚蒐集家　小泉八雲〈白衣の女〉
久賀理世　奇譚蒐集家　小泉八雲〈終わりなき夜に〉
雲居るい　破《は》蕾《らい》
鯨井あめ　晴れ、時々くらげを呼ぶ
鯨井あめ　アイアムマイヒーロー！
窪　美澄　私は女になりたい
くどうれいん　うたうおばけ
黒崎視音　マインド・チェンバー〈警視庁心理捜査官〉
決戦！シリーズ　決戦！関ヶ原
決戦！シリーズ　決戦！大坂城
決戦！シリーズ　決戦！本能寺
決戦！シリーズ　決戦！川中島
決戦！シリーズ　決戦！桶狭間
決戦！シリーズ　決戦！関ヶ原2
決戦！シリーズ　決戦！新選組
決戦！シリーズ　決戦！賤ヶ岳
決戦！シリーズ　決戦！忠臣蔵

決戦！シリーズ　風　雲〈戦国アンソロジー〉
小峰　元　アルキメデスは手を汚さない
今野　敏　ST 警視庁科学特捜班 エピソード1〈新装版〉
今野　敏　ST 警視庁科学特捜班 毒物殺人〈新装版〉
今野　敏　ST 警視庁科学特捜班〈黒いモスクワ〉
今野　敏　ST 警視庁科学特捜班〈青の調査ファイル〉
今野　敏　ST 警視庁科学特捜班〈赤の調査ファイル〉
今野　敏　ST 警視庁科学特捜班〈黄の調査ファイル〉
今野　敏　ST 警視庁科学特捜班〈緑の調査ファイル〉
今野　敏　ST 警視庁科学特捜班〈黒の調査ファイル〉
今野　敏　ST 為朝伝説殺人ファイル〈警視庁科学特捜班〉
今野　敏　ST 桃太郎伝説殺人ファイル〈警視庁科学特捜班〉
今野　敏　ST 沖ノ島伝説殺人ファイル〈警視庁科学特捜班〉
今野　敏　ST 化合 エピソード0〈警視庁科学特捜班〉
今野　敏　ST プロフェッション〈警視庁科学特捜班〉
今野　敏　特殊防諜班 諜報潜入
今野　敏　特殊防諜班 聖域炎上
今野　敏　特殊防諜班 最終特命
今野　敏　茶室殺人伝説
今野　敏　奏者水滸伝 白の暗殺教団
今野　敏　同　期
今野　敏　欠　落
今野　敏　変　幻
今野　敏　警視庁FC
今野　敏　カットバック 警視庁FCII
今野　敏　継続捜査ゼミ
今野　敏　エムエス〈継続捜査ゼミ2〉
今野　敏　蓬　莱〈新装版〉
今野　敏　イコン〈新装版〉
今野　敏　天を測る
後藤正治　拗《す》ね者たらん〈本田靖春 人と作品〉
幸田　文　崩　れ
幸田　文　季節のかたみ
幸田　文　台所のおと〈新装版〉
小池真理子　冬の伽藍
小池真理子　夏の吐息
小池真理子　千日のマリア
五味太郎　大人問題
鴻上尚史　あなたの魅力を演出するちょっとしたヒント
鴻上尚史　鴻上尚史の俳優入門
鴻上尚史　青空に飛ぶ
小泉武夫　納豆の快楽
近藤史人　藤田嗣治「異邦人」の生涯
小前　亮　趙《ちょう》匡《きょう》胤《いん》〈宋の太祖〉
小前　亮　始皇帝の永遠〈天下一統〉
小前　亮　劉《りゅう》裕《ゆう》〈豪剣の皇帝〉
小前　亮　ヌルハチ〈朔北の将星〉
香月日輪　妖怪アパートの幽雅な日常①
香月日輪　妖怪アパートの幽雅な日常②
香月日輪　妖怪アパートの幽雅な日常③
香月日輪　妖怪アパートの幽雅な日常④
香月日輪　妖怪アパートの幽雅な日常⑤
香月日輪　妖怪アパートの幽雅な日常⑥
香月日輪　妖怪アパートの幽雅な日常⑦
香月日輪　妖怪アパートの幽雅な日常⑧
香月日輪　妖怪アパートの幽雅な日常⑨
香月日輪　妖怪アパートの幽雅な日常⑩

講談社文庫　目録

香月日輪　妖怪アパートの幽雅な食卓〈るり子さんのお料理日記〉
香月日輪　妖怪アパートの幽雅な人々〈妖アパミニガイド〉
香月日輪　妖怪アパートの幽雅な日常〈ラスベガス外伝〉
香月日輪　大江戸妖怪かわら版①〈異界より落ち来る者あり〉
香月日輪　大江戸妖怪かわら版②〈異界より落ち来る者あり　其之二〉
香月日輪　大江戸妖怪かわら版③〈封印の娘〉
香月日輪　大江戸妖怪かわら版④〈天空の竜宮城〉
香月日輪　大江戸妖怪かわら版⑤〈雀、大浪花に行く〉
香月日輪　大江戸妖怪かわら版⑥〈魔狼、月に吠える〉
香月日輪　大江戸妖怪かわら版⑦〈大江戸散歩〉
香月日輪　地獄堂霊界通信①
香月日輪　地獄堂霊界通信②
香月日輪　地獄堂霊界通信③
香月日輪　地獄堂霊界通信④
香月日輪　地獄堂霊界通信⑤
香月日輪　地獄堂霊界通信⑥
香月日輪　地獄堂霊界通信⑦
香月日輪　地獄堂霊界通信⑧
香月日輪　ファンム・アレース①

香月日輪　ファンム・アレース②
香月日輪　ファンム・アレース③
香月日輪　ファンム・アレース④
香月日輪　ファンム・アレース⑤（上）（下）
近衛龍春　加藤清正〈豊臣家に捧げた生涯〉
木《この》原《はら》音《なり》瀬《せ》　箱の中
木原音瀬　美しいこと
木原音瀬　秘密
木原音瀬　嫌な奴
木原音瀬　罪の名前
木原音瀬　コゴロシムラ
近藤史恵　私の命はあなたの命より軽い
小泉凡　怪談四代記〈八雲のいたずら〉
小松エメル　夢の燈《ほ》影《かげ》〈新選組無名録〉
小松エメル　総司の夢
呉勝浩　道徳の時間
呉勝浩　ロスト
呉勝浩　蜃気楼の犬
呉勝浩　白い衝動

呉勝浩　バッドビート
こだま　夫のちんぽが入らない
こだま　ここは、おしまいの地
古波蔵保好　料理沖縄物語
ごとうしのぶ　いばらの冠〈ブラス・セッション・ラヴァーズ〉
ごとうしのぶ　卒業
古泉迦十　火蛾
小《こ》池《いけ》水《みず》音《ね》　〈小説〉こんにちは、母さん
講談社校閲部　〈熟練校閲者が教える〉間違えやすい日本語実例集
佐藤さとる　〈コロボックル物語①〉だれも知らない小さな国
佐藤さとる　〈コロボックル物語②〉豆つぶほどの小さないぬ
佐藤さとる　〈コロボックル物語③〉星からおちた小さなひと
佐藤さとる　〈コロボックル物語④〉ふしぎな目をした男の子
佐藤さとる　〈コロボックル物語⑤〉小さな国のつづきの話
佐藤さとる　〈コロボックル物語⑥〉コロボックルむかしむかし
佐藤さとる　天狗童子
佐藤さとる　絵／村上勉　わんぱく天国
佐藤愛子　新装版戦いすんで日が暮れて
佐木隆三　慟哭〈小説・林郁夫裁判〉

2024年3月15日現在